昨日之谜

连谏

著

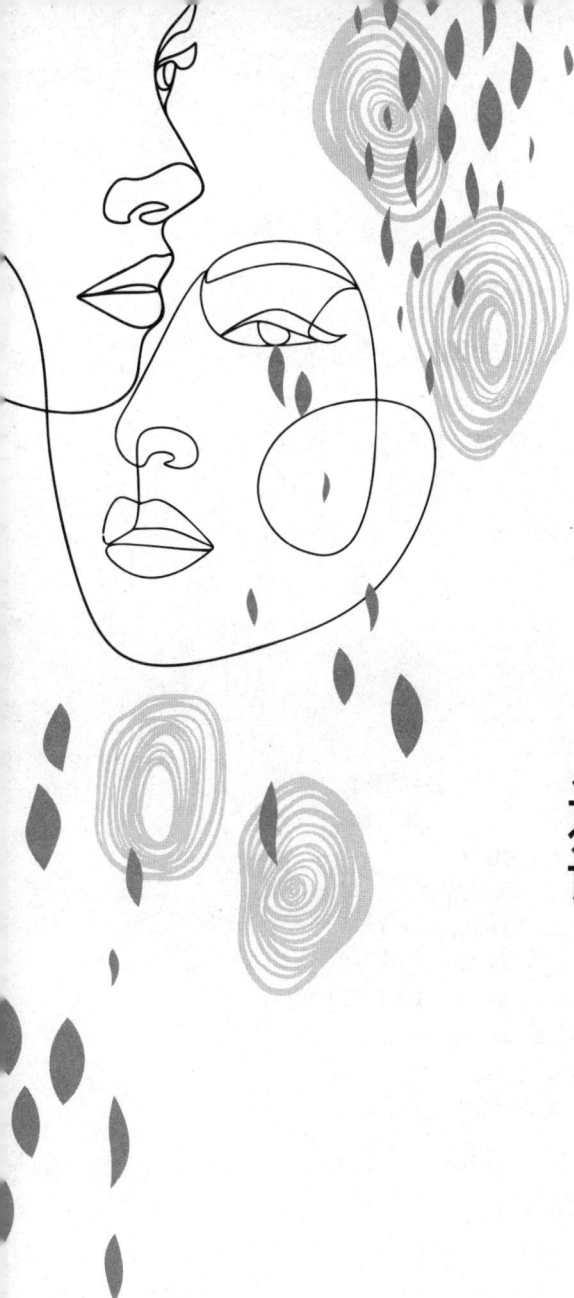

天津出版传媒集团

百花文艺出版社

图书在版编目（CIP）数据

昨日之谜 / 连谏著. -- 天津：百花文艺出版社，
2023.5
ISBN 978-7-5306-8522-8

Ⅰ.①昨… Ⅱ.①连… Ⅲ.①长篇小说-中国-当代
Ⅳ.①I247.5

中国国家版本馆 CIP 数据核字(2023)第 062728 号

昨日之谜
ZUORI ZHI MI

连谏　著

出 版 人：薛印胜
选题策划：朱佳瀛　　　　特约编辑：孟雪萌
责任编辑：朱佳瀛　　　　装帧设计：丁莘苡
出版发行：百花文艺出版社
地址：天津市和平区西康路 35 号　邮编：300051
电话传真：+86-22-23332651（发行部）
　　　　　+86-22-23332656（总编室）
　　　　　+86-22-23332478（邮购部）

网址：http://www.baihuawenyi.com
印刷：天津新华印务有限公司
开本：880 毫米×1230 毫米　1/32
字数：210 千字
印张：8.875
版次：2023 年 5 月第 1 版
印次：2023 年 5 月第 1 次印刷
定价：40.00元

如有印装质量问题,请与天津新华印务有限公司联系调换
地址:天津东丽开发区五经路 23 号
电话:(022)58160306
邮编:300300

第一章

谢福哉是个邮局投递员，他能娶到洪雪娇，完全是因为我姥爷。

十五年前，我姥爷得了肝癌，临终前最不放心的就是我漂亮得完全没法收敛的母亲，就把她叫到病床前，逐一分析了围绕在她身边的狂蜂浪蝶，说除了谢福哉，没一个靠得住。在诸多追求我母亲的男人中，谢福哉是最不起眼、最不值一提的一个。那会儿谢福哉就是邮递员，后来还是邮递员，有生之年一直是邮递员。他是给洪雪娇送追求者的挂号信时认识她的，一见钟情，每天下班后兢兢业业守在我姥爷家楼下，看洪雪娇被追求者们用摩托、出租车、私家车送到楼下，他就站在那儿，完全没态度也没情绪地傻笑着看洪雪娇上楼。这一切，我姥爷都看在眼里，他觉得再也没有比谢福哉更适合娶洪雪娇的人了。因为谢福哉对洪雪娇没原则地包容，不会因她吸引的狂蜂浪蝶太多而做出覆水难收的蠢事。

当我重病的姥爷表达完他最后的意愿，洪雪娇不管不顾地几乎跳了起来反对，说谢福哉不是豁达，是窝囊。我亲爱的姥爷一口鲜血喷将出去，我年富力强的姥姥打了洪雪娇一耳光，说她这是打算把亲生老子气死。洪雪娇仗着美丽的容颜在男人堆里叱咤风云，但在家里不行。我姥姥活了大半辈子,有她自己的人生箴言:好看有什么用?又不能当饭吃!你要想仗着这副皮囊吃饭,在有点本事的男人那里张牙舞爪不过三个月,就会被当成烂抹布丢到旮旯里吃灰抱尘!

就这样,为了不背负气死亲生父亲的罪名,在我姥爷咽气之前,洪雪娇嫁给了我的父亲谢福哉。

梦想终于照进了现实,谢福哉幸福极了,走路轻飘飘的,连上厕所都是咧着大嘴笑着的。洪雪娇痛苦极了,通过某个身家显赫的纨绔子弟改变命运的路被谢福哉彻底堵死了,从今往后,她还将像以前一样过着陈旧破败而毫无指望的日子。她把这一切的绝望与愤怒,全归咎于谢福哉。如果不是他痴心妄想地天天蹲在她家楼下,她就不会有今天!

他们吵架的时候,谢福哉说:"今天这样哪里不好了?"

从我记事起,他们就天天吵,准确地说,是洪雪娇天天骂谢福哉,骂他毁了她的人生,骂他让她怀孕弄出一肚子妊娠纹。

我个头太大,撑花了洪雪娇的肚皮,所以洪雪娇常常是连我一起骂的。

对此我很愤怒,明明我们可以逃走,完全没必要豁上耳朵让洪雪娇的脏话没完没了地污染。谢福哉说不行,那样的话,洪雪娇会生气,会把身体气坏的。

我很不明白谢福哉,说:"在她眼里,你都猪狗不如了,你干吗还要和她一起过下去,不可以离婚吗?"

我小时候的最大理想就是谢福哉能和洪雪娇离婚,过年和过生日的时候,大人让我许愿,我都是这么许的:让谢福哉和洪雪娇赶快离婚吧。

但我从没告诉过任何人。

我问谢福哉为什么不离婚。谢福哉说他无论如何也不会和洪雪娇离婚的,因为在单亲家庭里成长起来的孩子,心理不健康。

我气得大哭,让他不用为了我困在糟糕的婚姻里承受折磨。我和别的孩子不一样,即使在单亲家庭里成长,也会像向日葵那么灿烂,五脏六腑盛满阳光。谢福哉不信,我恨不能死了算了,这样谢福哉就不用拿我当借口了。

　　洪雪娇在一家央企干出纳,后来单位在八大峡分了一套房子给她。谢福哉一下班就骑着自行车去监督装修工人干活,装修好了请洪雪娇去验收。洪雪娇去看了,颇满意,两人一前一后下楼,遇上了洪雪娇的同事。同事和洪雪娇聊装修,聊着聊着,问站在旁边一脸卑微温暖相的谢福哉是不是装修师傅。洪雪娇瞥了谢福哉一眼,嗯了一声。同事就问她装得满意不满意。洪雪娇说很满意。正四处找靠谱装修队的同事喜出望外,一个箭步迈到谢福哉身边,请求他承接自家房子的装修工程。谢福哉只好说自己不会。洪雪娇晓得瞒不下去,才说谢福哉是她丈夫,不懂装修,但整个过程都是他监工。

　　之后,这件事成了洪雪娇必然出轨的铁证,因为她瞧不上谢福哉,瞧不上到在同事面前都不愿承认他是自己的丈夫。

　　我一天天长大,也越来越懒得回家看谢福哉在洪雪娇面前奴颜婢膝的嘴脸,就跟小伙伴们出去玩,去游戏厅打游戏,偷偷下海,去恶人街即墨路和四方路大茅房那儿捣乱……有时候还去汇泉广场帮人穿肉串,不要工钱,穿一晚上串,就为免费吃几串烤板筋和烤大腰子。我的学习成绩一塌糊涂,洪雪娇气得要死。谢福哉只顾着讨好洪雪娇,根本就顾不上我。

　　想这些的时候,我挺伤心的。

　　他们不疼爱我,把全天下的板筋和腰子都烤给我吃了也没意义。想到这里,我就去了海边,沿着海滩往里走,水没到脖子的时候,浪涌得我站不住。我呛了口水,胸口很痛,像一把针扎在胸口。死一点也不舒服,还很疼。我不想死了,就转身游上岸。回到家里我被谢福哉打了一顿,因为洪雪娇出去找我淋了雨感冒了。谢福哉打我的时候我哭了,我觉得莫大的幸福像海水一样在我身体的某个地方涌动,洪雪娇原来不只爱浪,也是爱我的,要不然她怎么会在雨夜里跑出去找我呢?

可这样的温暖,并不持久,我只好继续放浪形骸。这样他们还有可能骂一骂我,要不然在这个家里,我就像不存在一样。

我的房间在洪雪娇和谢福哉卧室的隔壁。夜里,我经常被他们吵醒。一次,我迷迷糊糊中听见洪雪娇骂谢福哉抠门,说用的什么破玩意。谢福哉说从单位领的,又不花钱,哪儿那么多讲究。洪雪娇说她不将就,要什么斯还是什么邦的。谢福哉就嘿嘿笑,说他觉得都一样。在黑夜里,他带着讨好意味的笑声显得有点下作,我都想冲过去扇他两巴掌。第二天,他送我上学,我说我妈要啥斯啊邦啊的,给她买了不就行了,能不能别半夜打架把我吵醒。谢福哉在我后脑勺上削了一巴掌,说:"小崽子,偷听啊?能不能学点好的?"说着,他就来踹我,我撒腿就跑。谢福哉就治我有本事,不过虽然我觉得他窝囊,但他骂我的时候,尽管我心里有一万个不服气也不会反驳,就为给他点面子,让他还有点当爹的样子。

十岁以后,我饭量惊人,个子蹿得很快,至少比同龄人高半个头。也因为这,我都不屑于和同龄人打架了,觉得打赢了也胜之不武。我不打架闲得浑身骨头发痒,就去中学门口转悠,放学后没准时着家的时候。为此,洪雪娇和谢福哉非常挠头,但彼时的他们又各有理想。洪雪娇梦想有个富有的男人把她拯救出这平庸乏味的生活,谢福哉恰恰相反,他虎视眈眈、兢兢业业地守卫着这份平庸,唯恐有风吹草动破坏了它。

同床异梦的生活就像钝刀割肉一样凌迟着他们的人生,直到我十二岁的那年夏天,谢福哉死了。

他像一条疲惫的老狗,死于企图维系这个家庭的完整。

第二章

我无法忘记那段日子。

他们整天吵架,在客厅里吵,在卧室里吵,东一句西一句的,但我始终搞不明白他们为什么吵。以往,和洪雪娇吵架的时候,谢福哉像个被扎了一针的气球,吵着吵着就蔫下去了。但那段时间不一样,他像只愤怒却没有牙齿的疯狗,经常铁青着脸冲洪雪娇咆哮。当然,洪雪娇是勇敢的,从不会因为他的疯狗嘴脸而敛声屏息。因为生气,她的眼睛瞪得很大,像两枚被精心照料的大杏子。气极了她就挠谢福哉,用肩膀撞他。谢福哉虽然像疯狗,但并不还手,倚在衣橱上、门上、墙上让她撞。

洪雪娇撞着撞着就说要离婚,这样的日子她一刻也忍受不了了。

谢福哉就大叫,像抓住了洪雪娇的小尾巴一样地叫:"我说什么来着?我就知道你是为了逼我离婚!"

他当然不肯成全她。

就像当初明知她不愿意嫁给他,他死皮赖脸也要娶一样,现在,早就知道洪雪娇去意已决,他死缠烂打也要把她缠在这婚姻里。他跟我说,我们这个家到了最关键的时候,让我改邪归正,放学也别出去胡闹,让我去洪雪娇单位写作业,写完作业陪洪雪娇一起回家。

我当然不肯,因为我知道,谢福哉让我这么做,并不是希望我成为品学兼优的好学生,而是让我成为特务,盯洪雪娇的梢。有我跟着,洪雪娇下班也没法出去浪。

因为不爱或者讨厌谢福哉,洪雪娇经常下班不回家,谁也不知她浪到哪里去了。谢福哉生气,她不在乎,说她结婚前就这样,受不了就离婚,让他永远不要指望她像张三、李四、王二麻子的老婆,除了上班就是柴米油盐,像只被养熟的母鸡,为了下蛋而活着。

谢福哉问她到底想怎样。

洪雪娇说:"如果你是刘德华、周润发或者比尔·盖茨,我可能也会像张三、李四、王二麻子的老婆一样。"说到底,还是那句话,谢福哉配不上她。

从我记事起,我们家从买菜、做饭、洗衣服、拖地板到擦马桶、挣钱、养家,都是谢福哉,他像老黄牛一样埋头耕耘,目的只有一个,希望洪雪娇安心待在这个家里做他的老婆。

有天晚上,吃着吃着饭,洪雪娇突然跑厕所去吐了。谢福哉冷眼看着她,没半点关心的样子,好像洪雪娇是在用这种方式谴责他做的饭恶心,这让他有点愤怒。

我知道,等洪雪娇从厕所出来,一场恶战又将开始。我不想参战也不想观战,咽下最后一口饭菜,说和小伙伴约好一起做手抄报就出去了。

其实,我撒谎,我和谁都没约,谢福哉也知道我撒谎,但他心思不在我身上,所以,明知是谎言也不会戳穿。这让我觉得悲凉,像秋天走进了海里。

我在街上漫无目的地游荡,后来,街上下起了小雨,雨越来越大,砸在脸上,冰冰凉,就像遭到了老天劈头盖脸的唾骂。我不知道自己到底哭没哭,雨太大了,弟兄们都被家长关在了家里。我百无聊赖,像头败兽在雨里徘徊,最后钻进一家烟雾缭绕的网吧躲雨,玩到凌晨回家。

我不知道他们后来打没打架,家里黑乎乎的。谢福哉可能睡了,就算不睡,也不会给我留灯,或许,他们是在用这种方式表达对我已完全丧失期待了吧。

我在黑暗中站了一会儿,闻到自己身上散发着属于网吧的浑浊气息,冲了个澡就睡了。第二天早晨,几个警察来敲门,我才发现在家睡着的只有洪雪娇,谢福哉不在。

其中一个年轻警察说他们是市刑警队的,他叫陈枢。

洪雪娇像只被关在笼子里机械地吃着饲料长大的菜鸡,傻乎乎的,完全不知道发生了什么的样子。

陈枢说有人在辽宁路上发现了一具男尸,他们是根据男尸口袋里证件上的地址找过来的。洪雪娇还穿着睡衣,睡眼蒙眬的,说什么男不男尸,让陈枢把话说明白点。

陈枢说:"你是谢福哉家属吧?"

洪雪娇说是。

陈枢说:"谢福哉死了,死在辽宁路街头。"

我已醒了,坐在床上,拼命地想谢福哉死了是怎么回事。我跳下来,冲到门口,问洪雪娇谢福哉去辽宁路干什么。

洪雪娇脸色有点发白,看着我,喃喃了半天,像被人一棍子敲蒙了一样,晕头转向地团团转,说:"死了?他怎么会死了?"

她喃喃自语的样子好像谢福哉是永远不会死的神仙。

但,从天而降的事实是,他死了。洪雪娇往日飞扬跋扈的嘴脸全然没了,她赤着脚,在地板上转来转去,好像在找什么佐证,证明这不过是个梦魇。

我冲到她跟前,问:"我爸昨晚是不是出去找我了?"

辽宁路上有很多网吧,是我的乐园,如果我彻夜不归,谢福哉只要去辽宁路,就能把我从某网吧里拎出来。但是谢福哉会去练歌房找洪雪娇,却从没去辽宁路找过我,我的心情曾为此非常灰败。

洪雪娇看看那个叫陈枢的警察,又看看我,怯怯地点了点头。

也就是说,我彻夜不归那么久,谢福哉终于出门找我了,却死了。

我长到十二岁,从没像那个早晨那么悲伤,泪水夺眶而出。

洪雪娇自始至终没掉一滴眼泪,她紧紧抿着嘴唇,脸色苍白,一句话也不说,好像被谢福哉的死吓着了。

谢福哉是被人捅死的。警方初步判断是被某个上网上到山穷水尽的小混混杀死的,杀人动机应该是抢劫。因为谢福哉的钱包被丢在地上,里面的钱没有了,只有我们一家三口的合影和工作证。

陈枢带我们去了刑警队的刑事技术实验室。谢福哉躺在一个不锈钢的冷冻抽屉里,脸苍白得像一张没被人类触摸过的纸,他的身体硬邦邦的,成了一块冻肉。

洪雪娇站得离谢福哉有两米远,好像靠近了,谢福哉就会跳起来把她拉进冷冻抽屉。

我用指尖摸着谢福哉的脸,眼泪扑簌簌地往下滚。

陈枢拿来谢福哉的遗物,只有我们一家三口合影的钱包、工作证和半包被雨水泡过的哈德门牌香烟,问我们认不认识这些东西。洪雪娇说认识,是谢福哉的。陈枢又问有没有少什么。洪雪娇从不关心谢福哉就像谢福哉从不关心我们家附近的那只流浪猫是不是还活着。所以,她并不知道谢福哉平时都随身携带些什么,也就说不上来还缺了啥。我问他们掏过谢福哉的口袋吗,陈枢说都掏遍了。我说他的钥匙串哪儿去了。

陈枢问钥匙串的样子。我说上面的钥匙,一把是我家大门的,一把是他自行车的,一把是他单位更衣室的,一把是我家信箱的,还有我家阳台和各房间房门的钥匙,以及两枚被谢福哉摩挲得锃亮的铜子弹壳,那是我爷爷从朝鲜战场带回来的。谢福哉喜欢带着一大串稀里哗啦的钥匙,或许掌握着家里每扇门的钥匙,能让他找到当家作主的威严感。我能把谢福哉的钥匙说得如数家珍是因为我打小喜欢听金属相互碰撞在一起的声音,我还是个屎孩子的时候,谢福哉就喜欢提着钥匙串在我眼前抖来抖去,让它们发出稀里哗啦的响声,逗我笑得哈喇子奔涌出嘴巴。

谢福哉的钥匙,曾是我幼年最挚爱的玩具,没有之一。现在,它不见了。

陈枢让一位警察把我的描述详细记在本子上,在洪雪娇签了字后,让我们回家了,说有消息他们会通知我们。

那个让我瞧不起的、讨厌的、失望的谢福哉死了,我却心如刀绞,甚至觉得是自己杀死了他。

如果不是我出去了,谢福哉就不会去找我,如果他不去找我,就不会被人抢劫捅死。他的死,让我成了罪人。我的叔叔,也就是谢福哉唯一的弟弟,在谢福哉的葬礼上表示,他这辈子最不能原谅的人就是我。

谢福哉的手被刀子捅穿了一个大洞,我猜是和劫匪抢钱包抢的。他是个抠门的人,一年四季只穿邮局的工作服,团岛农贸市场里的卖菜大叔大妈都特别讨厌他,因为他善于砍价,恨不能人人都学雷锋,唯他是个葛朗台。

如果他不抠,歹徒抢劫他就给了,或许歹徒就不会对他下狠手,他也就不会死。想到这里,我就更痛心疾首,恨不能阴阳两界穿越,耳提面命谢福哉:命比那几个菜钱重要。

谢福哉身上从不超过五十块钱,这钱是他用来下班路上买菜的。市井小民谢福哉为了捍卫五十块钱的主权献出了生命,我想想都替他羞愧。

可洪雪娇不这么认为，之后很长一段时间，只要我和她顶嘴，她就恶毒地甩出一句："你害死了自己的亲爸。"我就哑口无言地收拢起身上带毒的尖刺。

那会儿，还没有天网工程，监控摄像头不像现在这么普及，加上豪雨瓢泼，现场没有目击者。谢福哉一共中了两刀，一刀刺穿了右手手掌，一刀刺穿了心脏的大动脉，体内血液不断流失，连送到医院抢救的机会都没有。因为雨大，谢福哉流出来的血被冲刷得干干净净。现场没凶器，除了谢福哉少得可怜的几十块钱和手机不见了，对警方来说，这是一场毫无线索的谋杀案。

第三章

　　日子一天天过去,谢福哉的案子毫无头绪。谢福哉的弟弟陪我去了几趟市刑警队,哪一次都没得到想要的答案。他曾问陈枢,谢福哉的死是不是和洪雪娇的放浪形骸有关,也就是说,他怀疑是情杀,谢福哉可能死于洪雪娇的某个情夫之手。我当场就和他吵了起来。我知道洪雪娇嫁给谢福哉不甘心,但洪雪娇没那么坏,绝不可能和她的情人蓄谋杀害谢福哉。

　　但陈枢很认真,曾走访过我们小区的不少邻居,考察洪雪娇和谢福哉的婚姻状况以及洪雪娇的婚外情,弄得我都不敢跟小区里的小混蛋们干架了。因为我一和他们干架,他们就说我妈伙同妍头杀死了谢福哉,而我竟还有心思和他们战斗而不去报杀父之仇,简直和死去的谢福哉一模一样,是个没用的窝囊废。

　　可是,纵然我想给谢福哉报仇,洪雪娇的妍头又在哪里?我回家和洪雪娇吵,让她给我指条为父报仇的明路。

　　洪雪娇问明原委,站在院子里骂,说她洪雪娇就是浪,但有浪的资本,因为她长得漂亮。她说谁再在背后满嘴喷粪地胡乱编排,让她知道了,第一件事就是去睡她们的男人和她们的儿子。这可把小区里的男人们高兴坏了,碰见洪雪娇都纷纷说他们的老婆或老娘说谢福哉是被洪雪娇的姘头杀死的。

洪雪娇让这些不要脸的男人气得泪水横流。

我问那天晚上我出去后他们吵架了没,洪雪娇说没吵架,谢福哉吃完饭就去洗碗了。洗碗的时候不小心打破了一只骨瓷碗,挺贵的,他又抠门,就蹲在那儿盯着破碗看了半天,自言自语不是个好兆头,就出去了。我说:"你确定他是去找我了?"

洪雪娇尖叫:"不找你找谁?不是找你他能死在辽宁路?"说着,她抓起一本杂志卷成筒,一副要为谢福哉出气的架势扑过来打我,真是破了天荒了。

是人都知道辽宁路上有很多网吧,是不着调孩子的乐园。

我无可辩驳,默默转过身,让洪雪娇打。洪雪娇却扔了杂志,一把抱住我的背,说:"谢福哉这王八蛋死了,我可咋办呀?"

我并没有安慰她,只在心里想,真虚伪。当初她整天吵着要离婚,现在谢福哉死了,婚不用离了,家产也不用分了,可以随便勾搭男人了,心里不知得高兴成什么样,却在这里假惺惺地哭给我看。

后来,那个叫陈枢的警察和他的同事又来过我家几次,但每次都问一些不痛不痒的废话,有时候会单独把洪雪娇叫到旁边去问,好像怕我听见。问着问着,洪雪娇就尖叫起来,拉开门赶陈枢他们走。我猜,问的肯定不是好话。

我隐隐觉得,谢福哉的死就像那天晚上他流了一地最后被雨水冲走的鲜血,像一粒飘散的尘埃,淹没在这浩渺的世间,无迹可寻了。

谢福哉死后,我曾阴暗地想,说不准洪雪娇会在心里暗自感谢那个捅死了谢福哉的歹徒。这么想的时候,我就会恨她。

我恨洪雪娇的方式就是从不喊她妈妈,在人前提起她,我说的都是她的全名,以至于好多人认为,我说的不是我妈,或许是个被我不屑的年长邻居。因为每每说到她的时候,我使出浑身解数都无法掩饰对她的不敬。

谢福哉死去的那个暑假的每一天每一夜,我都像个孤魂野鬼游荡在街上,想把那个为了几个小钱捅死谢福哉的王八蛋从茫茫人海中揪出来。

陈枢一趟趟地来家里问废话,看样子他也就二十几岁,却总装出一副老成的嘴脸,活像已见惯这世界的风霜雪雨。我看着就心烦。后来,我问他:"你们到底行不行?"陈枢看看我,目光冷漠,惜字如金,好像跟我说句话他会损失一百万。

我说:"早晚有一天我会抓到凶手。"

陈枢递给我一张写着电话号码的纸片:"不用你抓,发现了给我打个电话。"

我接过来,学着谢福哉看的香港电影里的黑社会老大的样子,傲慢地撕成碎片,丢进马桶,按下冲水按钮,说:"不用了,我会把他带到你面前。"

慢慢地,陈枢笑了,说:"小子,人不大,志气不小啊。"

洪雪娇坐在沙发上看韩剧,边看边说:"他要有志气,地球人早征服宇宙了。"

天长日久,我和谢福哉一样,习惯了洪雪娇的无情挖苦。她的尖酸刻薄对我来说已如同厚厚的犀牛皮上站了一只不知天高地厚的蚊子,根本就不放在心上。我和陈枢说:"我说到做到。"

我,一个不英俊甚至还带着一脸邪气的十二岁少年,表情肃穆地说出这句话。陈枢觉得很搞笑,他看了我一会儿,突然低下头,把手罩在嘴巴上,好像要掩饰来得极不是时候会显得他很没教养的咳嗽,但我知道他只是想掩饰一下对我的嘲笑。

我不以为意。

陈枢来得渐渐少了。洪雪娇四处奔走,因为她怀孕了。不,你们不要想多了,孩子是谢福哉的。她是在谢福哉死去不久后发现自己怀孕的。虽然谢福哉死了,她成了寡妇,但也得响应国家计划生育号召。没有准生证,孩子生下来就是黑户,将来上学工作都成问题,但洪雪娇想把这个孩子生下来。

很多人说,洪雪娇要生下这孩子,是因为她伙同姘头谋杀了谢福哉。真相一旦被揭穿,她要杀人偿命,但法律规定,女人犯法,只要怀孕了就不能被判死刑。洪雪娇是把肚子里的孩子当成了保护伞,就算她谋杀谢福哉的事东窗事发,她也不会被判死刑。

一度,我也信以为真,拒绝和她说话。

也是因为这些流言蜚语,曾觊觎洪雪娇美色的臭流氓们纷纷销声匿迹,好像根本不认识那个叫洪雪娇的女人。他们如此这般并非是薄情,而是怕警方怀疑他们是洪雪娇的共犯。

洪雪娇显得特别孤单。

我舅舅曾来家里劝她,说算了吧,不要自找苦吃。如果想表达对谢福哉的内疚,完全可以用别的方式赎罪。如果她执意要生下这个孩子,没人会因此感动,反倒会怀疑她的动机。

洪雪娇当然明白她哥哥的意思,说:"我没犯罪,我赎什么罪?"

舅舅一脸"你犯没犯罪自己知道"的表情,目光落在我家黑着屏的电视机上,他沉默抽烟的样子像是在对洪雪娇无声施压。

洪雪娇很悲愤:"你也认为是我找人杀了谢福哉?"

舅舅说:"外面都这么传。"

洪雪娇说:"那些人是看出殡不怕殡大,可你是我哥,是我的亲人。"舅舅和她吵了起来,嫌和洪雪娇当亲人除了丢脸就没点别的好处。他们吵着吵着,洪雪娇的妊娠反应就上来了,她跑到厕所里一边抱着马桶吐,一边和舅舅吵架。太可怜了,我看不下去,就把舅舅赶走了。

我的叔叔已明确地表达过,他的哥哥谢福哉死了,这个家就和他没关系了。现在舅舅也表示，还认洪雪娇这个妹妹就是给家族抹黑，于是也不认我们了。

如今就剩我和洪雪娇两个人了。

洪雪娇说："你知道吗？他们都觉得谢福哉是我找人杀的，只要我坐牢了，你就成孤儿了。作为最亲近的亲人，他们就得收养你照顾你，他们当然不愿意，所以他们宁肯先和我们断绝关系。"

从那以后我就没有爷爷、叔叔、姥姥和舅舅了，虽然平时我们也很少来往，可他们像切掉赘肉一样切割掉了这份亲情，这让我倍感孤单。我决定放弃对洪雪娇的沉默对抗，说："你生下这个小孩吧，这样我们就又多了一个亲人。"

洪雪娇搂着我，额头抵着我的额头，让我别相信外面人的胡说，时间会证明一切，她不是杀死谢福哉的凶手。谢福哉死了，这孩子就是上帝送来安慰她的礼物。虽然她不爱谢福哉，但是谢福哉对她真是鞠躬尽瘁了，她没能回报谢福哉半点好，所以她想要给谢福哉生下这个孩子，也算是补偿谢福哉的在天之灵了。

洪雪娇开始到处打电话，让人帮她弄准生证。可她高估了自己的魅力值，作为孕妇，她怀着谢福哉的孩子，去求那些曾觊觎她美色却没能得手的男人，本身就是件自取其辱的事。那段时间，一边是警方在侦查谢福哉被杀案，一边是洪雪娇到处打电话求人办准生证，因她电话打得太多太迫切，以至于惹恼了一些男人的老婆，她们气势汹汹找上门来，让洪雪娇说清楚她怀的野种跟她们的男人有什么关系。洪雪娇当然说没关系，那些女人就告诉洪雪娇，既然没关系，就不要再给她们的男人打电话了，否则不客气。

洪雪娇凄惶的呀，就像深秋里被暴雨劈头盖脸袭击过的鸡。

可洪雪娇就是洪雪娇，永远不会走投无路。

她把最后一根稻草压在了范忠迁的身上。

范忠迁是洪雪娇工作的那家央企驻青岛分公司的老总，据说挺牛挺有能量的一个人。某个星期六的早晨,怀孕四个多月的洪雪娇,破天荒地烙了我喜欢吃的葱油饼,煎了两个漂亮得可媲美米其林餐厅摆盘的荷包蛋,又热了杯香喷喷的牛奶,笑眯眯地端到我面前。

我警惕得像正吃着草却突然间听到了枪声的兔子,一下子就站了起来。她如此处心积虑地巴结我,肯定没好事。

在我有限的人生里,类似场景只见过几遭,只要从不做饭的洪雪娇主动下厨烧菜,肯定就没谢福哉的好事。比如说洪雪娇被某个女人怀疑与自己的老公有染,需要谢福哉出面屏退那个疑神疑鬼女人的胡搅蛮缠时;比如洪雪娇买衣服、包包、首饰等刷爆信用卡还不上时……她就会下厨烧菜,一副可人的贤妻良母状。谢福哉没出息,不仅从不拒绝,反而感恩戴德地往洪雪娇挖的坑里跳。只要听见厨房有动静,他就屁颠屁颠钻进去,把戴着帽子、捂着口罩、系着围裙的洪雪娇从厨房环拥出来按在沙发上,自己扎进厨房,一边叮叮当当地炒菜,一边吆三喝五地咋呼,让我下楼给他打散啤。

是的,谢福哉喝散啤,每次一斤。小区门口卖散啤的老费很讨厌我。因为打散啤是个技术活,打得越少越不好掌握。有两回,老费手一抖,打多了,又倒不回去,让我回家跟谢福哉要五毛钱送下去。谢福哉说老费这是强卖,硬是拿茶缸倒了五毛钱的啤酒给老费送回去。老费气得破口大骂,把啤酒当街泼了,发誓以后不卖给我啤酒。谢福哉跟他理论,说老费敢不卖给他啤酒,他就敢举报老费。老费问举报他什么,谢福哉想了一会儿,说拒售。既然出租车拒载是违规,开啤酒屋拒售就也是违规。

现在,面对洪雪娇精心烹制的诱饵,我可不像谢福哉那样上当,我站在客厅,狐疑地看着洪雪娇。

我的表情让洪雪娇很受伤,说:"小邪,我是你妈。"

因为我顽劣,她和谢福哉给我起了个外号叫"小邪",叫顺口以后,他们几乎忘记我还有个大名叫谢磅礴。

我拉开冰箱,从里面摸出两片又干又硬的吐司面包,说:"谢福哉也是你丈夫。"

洪雪娇劈手夺下我手里的面包,尖声说:"你要气死我!"

我执拗地从她手里抢面包,说:"你有事说事,别跟我玩拉拢腐蚀这一套。"

我从饮水机接了一杯温开水,用吐司面包蘸着水,面无表情地吃。洪雪娇说:"你就这么恨我?"我说:"我不恨你,你早饭做这么少,自己吃吧。"

洪雪娇让我气笑了,又叹了口气,说:"你和你爸不一样。"

我说:"你和我姥姥一样吗?"

洪雪娇想了一会儿,摇了摇头,她挺瞧不起我姥姥的,说她有工作又有退休金却在我姥爷面前做了一辈子使唤丫头。

很快,她做出一副若无其事的样子,抓起筷子,吃精心为我准备的饭,说:"今天你跟我去趟范忠迁家。"

我一愣,拼命想最近我有没有惹范小舟。范小舟是范忠迁的女儿,也是我们班,不,是我们学校最漂亮的女生,有事没事我都喜欢招惹她。因为我是我们班乃至于我们学校著名的混混加学渣,若是一本正经,她这辈子都不会和我搭一句话,但是我冲她打呼哨、放学时故意撞一下她书包,她就会和我说话。

和范小舟同学了六年,她和我说得最多的一句话就是:"谢螃蟹!你有病啊!"

我个子高,人又横,在学校里大家都叫我"谢螃蟹",因为螃蟹横着走、霸道,和我一个样。

我把回忆往回倒了半个月,确定最近没招惹过范小舟,才问洪雪娇去范忠迁家干什么。洪雪娇面无表情地说让范忠迁帮忙弄准生证。

我说:"你自己去不就行了,干吗拽着我?"说完,我又琢磨,洪雪娇是不是认为我和范忠迁的女儿是同班同学,他会看在范小舟的面子上答应帮这忙？虽然我从没把洪雪娇当母亲尊敬和感恩,但我也不愿看她低三下四求人,就直截了当告诉她,带我去也没用,我和范小舟虽然是同学,但完全没交情,相当于《猫和老鼠》里狗和猫的关系,见面白眼相向,不动手就已算是客气了,让她别指望我。

洪雪娇说:"你是我儿子,我不指望你我指望谁？"

我说:"随便你,如果我在范忠迁家和范小舟吵起来坏了你的好事,你不后悔就行。"

洪雪娇像被蝎子蜇了一下似的尖叫起来:"你说什么呢你？我就是找范忠迁帮我办个准生证,能有什么好事？"

她扬着尖利的嗓子说这句话的时候,脸涨得通红,像被人捉奸在床的奸妇,随时可能恼羞成怒,扑上来撕咬我。她一直这样,仗着一副好皮囊喜怒无常,都是谢福哉惯出来的毛病。我可不是谢福哉,我不理她。

青岛的夏天又潮又闷,我不想带着一身发霉的气息去范忠迁家,就去洗了个澡,换上干净的衣服,站在卫生间门口的穿衣镜前梳头。洪雪娇穿戴整齐坐在沙发上,像个上了年纪的女人似的絮叨,她之所以去找范忠迁,是因为知道范忠迁在计生办有门路。

第四章

范忠迁神通广大我早就听说过,但洪雪娇说他在计生办有门路是猜的。因为范忠迁俩孩子,老大范小强是儿子。按照当时的政策,范忠迁只能生育一个,可在儿子范小强九岁的时候,他老婆又生了女儿范小舟。据说,曾有政敌以此举报他,却没用,因为范忠迁给儿子办了个残疾证,所以允许生二胎。可至于范小强到底哪儿残疾,谁也说不上来,反正人家有残疾证。也是因为这,范小强堂而皇之地不务正业。

我说:"范忠迁在计生办有门路,那是为了他自己。为你,凭什么?"这么问的时候,我有点警惕,毕竟我的母亲洪雪娇是个心气高傲、男女作风方面让人颇有说辞的美女,便又补充道,"范忠迁又不是你肚子里孩子的爸爸。"

洪雪娇抓着电视遥控器追着打我,说:"凭什么?就凭如果这个孩子算超生,公司多年的精神文明单位不保!就凭单位有职工超生就是范忠迁管理不力,就得跟上级打报告写检查!这忙他帮也得帮,不帮也得帮!他帮我就是帮他自己!"

我一边跳着躲避遥控器的横扫,一边说:"如果范忠迁根本就没把精神文明单位啥的看在眼里呢？"

洪雪娇说："你懂啥，如果说生产效益是单位领导的脸面，精神文明单位称号就是脸面上的胭脂粉。就像没有哪个女人抗拒得了漂亮衣服一样，没有领导不在乎精神文明单位称号。"

我说："好吧，祝你心想事成。"

我听洪雪娇和她的姐们儿打电话时说过，范忠迁很凶很霸道，经常把下属训得跟三孙子似的，助理去他的办公室永远是倒退着出来，像清宫戏里的小太监，一副脊梁骨没长直的德行。至于我说洪雪娇肚子里的孩子该不是范忠迁的吧，纯是故意气洪雪娇的，因为洪雪娇在单位里，虽不是最底层，但也基本是生物链末端部分，除了公司年度总结大会，基本没有见范忠迁的机会。或许你会说，洪雪娇是公司出纳，范忠迁的各种公费报销不得经她手吗？确实经她手，但是像范忠迁这样的大人物，还要亲自跑财务填报销单？助理就能搞定了。

所以，我可以确定，洪雪娇肚子里的孩子绝不是范忠迁的。

范忠迁住麦岛。我们从团岛坐 301 路公交一路晃悠过去，要四十多分钟。

一路上我又是晃腿又是吹口哨，完全一副不良少年的嘴脸，只希望洪雪娇以我为耻，把我撵回家，因为我不愿意让范小舟看见我妈低三下四求她爸的样子。如果洪雪娇自己去，范小舟可能会瞧不起见着她爸就哆哆嗦嗦话都说不成句的洪雪娇，但她不会知道我是洪雪娇的儿子。但最终，我的计划还是落空了，我们到站下了车。洪雪娇郑重其事地打量了我一番，问我："小邪，你怕不怕？"

这简直是对我的侮辱！我说："我要怕过我就不叫螃蟹谢！"

其实他们都叫我谢螃蟹，但我更愿意叫螃蟹谢，显得很洋气。洪雪娇对我的气宇轩昂表示很满意："我叫你来，就是要给范忠迁看看，他可以不怕我洪雪娇，但我洪雪娇的儿子不好惹。"

我恍然大悟,洪雪娇让我陪她去范忠迁家,原来不是为了让范忠迁看在她是范小舟同学妈妈的分上帮忙,而更像是一个手无缚鸡之力的良民,带着社会小混混上门要挟人家。

我很不高兴,说:"妈,你是我亲妈啊,你怎么能这么干?"

洪雪娇说:"你爸死了,我身边就你这么一个可用的男人了。"

我说:"那你也不能让我在我同学面前充当社会小混混的角色。"

洪雪娇诧异地看了我一眼,说:"嗬!看不出来,你也知道要脸啊。"

我生气,不理她。洪雪娇扯着我一条胳膊往范忠迁家走。范忠迁家住别墅,小区外是一片城郊荒地。洪雪娇拽着我,在这片荒蛮之地跌跌撞撞地走着,进了范忠迁家的小区,找到了他家的院子。

范小舟和范小强正在修剪草坪。范小舟见到我和洪雪娇,吓得剪刀都掉地上了,一下子跳到了她哥身后,尖声说:"谢螃蟹!你来干什么?"

我的心情本就灰突突的,让她这么一喊,就更糟糕了,在她自家院子里都吓成这样,可见我在她心目中的形象实在是糟糕透了。

洪雪娇不知道我在学校的外号叫"谢螃蟹",她站定,看看我,又看看范小舟,说:"你叫他?"

范小舟没说话。

范小强从地上抄起做园艺的铁锹就冲我来了,说:"亏你也敢自己送上门来,我今天要不把你这只'螃蟹'拍出黄来,我就不叫范小强!"

洪雪娇一听,急得尖声大叫:"范总!范总!快管管你儿子,要出人命了!"

范忠迁家很欧洲文艺范的白实木门就开了,范忠迁两口子像两只探头探脑的家鸡从家里出来。

在家里的范忠迁和我想象中的那个霸道且耀武扬威的范忠迁不一样,他有点和蔼可亲,甚至和谢福哉有点像,很意外洪雪娇怎么会找到家里。他走到范小强身边,夺下他手里的铁锹,看看洪雪娇,好像根本就不认识她,迟疑地问:"你是——"

范忠迁不认识洪雪娇是有可能的,但应该不眼生。同一个单位,低头不见抬头见,总有碰面的时候。所以,当他极具领导范地用手指点着洪雪娇眼前的空气,好像得了健忘症的人在努力回想一张熟悉面孔的名字,一脸和善地歉疚时,我相信他是善良的。

而我的母亲洪雪娇,眼里蓄积着明晃晃的泪水,激动得竟然说不出囫囵话。

我觉得尴尬,就替她把话说了:"我们来没别的意思。我妈是你单位的职工,叫洪雪娇,她怀孕了,我爸死了,她想替我爸生下这孩子,听说你有本事能办准生证。"

范忠迁的老婆不高兴了,说:"准生证要那么好办,人人都二胎了。"

我说:"你们家不就二胎了吗?"

范忠迁的老婆让我说红了脸,说我没家教,打开院门,轰我和洪雪娇走。这让我觉得极没尊严,我一个屁孩子,可以不要尊严,但我的母亲不能不要尊严。她再不像样子也是我妈,我可以瞧不起她,但别人不能。我让范忠迁的老婆把手从洪雪娇胳膊上拿开,否则我给她好看。

范忠迁的老婆气坏了,嚷嚷着让范小舟去打110,说有人威胁到了她的人身安全。时隔多年,我想起这一幕,心里仍暖洋洋的。范小舟没去打电话,而是说:"妈,谢螃蟹也就是逞逞嘴能,人不坏。"她情急之下的这句话,促使我下定决心做个好人。

范忠迁也来打圆场,把他老婆拉到一边,说:"就是,你跟个孩子计较什么?"然后和颜悦色地让我们回去,说准生证的事,他想想办法。

我没想到事情这么简单，洪雪娇也激动得方寸大乱，抹着眼泪说："我就知道你不会不管我们孤儿寡母。"范忠迁让她说得有点不自在，就说："你是公司员工，帮你应该的。"

洪雪娇可能也意识到了自己的话有歧义，忙往回圆，说："就是就是，大家都说范董事长能量大，人也好。谢福哉死了，我就是没老公的人了，除了依靠组织没别的路走。"

洪雪娇抽抽搭搭地哭着说："这孩子要是能顺利生下来，你就是他再生父母，我让孩子认你当干爸。"

范忠迁嘴里好好地答应着。可我知道，他这是敷衍，想尽快把我们娘儿俩打发走。

洪雪娇眼泪汪汪地说："我回家等你信？"范忠迁语气温和得好像和蔼的邻居大叔，说："你等我信。"

洪雪娇就拉着我走了。走到拐角的时候，我回头看了一眼，看见范忠迁的老婆正气势汹汹地叉着腰盯着我们的背影，我敢断定如果范忠迁的老婆会变戏法，眼睛可以喷火的话，她会毫不犹豫地喷出两柱火焰，把我和洪雪娇烧成烤鹌鹑。

回家路上，洪雪娇和来时完全不一样，她难得的表情肃穆，目光始终放在公交车外，好像曾经踌躇满志的军事专家正茫然地看着失利战场上的尸横遍野。

她一句话不说。

我也不说。

我趴在车窗上，看满街都是趁暑假带着小儿女们来青岛旅游的父母，他们像一道有温度的人间美景，弄湿了我的眼睛，让我突然特别特别想哭。谢福哉活着的时候，曾经多次筹谋举家外出旅行，他甚至都买好了帐篷、钓竿和手电筒，说要带我去漓江边、鄱阳湖边安营扎寨过上一阵子。但每一次都没有成行，因为洪雪娇总是请不下假来。其实，我知道，洪雪娇是离不开都市的灯红酒绿，一天也离不开。现在，谢福哉走了，他买回来的帐篷还没拆箱，蜷缩在阳台的角落里，寂寞得好像整个世界已经死掉。

公交车到终点站了，我还呆坐在公交车上沉痛缅怀谢福哉。洪雪娇喊了一声，我目光抬起，茫然地看着她，泪就落了下来。洪雪娇吓坏了，我很少在她面前哭。谢福哉说我从小不哭，打预防针、从床上掉下来也不哭。有时候我惹他生气，他气得鼻子都歪了不得不打我一顿，也都是高高举起手，轻轻落在我屁股上，完全是出于对我的可怜，觉得我刚满百天那会儿从床上掉下来把脑子摔坏了，要不然怎么会不哭？小孩子打针也不哭，这不正常。

洪雪娇拉着我的手，说："小邪你怎么了？"

十二岁的我已经比洪雪娇高一个头了，让她领着还在哭的我，我觉得有点滑稽，就默默挣脱了她的手，围着路边的行道树，一棵一棵地绕着走。洪雪娇微凸的肚子让她显得有点笨拙，她碎着步子追上来，问是不是觉得她给我丢人了。

我不想说我在想念谢福哉，怕她会当街骂出口来。这个时候骂我，是对谢福哉的亵渎，他在天有灵听见了会难过的。

我低着头，在树与树之间迂回穿梭着大步快走。洪雪娇追累了，说她也知道带着我去求范小舟的父亲帮忙，一旦在同学中传开很丢我的脸，可她也是没办法，这事只有范忠迁办得了。

我还是大步快走。

洪雪娇在身后大声说："小邪我告诉你，你要特别要脸，就没法在这肮脏的世界里活下去。世界是个大染缸，没人能干干净净非常要脸地活完一辈子，如果你吃不透这个道理，以后就别想有出息。"

我不知道她为什么要跟我说这些，大约是希望我原谅她不那么干净的情路吧。

她还说，今天脸虽然丢了，可事已经办成了。听她口气，就像我后来的妹妹洪小邪的准生证已经拿到手了一样。

我依然沉浸在对谢福哉的沉痛缅怀里,没和她说一句话。

回家后我从阳台上找出露营帐篷的箱子,扛着去了海边。我还只是个孩子,没有钱去远方,就在六浴的沙滩支上了帐篷。我点上蜡烛,躺在帐篷里面,在心里默默地说:"谢福哉,来吧,到我的梦里来,我们就当这里是漓江边、是鄱阳湖边。"我很快睡了过去,半夜有人在帐篷外说话,把我吵醒了。我听见洪雪娇说:"警察同志,辛苦了。找到他我就放心了,你们快回去吧。"

警察和她说了几句什么,他们踩着沙子远去的声音沉闷而又温柔。我仰面躺着,从帐篷顶端的透明塑料天窗里看见天空被城市的灯光腐蚀成了灰蓝色,疲弱的星光微微闪耀。我听见洪雪娇轻轻拉开帐篷上的拉链门,钻进来,躺在我的身边。过了好一会儿,她才说:"我和你一起还个愿吧,你爸在天有灵,看你这么想他,也会感动的。"

她竟然什么都知道,但我不想原谅她,一点也不。我闭着眼,不说话,过了一会儿,洪雪娇就睡着了。她是个没心没肺的美人儿,我拿她没办法。她轻微而均匀的鼾声在帐篷里回荡,泪从我的脸上滑下来。

早晨,到海边觅食的海鸥扑棱棱地落在帐篷上,把我弄醒了,我习惯性地翻了个身,发现洪雪娇已经不在帐篷里了。帐篷的透明塑料天窗上汪着一兜夏季的露水,两只海鸥落在我的帐篷顶上扑通扑通地走了一会儿,没找到面包屑就飞走了。

我坐起来,心里有感激也有惆怅,很感激洪雪娇在我醒来之前就走了,因为我不想上演顽劣儿子被执着的母爱感化抱头痛哭的滥情一幕,也不想再对她恶言相向。总而言之,以后的岁月里,该怎么面对我的亲生母亲这一问题,让我陷入了无边无际的茫然。

我收拾好帐篷回家。

听见我进来的门响,洪雪娇像往常一样连看都不看我一眼就说饭在桌子上。餐桌上放着豆浆油条,干干净净的。好像我没有彻夜不归,好像昨天夜里那个从背后搂着我的女人不是她。

我把帐篷放到阳台上,洗了个澡,坐下来吃油条,说:"范忠迁办得了吗?"

她晓得我问的是准生证,说:"范忠迁在公司里是出了名的说一不二,肯定没问题。"

我说:"那是在公司里。"

洪雪娇暂停了韩剧光盘的播放,扭头看着我,问我啥意思。语气里又充满了往日的气势汹汹。

我说昨天是在他家,他是怕我们闹出事来,不得已才答应的。

"那他也是答应了。"洪雪娇继续播放光盘,胸有成竹道。

第五章

家里来了两个人，说是公司计生科的，要带洪雪娇去医院检查，暗示说老大已经托人打点好关系了，只要医生在病历上写洪雪娇患有凝血障碍，这个孩子就可以合理合法地生下来。

洪雪娇高兴得要命，跟我说："怎么样，我就说范忠迁有办法吧！"

她和我说范忠迁的时候，说得好像不是他们公司老总，而是她的亲老公。这让我很不爽，我警告洪雪娇，要小心，别是把她骗到医院去引产的。虽然我对洪雪娇执意要给我生个弟弟妹妹什么的不感兴趣，但我也不想她心怀喜悦地被人骗上了屠床。

洪雪娇有点紧张，紧紧抓住我的手腕，问该怎么办。她怕不按照计生科的说法去做，范忠迁就有理由不给办准生证了，但相对于最后一丝希望会就此破灭，她更怕被计生科的人骗到手术台上引了产。

她左右权衡，拿不定主意。

谢福哉死了，我就是这个家唯一的男人了。我得让洪雪娇知道，她没白养我这个儿子。我跟她说："你去吧，我陪着你。"

洪雪娇瞪大了眼直直地盯着我。她的样子既单纯又愚蠢,让人忍不住心生怜悯。

洪雪娇去医院的那天早晨,我偷偷往书包里塞了把菜刀,陪她一起去了医院。

公司计生科的人早就到了,坐在妇产科门口的长椅上,远远看见我们就站了起来,很有点请君入瓮的味道。洪雪娇怯怯地看了我一眼。我没接她的眼神,走到计生科的人跟前,说:"我妈来了。"

其中一个中年妇女就扬了扬手里的挂号单,说我们是第一个,然后领着我们去妇科门诊。在门口,中年妇女把我拦住了,说:"这个地方男人不能进。"我说:"我才十二岁半,还是个孩子,不算男人。"

她上下打量我,大概难以置信我一米七四的个头才十二岁半吧。我表情恬淡,说:"我进去和医生说两句话就走。"说完,我进了门诊。洪雪娇已经躺在检查床上,一个个子高高的妇科医生正在戴一次性手套,要给洪雪娇做检查。我从书包里摸出菜刀,在手里掂了两下。在场的人吓坏了,说:"你这个小孩,要干什么?"

我说:"我什么也不干,我就是想告诉你们,写什么能办下准生证来你们就在病历上写什么,你们要想骗洪雪娇把胎堕了,我手里的菜刀不答应,早晚我得把你们卸了!"

计生科的中年女人吓得眼泪都出来了,拽着妇科医生的胳膊,让她别检查了,赶紧在病历上写上洪雪娇有凝血障碍,他们好去给办准生证。妇科医生见惯不惊的样子,笑了笑,回头看看我,说:"小朋友,别激动,我给你妈妈做个检查就写病历。"

躺在产检床上的洪雪娇用感激的眼神看着我。

那一刻,我特别骄傲。

妇科医生在病历上写了什么我们不知道,反正病历被公司计生科的人拿走了。

从妇科门诊出来,洪雪娇就好像真的刚刚流产了一样,浑身瘫软地依偎在我身上，有气无力地说："儿子，谢谢你啊。"

我什么也没说，又想起了谢福哉，他活着的时候，除了帮他打散啤，我啥也没帮他做过。他死皮赖脸地娶了洪雪娇，把我带到这个世界上，又为了找我丢了性命，我总该为他做点什么，要不然我的下半辈子没法过。

半个月后的一天，洪雪娇请我去吃芝心比萨，满鼻子满眼的兴奋随时都要流淌出来。等比萨的时候，她让我猜猜为什么要请我吃比萨。我想让她高兴高兴，假装猜不出来。洪雪娇就从包里摸出一个巴掌大小、只有两页的小本本往桌子上一拍，几乎是嚷嚷着说："我拿到准生证了！"

我翻开看了看，上面贴着洪雪娇和谢福哉的合影，和结婚证上的合影一样，还印着他们的名字和出生年月日，再然后就是祝他们生一个健康可爱又聪明的小宝宝。我看了一会儿，给她推回去，一副对这件事很漠然的样子。

洪雪娇小心翼翼地问："你不高兴？"

我说："你高兴就好。"

自从发现我能像个爷们儿一样护着她，洪雪娇看我的眼神就变了，有讨好，有巴结，也有点怯怯的。

从冬天开始，陈枢他们就不怎么到家里来了。渐渐地，小区里有些传言，说经过半年的侦查，谢福哉被杀案已被定性为随机性突发案件，抓到真凶的难度很大。

警察查过谢福哉手机的通话记录，大多数是打给洪雪娇的，几个陌生号码打过去一问，不是同事就是邮件收件人。案发当晚，他没打电话，也没人给他打电话。

谢福哉出事那天晚上我去老费那儿了。老费的铺子叫啤酒屋，其实是个杂货店，从丝袜、打火机到香烟、方便面应有尽有。我买了包口香糖。老费还跟我唠了两句，说天要下雨，劝我别出去疯了，让谢福哉省省心。我说谢福哉有心也不用在我身上,说完就走了。过了半个小时,果真下起了雨。谢福哉也来了,当时老费正在搬沙袋挡在门口。老费的铺子地势低洼,雨稍微一大,水就漫过门槛往里流,所以他常年备着沙袋,一下雨,就在门外码成一道堤坝。谢福哉帮他搭了把手,然后买了盒烟。老费说:"大晚上的买烟抽,不怕挨洪雪娇骂啊。"谢福哉打开烟盒,拿出一支来点上,抽了两口才说要出去一趟。老费问他是不是要出去找我。谢福哉说是,就一头扎进了雨里。当时,老费还觉得他挺不容易的,娶了个不省心的老婆,又生了个不省心的儿子。

老费把这些都告诉了陈枢。谢福哉剩在口袋里的半包哈德门就是从他这里买的。由此可见,谢福哉出门只是为了找我,被人蓄谋杀害的可能性基本为零。歹徒选择抢他,一定是随机的,因为同样是冒险,没人会选择抢一个身上从不超过五十块钱的吝啬鬼。

既然是随机作案,在没有线索的情况下想破这个案,简直难如上青天。陈枢不再在谢福哉被杀这件事上费心,这让我觉得谢福哉的命像蝼蚁一样被放弃掉了。

次年初春的一个凌晨,洪雪娇闯进我的房间,让我赶紧下楼叫辆出租车,她要生了。

这种场景我在电视剧里看到过很多次,女人生孩子九死一生的样子给我留下了心理阴影。我连滚带爬地上街,连喊带叫地拦出租车,生怕车来晚了洪雪娇就会难产死在家里。

我已经失去了谢福哉,不想再失去洪雪娇,尽管很多时候她一点当母亲的样子也没有。但我还是喜欢放学回来,有个人像我八辈子的债主一样,不情愿地嘟囔着招呼我吃饭。

我在街上又跳又叫地喊了几分钟,有辆私家车停下来问怎么了。我说我妈要生了。那个人就笑了,问:"你爸呢?"我说我爸死了。那人的笑就僵住了,把车停在路边,上楼帮我把洪雪娇弄下来送到医院,一分钱也没收就走了。

　　每当我觉得人生没意思的时候,我都会想起这个人,觉得这世界还值得留恋。那些好人就是无尽黑夜里的豆丁之火,让你昏暗的心头陡然一亮。

　　洪雪娇生了个女孩,粉嘟嘟的,睫毛很长,黄而细软的头发温柔地贴在头皮上,让人看一眼心就软成了阳光下的冰激凌。

　　洪雪娇看出了我对妹妹的喜欢,她让我给妹妹取个名字。

　　我说:"叫谢小邪吧。"莫名其妙的,我就想让她叫我的外号。抱着她的时候,我都恍惚,觉得她不属于这个世界,而是借洪雪娇的身体来到这个世界的精灵。她美得让人自惭形秽,我不敢去亲她抚摸她,仿佛一亲一抚摸就会把人世间的污浊弄到她身上。

　　"不行!"洪雪娇斩钉截铁地说,"她不能姓谢!"

　　我问为什么。

　　洪雪娇瞥了一眼墙上谢福哉的照片,虽没说话,但眼神我读懂了,那就是谢福哉配不上这么漂亮的女儿。我说:"你不是觉得亏欠谢福哉的,才执意要生下她的吗?"

　　洪雪娇说这是两回事,说谢福哉窝囊、猥琐,不想让我的妹妹沾染丝毫谢福哉的气息,所以她不能姓谢。

　　我抱着妹妹走到谢福哉的遗照前,说:"爸,你有女儿了。"然后把妹妹托给他看,莫名其妙的,谢福哉的遗像倒下来扣在了妹妹的脸上,把妹妹砸得哇哇大哭。洪雪娇闻声出来,全然没了产妇的虚弱不堪,仿佛母豹子,生气地看着掉在地上的谢福哉的遗像,又看看脸颊被相框砸出了一点瘀青的妹妹。她一把抢过妹妹,把谢福哉的遗像一脚踢开,转身走了。我也有点生气,但这事我更愿意理解成,谢福哉在天有灵,想近距离看看自己的女儿,不承想砸伤了她。

　　我捡起遗像,摆回原来的位置,说:"爸,你也三十多岁的人了,怎么还这么毛手毛脚。"

谢福哉在遗像上傻乎乎地看着我笑,不说话。

因为谢福哉的遗像砸了妹妹一下,洪雪娇更是打死也不让妹妹姓谢,说谢福哉对这个女儿没安好心,要让妹妹跟着她姓洪。我跟她吵,却吵不过她,主要原因是我还不能挣钱,她掌握着这个家的经济大权,就是掌握着主权。最后我不得不让步,妹妹可以姓洪,但是必须叫洪小邪。

洪雪娇没识破我的阴谋诡计,我之所以让妹妹叫洪小邪,是因为"邪"和"谢"谐音,我想等洪小邪长到懂事的时候,我带她去派出所改名,颠倒过来叫"谢小红"也不错。

是的,我非常不愿意让我漂亮的妹妹跟着洪雪娇姓,在我潜意识里,"洪"这个姓有传染性,我担心洪雪娇把轻浮浪荡的德行遗传给我漂亮的妹妹。

她的眼睛那么干净,像清澈的湖水,我都想跳进去搓洗肮脏的灵魂。

就这样,我有了一个漂亮妹妹,她跟我妈姓,叫洪小邪。

洪小邪出生一年后的一天,洪雪娇把她打扮得像童话故事里的小天使一样漂亮,买了大包小包的礼物。我问她要干什么。

洪雪娇说:"还愿,你也去。"

我知道洪雪娇这个人虽然放荡不羁,但是有点迷信,遇事犯急的时候就会双手合十,求天上的各路神仙保佑。虽然新社会了,可孤儿寡母在单位大院混饭吃也还是不容易,我以为她在我不知道的时候给哪路神仙许过愿,现在到了还愿的时候。

洪雪娇这个人轴,认准了要办的事我反对也没用。我上街拦出租车。

洪雪娇指挥我把大包小包塞进后备厢,自己抱着洪小邪钻进了副驾驶,等我坐定以后,突然回头跟我说:"谢磅礴,咱得买辆车。"

就洪雪娇的工资?要不是顾及我和洪小邪两张嘴吃饭,怕是再翻上一倍也不够她买衣服和化妆品的。在二〇〇六年的冬天,她说要买辆车,在我听来不亚于叫花子指着五星级酒店说要进去住一晚上。

我懒得接她这白日梦的茬,就望着灰突突的街道发呆。

发呆的时候,我会想起范小舟。范小舟品学兼优,而且漂亮,注定是我们普通男生仰望的女神。

小学六年,范小舟跟我说得最多的一句话就是"谢螃蟹你有病"。现在,我承认我真的有病,但这病有解药,就是范小舟。只要范小舟冲我笑一下,我就幸福得像飞上了天。但范小舟从来不冲我笑,哪怕她嘴上讨厌我,心里知道我这个人并不坏,也不冲我笑。这曾是我很长一段时间的苦恼。

她明明知道我不坏啊,为什么还不搭理我?

范小舟走路永远走最右边的人行道,说话从不大呼小叫,从来不用坐公交车。读小学的时候,她妈开辆大众桑塔纳在学校门口等她。上初中的时候,她高衙内一样的哥哥范小强开了家公司,一年不到就买上了丰田霸道,每天都耀武扬威地到学校门口接她,好像他是托塔李天王,范小舟就是他手里的塔,不捧在掌心里他就寝食难安。范小强做什么生意能挣这么多钱?我连脑子都没过就说肯定是借了他老子的势,倒卖国家紧俏物资。

尽管我们对范小强的狗仗人势有一万分的鄙视,但范小舟在学校门口拉开车门坐进范小强车的样子,还是把我们这些自认为人五人六的家伙的不可一世统统碾压成了街边野草。我们鸦雀无声,唯有眼羡和悲痛。

在我的胡思乱想中,出租车停了,竟然停在了范小舟家小区的门口。身穿人造裘皮的洪雪娇抱着粉嘟嘟的洪小邪从出租车上下来,指挥我从后备厢往下卸东西。我把大包小包卸在路边,问她:"这是要干啥?"

洪雪娇一脸委屈和无辜："还愿呀！"

我火了，踢了脚边的排毒养颜胶囊箱子一脚，表示继续和她为伍下去，我会感到羞耻。洪雪娇急了，绕到我面前虎视眈眈看着我："谢福哉死了！"

我说："知道。"

洪雪娇说："我一个女人拉着你们两个孩子，必须找个靠山。"

我说："那你也不能找范忠迁。"

我知道在谢福哉刚死那阵子，陈枢去单位调查过洪雪娇，据说范忠迁可怜洪雪娇一个死了丈夫的孕妇还要被警察怀疑杀夫，帮她说了几句好话。后来这事传到了洪雪娇耳朵里，洪雪娇就感恩戴德得不行了，让我好好学习，等将来有出息了，报答范忠迁。

洪雪娇说范忠迁是谢福哉死后唯一真正帮助过她的人，何况她求范忠迁给洪小邪办出生证的时候早就许诺了，等孩子出生了就认范忠迁做干爸。

我不耐烦地说："你以为随便一个人的诺言就值得别人期待？别天真了！如果你一穷二白，却跟有钱有权的人许下了做一辈子哥们儿的诺言，人家只会害怕，像鲜血怕蚂蟥，臭肉怕苍蝇！"

我自认为振聋发聩的真理并没惊醒洪雪娇，她心平气和地表示道理她都懂，然后说："谢磅礴我告诉你，人想活好点并不一定全靠能力，有时候也得豁上脸皮。"

她发现我直愣愣地看她，接着说："谢磅礴你不要用这样的眼神看我，咱小区是我们公司的家属院，街坊邻居都知根知底，你得有靠山别人才不敢把你踩在脚下。"

我说："我就是你和洪小邪的靠山。"

洪雪娇笑了，笑得花枝乱颤地说："谢磅礴，你别仗着自己个儿高就觉得了不起了，生活里的很多事不是你想的那样。"

我不服气地问："生活是哪样？"

洪雪娇说:"警察告诉我谢福哉死了的时候,我挺高兴的,觉得自己运气好,不用和谢福哉这个窝囊废撕扯着闹离婚,人生可以重新开始了。可事情并不像我想的那样,谢福哉死了,那些我以为会向我求爱会抢着为我的后半生买单的男人一个也没来。"

我生气她的厚颜无耻没出息:"我不是男人?"

"你长得再高再壮也只是我的儿子,我得自己面对我的人生。"

说着,洪雪娇不再求我,她把大包小包挂在肩上、胳膊上,像个逃荒的女人刚刚打劫了小卖部,全副武装地披挂上阵,趔趄着往前走。

我虽于心不忍,可又不愿看她在范忠迁面前奴颜婢膝。我无法想象,顶着范忠迁一家四口鄙夷的目光,她怎么还能让洪小邪张开可爱的小嘴喊范忠迁"爸爸",更不敢想象范小舟目睹这一幕时会怎么看我。

我坐在离范忠迁家有五十米的马路牙子上,从路边的花坛拽了根干枯良久的狗尾巴草秆,放进嘴里狠狠地嚼,想象着洪雪娇的各种奴颜婢膝,气得眼泪都快下来了。

正胡思乱想的时候,我听见有人喊我名字,一抬头,竟是范小舟。她竟不在家!我喜出望外,下意识地站了起来,结结巴巴地问好。

读初二的范小舟差不多一米六五的样子,脸长开了,站在夕阳下,我能看见光穿过她脸上的绒毛时给她的脸镀上了一层毛茸茸的金色,让她的美很有神圣的光晕。

范小舟问:"你站在这里干什么?"

我结结巴巴地说:"没,没什么。"

范小舟不满意地噘了噘嘴,但并不继续逼问下去。她那副不高兴的样子在我看来倒像是撒娇,她看着我,我就觉得心里有个自己瘫软了下去,并乖乖举起了双手。我咽了一口唾沫,说:"我妈去你家了。"

范小舟哦了一声。她很有教养，没有嫌弃地问我妈又来干什么之类的话，而且很体恤地问我怎么没进去。我低着头，不好意思回答。

范小舟咯咯笑，问："你是不是怕我？"

我一点也不想和范小舟撒谎，就点点头，说："我怕你笑话我。"

范小舟问她能笑话我什么。我说我妈是带着我妹妹来认干爸的。

范小舟一愣，继而笑着说："你妈也这样啊。"可见，很多人想认范忠迁做干爸。可以想象得到，范忠迁在位子上，肯定不少人变着花样地巴结，那些有儿子的人说不准还会不知天高地厚地要跟他做亲家。这么一想，我就觉得胸膛上有一股气在涌动。我抬起头，看着范小舟说："其实我是反对我妈这样的。"

"所以你没跟着进去？"范小舟问。

我没否认。

范小舟看上去心情很好，也很想和我说话，她说："谢螃蟹，别看你整天耀武扬威挺不要脸的样子，我觉得其实你特要脸，而且你很自卑。"

我愣愣地看着她，觉得这个从来不正经和我说话的女孩子是我知己，她比我妈都了解我。我说："你怎么知道？"

范小舟咧着嘴笑，说："我就知道！"然后又和我谈了一会儿理想，就让我和她一起回家。她所有的要求我都没法拒绝，哪怕她现在让我上刀山下火海，我眉头都不会皱一下的。

我跟在范小舟身后去了她家，看见洪雪娇正拿半个屁股坐在范家的沙发上。范忠迁抱着洪小邪，正在逗她玩。他的老婆坐在一张单人的真皮沙发上，以目不转睛看电视的方式来表达对洪雪娇的鄙视和敌意。

从范忠迁和洪雪娇的表情，我判断洪雪娇的认亲大计已圆满实现。

范小舟叫了声妈。范忠迁的老婆应声抬头,刚要起身迎接宝贝女儿,见我跟在身后,脸呱嗒又掉了下来。我想表现得像个懂礼貌的好孩子,就问了声阿姨好。

范忠迁老婆像没听见一样,问范小舟晚上想吃什么。范小舟用撒娇的嗔怪声音说:"妈,人家叫你呢。"范忠迁老婆才冷冷瞥了我一眼,拿鼻子嗯了一声。洪雪娇没想到我会来,她站了起来,迎着范小舟热情洋溢地说:"听磅礴说,初中你俩还是同学?"

范小舟啊了一声,也问了声阿姨好。

洪雪娇说:"真是缘分。"

范忠迁的老婆往厨房走,一副要准备晚饭的样子,其实是逐客。

范忠迁大声跟他老婆说:"别忙活了,今晚出去吃。"

洪雪娇大概没想到有这待遇,错愕得不行,把洪小邪从他手里接过来,说:"不用了不用了。"然后找了个借口离开。范忠迁也就没再勉强。

走在路上,我问洪雪娇为什么要撒谎,既然要抱大腿,索性抱得牢靠点,不是更好吗?

洪雪娇冷着脸走在后面,一句话也不说,好像她这辈子的热情都因在范忠迁家坐了这一个小时而耗尽了。

第六章

洪小邪一天天长大了,人都说七八岁是孩子最丑最讨人嫌的时候,可就连这个时候,洪小邪都好看得让洪雪娇提心吊胆。

范小舟也说,她爸说过,洪雪娇带着孩子上门认干爸时,他内心是很抗拒的,可一看洪小邪那么漂亮可爱,那个"不"字,就说不出口了。

范忠迁其实挺倒霉的,一时心软帮洪雪娇办了准生证,就被洪雪娇扑上去抱了大腿,甩都甩不掉。

洪小邪一年年地长大,谢福哉的案子一年年地陈旧下去。新案压旧案,谁也不知道还有没有见天日的时候。

陈枢也一年比一年老了,我眼看着他眼角起了鱼尾纹,鬓角里有了几丝刀光剑影的白。他还是每年到家里来几趟,拎着书籍、学习用品,又或者篮球、水果,在我家沙发上坐一会儿。洪雪娇会装模作样地问问案子进展,他会假装很歉意的样子说还没线索,然后跟不肯拿正眼看他的我说要好好学习,成为国家栋梁之类的屁话,好像在念什么金科玉律。其实,他说一句,我就在心里说一声呸。

案子的进展就是永远没有进展,但他每次都说会努力,洪雪娇也假装很感动地相信了。

我不信，就像不相信狗看见肉骨头不会扑上去。我讨厌他一次次地来我家表达所谓的关爱，这简直就是虚伪的作秀，试图让我相信在这个世界上没有迎不来黎明的黑夜。

可事实的真相就是，杀死谢福哉的凶手一直躲在暗处，或许他杀了更多人，抢了更多钱，因为陈枢们的无能，他们过得逍遥而快活。

有个夏天，陈枢拎着水果来到我家。我把水果拎到门外，用刚出冰箱冷冻室的眼神看着他，一言不发。他有点不自在，说："小子，什么意思？"我说："没有你的慰问，我们家也吃得起水果。"他竟笑了，说："这孩子，有点性格。"

我被他的语气激怒了，痛斥道："是你们的无能让谢福哉沉冤不得雪。早晚有一天，我会亲手抓到凶手，把他拎到市刑警队门口，一刀一刀割了给谢福哉报仇。"

很多年后，陈枢说，我一个嘴上没毛的半大小子，面无表情地说这番话，把他吓坏了，他特别怕我变成一个报复社会的坏孩子，所以，从那以后他来得更勤了，以至于他新婚的妻子大发雷霆。因为洪雪娇太漂亮了，陈枢妻子怀疑他所谓的关照我的成长，完全是冲着这个危险少年漂亮的寡妇妈妈来的。

有一次，他来我们家例行关照，他妻子找过来大吵一顿。从那之后他就不到我们家来了，再找我都是去学校，在学校门口等我，把我从一众小兄弟的簇拥中择出来，带我去学校门口的快餐店。

陈枢不仅请我吃饭，有时候也会跟我打场篮球赛或去海边走走。他跟我谈人生、谈理想、谈谢福哉的案子，让我不必为谢福哉的死而内疚——虽然他是因为去网吧找我才被人杀死在雨夜的街上，但那是谢福哉的选择，和我没有关系，他选择了出去找我，就要承担出去找我所可能产生的种种后果，就像大家都知道开车可能会发生车祸，可没有人会因为车祸就不开车一样。人得接受命运的无常。

他总是不停地说，而我就不停地看天，我觉得他在用这些废话虚耗着我的人生。

我问他，如果他的小孩和我一样，他还愿意给他当爸爸吗。他说愿意，不管他的儿子犯了多大的错，闯下多大的祸，永远是他的儿子。我在心里默默地问："谢福哉，你有没有怪我害得你没了命？如果不怪，你就在我眼前刮一阵风吧。"

那天太阳很好，空气静止得连一根头发都不会撼动。当我许完愿，却有一辆车，是的，一辆车风驰电掣地从我身边掠过，卷起的风把我拽了一个趔趄。我，呆呆地，站在那儿，哭了。

陈枢以为我被疾驰而过的汽车吓坏了，他完全没想到我会这么胆小，微笑着安慰我，说："没事的，我们在马路牙子上呢。"我哭着让他滚，他不会知道一个人永不宽恕自己有多痛。

陈枢平时很严肃，好像面部神经毁坏，已丧失笑的功能，唯独面对我时很温和，好像我年长的哥哥。连洪雪娇都感动了，说陈枢是她见过的最有人情味的警察，她想给报社和电视台打电话，让他们宣传他的事迹。

我冷笑着说打吧，他忙活了这些年，要的就是这个。

洪雪娇骂我没良心，也真给报社和电视台打了电话，记者也做了准备，但最后，报纸没登，电视台没播，因为陈枢拒绝采访。

看来陈枢不是沽名钓誉的人。从那以后，我对陈枢好点了。

光阴如水，我和洪雪娇还是水火不相容，几乎没好好说过一句话，洪雪娇气急了就骂我是野兽。

谢福哉活着的时候，洪雪娇只是讨厌谢福哉毁了她的人生。谢福哉死了，她异想天开地以为可以带着我和洪小邪这俩拖油瓶嫁个钻石王老五。这怎么可能？但凡称得上钻石王老五的男人，哪个不精于算计？洪雪娇一步登天的春秋大梦日渐破灭，这让她看上去像个怨妇,好像整个世界都辜负了她。

有一次,洪小邪放学回家,小大人一样在我床沿上坐了半天,说:"哥哥,以后你去接我吧。"

那会儿我正读高三,为了能和学习成绩优异的范小舟读同一所大学,拼得很。我问是不是有人欺负她了,如果有人胆敢欺负她,我就算忙成陀螺也要抽时间去把臭流氓揍成肉酱。洪小邪说没有。我放下笔,让洪小邪告诉我到底是为什么。洪小邪就哭了,说同学们都说她的妈妈是大花蛾子。

我明白了,四十岁的洪雪娇喜欢把各种艳丽的颜色穿在身上,每一套装扮都不少于四种颜色。我和洪小邪提出抗议,她振振有词,像个孩子似的问我:"难道我穿鲜艳点不好看吗?"

"不好看。"

"可为什么大家都说彩虹漂亮?"洪雪娇狡辩道。

"因为你不是彩虹。"

她打开衣橱门,把一件件艳丽的衣服摘下来扔到地上。很快就扔了一堆,好像挤了一堆水彩颜料。我拿过一只纸箱,把衣服装进去,打算搬到楼下扔了。她却扑上来,又把纸箱抢了回去。

我告诉洪雪娇,那些艳丽的衣服她可以穿,但接送洪小邪的时候不能穿,因为洪小邪要脸。洪雪娇就哭了,说我和洪小邪欺负她无依无靠。

我的理解是如果她有个男人可以依靠,大约就不必受制于我和洪小邪,可我们是她仅有的亲人,如果不理我们的诉求,她就会成为孤家寡人。所以她不得不悲痛而又无望地屈服于我俩的联合压制。

每每这样的时候,我想洪雪娇应该是怀念谢福哉的。哪怕站在洪雪娇那边天会塌下来,谢福哉也会毫不犹豫地站过去。

在和洪雪娇的对抗中,我长大了,高考了,上了大学——北京的一所警校。理想终还是落空了。原本,我想创造一个奇迹,和范小舟上同一所幼儿园、小学、中学、大学,最后在同一个家里相亲相爱。虽然范小舟对我的好感仅限于我并不像看上去那么坏,但她是我的救命恩人。如果不是她无意间让我正视自己,我可能会像脚底下抹油一样一路堕落无止境,成为屎壳郎一样的人物,在人类最底层、最肮脏的角落快乐地滚着屎球,还自以为是别人眼里了不起的大力士。

我从没像高考结束后的那个假期一样关心学业问题,天天在班级 QQ 群里打听大家的大学志愿。众人的七嘴八舌里,我最关心的是范小舟的大学志愿。我和洪小邪说:"我想和你干姐姐读一所大学。"洪小邪从漫画书上抬眼看了我一眼,好像听到了蚊子的嗡嗡声而抬眼看一下它飞行的方向,仅此而已。我说:"小邪你不要瞧不起我。"洪小邪说:"我姐的学习成绩是全年级前三十,你呢?"

是啊,我呢——一百五十名开外,但我依然不死心,万一呢。洪小邪翻了个白眼,说:"我姐脑子没让驴踢。"

洪小邪说范小舟时从不说范小舟的名字,口口声声"我姐",好像她们是嫡亲姐妹,而对我这亲哥虽没张口闭口"谢螃蟹",却总是"蟹哥""蟹哥"的让我恼火。我说:"洪小邪你能不能别这么势利?我是你亲哥啊。"

洪小邪说:"你越是我亲哥我越是得说实话,我不能光顾及你的自尊把你弄出妄想症,到最后收不了场。"

事实证明洪小邪是对的。范小舟报了我难以望其项背的政法大学。我只能以自己卑微的分数,逐一甄选北京的各所大学。在班主任眼里,我是个差生,懂得发奋努力的时候已经晚了,分数能上一本线就已让他喜出望外了。以我的分数,在北京以外还有很多好学校可选,他不明白我为什么非要去北京。

他不知道我的心,如果不是范小舟,我根本就不可能读大学,也不想读大学。

就算不能和范小舟在同一所大学,我也要和她在同一座城市。

我十九岁之前唯一的理想就是和范小舟在一起。

洪小邪虽然亲热地把范小舟叫作"我姐",可一年也就礼节性地见两次面。每年中秋和过年,洪雪娇带着洪小邪去给范忠迁送礼物。范忠迁老婆始终讨厌洪小邪和洪雪娇,但在位高权重的范忠迁面前又不敢说什么,只能忍气吞声。范小强对洪雪娇母女完全无感,就像贾宝玉对刘姥姥和板儿无感一样。范小舟一开始和她妈一样不喜欢这母女俩,后来因为洪小邪漂亮得八面玲珑就改变了态度。

得知我报了警校,陈枢既惊喜又感动,约我出来见面。我没想到他竟自作多情地认为我选择读警校是受了他的影响。我当然不能让他随便觉得自己很荣光,于是就手抹他一脸灰,说我报警校完全是因为他们的无能,有朝一日我要亲自把我爸的案子破了。

听完这话,陈枢仿佛被揭了致命伤疤的老虎,气咻咻的。

"难道事实不是这样吗?我爸的案子没破,作为他的儿子,但凡我有点血性,是咽不下这口气的。"我说。

他无话可说,又坐了一会儿,说如今我考上大学了,为表达至今还没破案的歉意,他决定送我个礼物。

礼物是台笔记本电脑。

我家虽然不富裕,但我讨厌爱占便宜的人,也决不占任何人的便宜。洪雪娇说,这一点我和谢福哉有天壤之别。

我拒收陈枢的电脑,陈枢很尴尬,说他是真心的。我说我也是。他说:"你不要我就扔海里去了。"我说随便。

然后,噗通一声。我回头,看见他真把没拆封的笔记本扔海里去了。我愣了一下,还是铁下心肠走了。

笔记本因为密封在盒子里,沉不下去,在海里一荡一荡的。旁边一个钓鱼的用钓竿把电脑捞上来还给了陈枢,说这样扔海里污染环境。陈枢只好把电脑夹在腋下走了。

离开家读大学,我看见的世界又宽阔了很多。假期里我和陈枢见面,他说他对我已经有点放心了。我很不高兴,觉得他辱没我的人品,我虽然看上去浑,但有颗赤子之心。他无声地笑,说以前的我阴暗而鲁莽。我不想总埋汰他,就实话告诉他,选择读警校,不是受他影响,也不是为了破我爸的案子,是因为范小舟。范小舟大学学的法律,毕业后可能是法官、检察官或者律师,不管她干这些职业中的哪一个,我做警察都有可能打上交道。

陈枢问谁是范小舟。我说是我的高中同学,也是我的女神。他问我告白了吗。我说还没呢,于是跟他探讨追女孩子的经验。陈枢说,爱情的美好贵在自然。我说不对,爱情告白一定得搞得轰轰烈烈,要不然不浪漫。陈枢说,当众求爱,是种浪漫的无赖行为。我大声地喝倒彩,讽刺他,脑回路果然和正常人不一样。

他就给我解释:"你看,如果女孩子真喜欢你,爱情早就心照不宣地开始了,还用得着当众求爱这一套吗?如果她不是那么喜欢你,被当众求爱,围观的人送上所谓的祝福和起哄,会让女孩子善意地考虑到你的面子,勉为其难答应了,你觉得一开始就有勉强成分的爱情会有好收场吗?"

刹那间,我对他刮目相看,说:"你懂得挺多啊。"

他笑着说,做刑警的都学过心理学,要不然怎么和犯罪分子斗智斗勇。

我答应他,放弃去范小舟寝室下摆玫瑰花阵的求爱计划。

陈枢就歪着头看我:"可以啊,还摆玫瑰花阵。"

我说:"难道穷小子的爱情不配有玫瑰?"

陈枢说那倒不是。他看着远处的海,突然拍拍我的肩,说:"你妈一个女人不容易,养你们兄妹两个,还要供你上大学,这么着吧,我负责你的恋爱经费。"

按理说,我应该感动,但我没有,我把他的胳膊从我肩上扒拉下来:"花你的钱,谈我的恋爱,我是那种不要脸的混蛋吗?"说完,我起身走了。他站在堤坝上，喊道："我没别的意思！"

我头也不回，大声说："我有钱，打工挣的！"

真的，我是个有良心的人，知道洪雪娇养两个孩子不容易，我不可能花着她的血汗钱风花雪月。从大一下学期开始，我就给教授当学生助理了，为此，洪雪娇很骄傲，经常跟她的闺密吹，说儿子长大了，知道疼她了，还说我现在就是学生助理，将来一定有出息。

我选择在北京读大学是为了和范小舟呼吸同一座城市的空气，读警校是为了将来和范小舟的职业搭界。这些说出来就令人嗤笑的小秘密，洪小邪都知道。我大二的那年暑假，洪小邪要求我用打工挣的钱请她吃哈根达斯，被我拒绝了，因为我想买苹果手机。被拒绝的洪小邪恼羞成怒，当着洪雪娇的面戳穿我是个惯于白日做梦的人，比如我对范小舟的邪念。

洪雪娇吃惊地看着我，问："谢磅礴，你读警校不是为了你爸？"

谢福哉的案子没破，洪雪娇一度认为我读警校是为了让谢福哉沉冤昭雪，曾经眼含热泪地跟亲戚朋友们说过多次，说从谢福哉被杀那天起，谢磅礴就长大了。亲朋们纷纷为谢福哉有我这样一个立志要报父仇的儿子而高兴。

我懒洋洋地躺在床上，没回答洪雪娇的问话。

洪雪娇是我的妈妈，她明白我沉默的含义，特别痛心疾首地说："谢磅礴，我没想到你是这样的人。"我说："哪样了？"洪雪娇声音提高了八度："攀龙附凤！"我说："我喜欢范小舟只是纯粹地喜欢范小舟这个人，不像某些人，打着给女儿认干爸的名义抱人家的大腿。"

之后，春节去范忠迁家送礼，洪雪娇再也不求我帮忙拎东西了。有一年春节回来后，洪小邪让我请她吃比萨，说有个重要秘密要告诉我。我吓得心怦怦跳，以为范小舟带男朋友回家了，忍痛割爱掏出二百块钱塞给洪小邪。二百块，她可以点一个最好的芝心比萨再加甜点。

洪小邪小心翼翼地把二百块钱塞进口袋，才告诉我："咱妈说你坏话了。"洪雪娇不说我坏话的时候不多,完全不出乎我意料,可洪小邪说,洪雪娇跟范小舟说我假期不洗脸、不梳头、不刷牙,甚至能一周不洗一次澡,还经常把自己关在房间里看不知从哪里弄来的色情杂志!

我质问洪雪娇,为什么要如此败坏我。

洪雪娇并没否认她对我的败坏,说这是为了我好,还说是她故意让洪小邪透露给我的,目的是让我死心,别在范家人面前自取其辱。

我想不明白洪雪娇为什么要这么干,既然她那么热衷于抱范忠迁的大腿,为什么如此介意我喜欢范小舟呢?洪雪娇说我幼稚,范忠迁可以假装仁慈地认她送上门去的洪小邪为干女儿,但他们绝不会允许范小舟嫁一个在生物链底层的普通小子。她之所以如此处心积虑地破坏我在范小舟心目中的形象,就是为了阻止这一切发生。一旦范家人发现了我的痴心妄想,一定会恼怒,从而斩断洪小邪和范家的关系。这样的话,在公司系统和家属院里,她就成了谁都可以踹上两脚的蝼蚁。

亲妈为了自己,丝毫不顾亲生儿子的幸福,我悲从中来。

第七章

我选择就读北京的大学,完全是为了范小舟,但实际上我们见面的机会并不多。

为了制造见面机会,我把我们班考到北京的同学组了个群,没事就在群里瞎贫,但范小舟几乎不发言。我也组织了几次聚会,范小舟就来了一次。偶尔她在群里被我的要宝逗笑,就说:"谢磅礴你怎么还那么幼稚。"读大学后,范小舟更漂亮了,可能是学法律的原因,遣词造句更加精准。

她已经不叫我谢螃蟹了,可她说我幼稚。女人是不会爱上她们觉得幼稚的男人的。为了不幼稚,我学着沉默。可在喧闹的人群中,只要我一沉默,马上就会变成茫茫沙漠中的沙砾,渺小而悲哀。

一个不被爱情青睐的人,不管怎么做都是错的。

明白这点后,我不再组织聚会。但我依然会利用课余时间努力打工赚钱,赚了也不花,攒着。周末时我会借辆自行车去政法大学兜圈子,希望能遇上范小舟,体体面面地请她吃顿饭。可期望中的邂逅,从没发生过。

大学毕业前夕,我已经攒了三千多块钱,我从网上订了鲜花,每天早晨送到范小舟寝室。范小舟到处询问是谁给她送了鲜花。我始终沉默，我希望她因此而感到被倾慕的美好和被爱的温暖，这就足够了。所有希望博得回报的好都是虚伪的，而我只希望范小舟快乐。

临毕业前，范小舟通过了律考，要回青岛当律师。听说她要回青岛，我也决定回去。大四下学期实习那会儿，我找了陈枢。当时陈枢已是市刑警队的队长，却依然身材消瘦，但很结实，像善于奔跑的狼。我给他打电话，说我想去刑警队实习，他说可以。

实习期间，我天天跟着他出现场，走访调查，累得跟三孙子似的，还要装得气宇轩昂，就是为了让他觉得我是块可塑之材。实习快结束的时候，我问他，我能不能分到他所在的刑警队。他面无表情地拒绝了我。不光他们队，连下面分局刑警队的编制都满员了，我大概率会被分配做片警。

我几乎要跳起来，说我读了四年大学，就是为了去派出所当片警，给大爷大妈们拉架断口舌的？陈枢说编制满员了，让我在基层派出所踏踏实实历练几年，等有编制了，我也历练差不多了，他一定把我调到刑警队。

我明白，陈枢只是一个刑警队队长，没有人事权。我才不会被他愚弄得满脑袋都是幸福的金星在旋转，实习结束就动身回北京了，再也没和他联系。

范小舟问我是不是要去市刑警队。我说那是理想。

范小舟就明白了，说理想和现实总会有些差距的，这才是人生的真相。我说我这人天生倒霉蛋，然后发了一串沮丧的表情，告诉她我正坐在圆明园的残墙断壁上失魂落魄。范小舟让我别气馁。我不想抱着手机和范小舟讨论人生，于是约她见面，范小舟说行。我问她想去哪儿。她说后海吧。

傍晚，我坐公交往后海去，收到她微信，她问可不可以带个朋友。我知道女孩子出门喜欢带个闺密死党，可等到了才发现，范小舟带的是个男的，还挺英俊。范小舟挽着他的胳膊，站在酒吧门口张望着找我。

我坐在吧台前的高脚椅上，像个傻子似的微微张着嘴巴，看到范小舟挽着他胳膊的瞬间，我差点遁地而逃。范小舟拉着男朋友的手走过来，冲我笑一下，然后回头说："方翰闻，他就是谢磅礴。"

那口气，在我听来，好像在说"就他，他偷过我铅笔，摸过我橡皮"。

这小子叫方翰闻，是范小舟的同学兼男友。我和他握手，方翰闻的手又长又热，好像刚刚烤过炭火。

那天我把买花剩下的钱全买了啤酒。反正那些钱我是为了范小舟才去打工赚的，给她男朋友买酒喝了就是给她花了。这么想的时候，我笑得龇牙咧嘴，心却在流泪。

青岛是啤酒的故乡，啤酒对我来说就跟可乐没什么区别。可方翰闻不行，这小子来自陕西，喝啤酒完全不是我对手。很快他就喝飘了，对我递过去的啤酒很抗拒，但又不想服输。我猜他是看出来了我对范小舟不怀好意。所以，虽然初次见面，虽然不善饮啤酒，但他不甘示弱，硬陪着我灌了七八瓶。后来他去厕所抱着马桶吐，范小舟怕他出事，让我进去看看。

我进去，看见方翰闻坐在地板上努力地伸着脖子往马桶里吐。由此可见，这哥们儿挺有教养，都醉成这样了，还力图吐得有素质。他也晓得自己坐在地上的样子很狼狈，挣扎着想起来，奈何腿不听使唤，试了几次之后，就老老实实瘫坐在那儿继续呕吐了。我抽了几张纸，给他擦了擦嘴，问他吐完了没。他点点头，很无助的样子。我把他的一条胳膊搭我肩上，扶着他往外走，还没走到门口，就听哇的一声，方瀚闻吐了我一肩。啤酒混杂着消化不良的坚果和果脯发出酸溜溜的恶臭，是我平生闻到的最难闻的味道，熏得我都快吐了。

我捏着鼻子，把他扶到洗手池旁，让他扶墙站着，我打开水龙头清理身上的秽物。

方翰闻虽然醉得脖子都挺不起来了，但他眼睛里的笑意，让我觉得他其实是清醒的。

他突然一咧嘴，好像又要大吐特吐。这可把我吓坏了，我赶忙跳着脚逃开，但酒吧地板太滑，我一不小心就滑了个大劈叉。他看着我，咧着大嘴坏笑。我生气地问他是不是故意的，他鼻音浓重地嗯了一声。我气得不行，恨不能跳起来暴打他一顿。可他看着我笑的样子就像个恶作剧得逞的孩子，让我想起了小时候总在闯祸捣蛋的自己，我突然又不气了。我把身上洗干净，让他搭着我的肩出去。

范小舟见方翰闻醉成这样，便一个劲地怪我，让我帮她把方翰闻弄到出租车上。

我们站在街边拦了好几辆车，司机停下见我一身酒气，方翰闻又醉得人事不省，都怕我们吐车上，纷纷拒载。实在没辙，我们只好打了高价黑车。

方翰闻在后排座躺着，头枕在范小舟的腿上。范小舟不停地抚摸着他的头发和脸，我的心脏就发出阵阵破碎状的疼痛，我歪着头看他们，觉得心脏的疼都蔓延到眼珠子上了。范小舟被我看得生气了，说："谢螃蟹，都是你！"

范小舟只有生气的时候才叫我谢螃蟹。

我问："小舟你为什么对他这么好？"

"你管得着吗？"范小舟反问。

我说："等会儿我有话跟你说。"我想跟她坦白，那些花是我送的。

车没回政法大学，而是进了政法大学旁的一个居民小区，我和范小舟费了九牛二虎之力才把方翰闻弄进了二十二楼的一个一居室。

我们齐心协力把方翰闻弄到床上。我问方翰闻怎么住在这里。范小舟说，他不习惯集体宿舍里的气味，就在外面租了个房子。

我心里酸溜溜的，以北京的物价水平，一居室的房租比住在校内一个月的生活费都高,可见方翰闻家世优渥,我拿什么和他相比?我俩都不在同一条起跑线上,谈何竞争?洪雪娇早就说了,要是爱情真能饮水饱,这世界上的怨偶至少得减少百分之八十。她和谢福哉也是,如果谢福哉有花不完的钱,可能他们也会过得不错。

范小舟给方翰闻掩上卧室门,我俩在客厅站了一会儿,气氛略微尴尬。范小舟既不像女主人也不像客人,她问我要不要喝水,我说不了。她如释重负般拉开大门看着我,意思是我该走了。

走到门口,范小舟突然说:"你不是有话跟我说吗?"我这才想起来,今晚和范小舟见面是打着有话要说的幌子,可现在我已不想说了。我咧咧嘴,一副讨人嫌的嘴脸说:"骗你的。"

范小舟轻轻说了声讨厌,接着嗔道:"谢磅礴你什么时候才能有点正形?"我略带伤感地说:"这辈子不会有了。"

我等电梯的时候,范小舟出来了,站在我身后,仰着头,和我一起等电梯。我有点意外,回头看了她一眼,问:"你也走啊?"范小舟又气又笑,说:"谢磅礴,你脑子一天到晚都想些什么?"

我心中顿时阳光灿烂,便咧着大嘴笑。

电梯门开了,我咧着嘴进去,和她面对面。她被我笑得莫名其妙,问我傻笑什么。我说,我做梦也没想到自己上四年大学就是为了当片警的。

范小舟可能同情了我一下,奚落的表情没了,说:"别泄气,片警一样有春天。"

我笑笑:"我又不是野百合,要春天干什么?"

第二天下午,范小舟和方翰闻来找我,方翰闻非要把昨晚在酒吧花的钱给我。我不要,说聚会是我发起的,当然得由我请客,否则,我岂不是成卖嘴骗别人吃喝的"嘴子"了?

在青岛,那些只说好话却不干实在事的人叫"嘴子"。我对"嘴子"有天然的反感是因为洪雪娇。洪雪娇有很多这样的男朋友,吹牛不上税,好像明天就能给她买别墅、宝马、奔驰、香奈儿、路易威登……可打我记事起,八大峡那套八十多平方米的房子就是我们唯一的栖息地。谢福哉死后,洪雪娇每交一任男朋友都会滋生出搬进豪宅的憧憬,但一次都没搬成,而她的男朋友都变成了必须踹掉的王八蛋。洪雪娇每次这样说的时候都义愤填膺,历数某个男人的缺点就像吝啬鬼数着手里仅有的几个铜板。我严肃地告诉她,请客观公正地看待问题本质,那些男人围着她打转,只是图她漂亮,他们不想也不会娶她。我每次这样说,洪雪娇都涕泪交加,说我和那些男人一样,都不是正经东西。我说她知道他们不是正经东西还去招惹,简直不可理喻。洪雪娇说我懂个屁。长大以后,我才懂了洪雪娇说的那个屁,其实是怕。她不是天生愿意被男人骗,她只是害怕,怕一个人的孤单,那种在寂寥的夜里只能交叉双臂拥抱自己的孤单。

方翰闻还是执意要把钱给我,说我只邀请了范小舟,他是意外来客,不在邀请范围内,所以钱他必须付。我觉得我们两个大男人为几百块钱推来让去很没意思,就提出钱我可以收,但他们必须答应我件事。方翰闻说完全没问题。

我说拿这钱请他们吃饭,然后问范小舟是几月生日,范小舟说十二月。我乐了,说:"我是五月,比你大,今天中午就是大舅哥请妹妹妹夫吃顿饭。"方翰闻一副云里雾里的样子。范小舟也没回过味。我说:"洪小邪是你干妹妹,我不是你干哥是啥?"

范小舟和方翰闻恍然大悟,我请他们吃湘菜,五百块钱也只能请他们吃个湘菜。但相对还算豪华——以往我们寝室 AA 制聚餐,唯一能点得起的荤菜是毛血旺——那天中午我点了风暴鱼。

吃饭期间,从方翰闻的只言片语里,我听出他不是平头老百姓家的孩子。虽然他只是来自普通得不能再普通的陕西某地级市,但藏卧于小地方的龙虎能量巨大,不可小觑。观照自己,总拿那点痴情说事,难免像谢福哉于洪雪娇,我自己都觉得不好意思,心里酸溜溜的不是滋味。我问方翰闻家里几个孩子。方翰闻说我们这代人,有几个不是独生子女。我指着范小舟说她就不是,又指着自己的鼻子说我也不是。话音落地,心里就升起了原来我和范小舟才是同类的幸福感。我嘴角那抹隐秘的笑引起了方翰闻的警惕,他让我放心,说他不会和范小舟两地分居的。

傻子都能听出来这话里的一语双关。我索性不遮掩,借着开玩笑说真心话:"你们最好两地分居,这样我才有机会。"

方翰闻也堂皇地接过了我的招,半开玩笑地回敬道:"我不会给你机会的。"

他如此磊落,不翻脸,不急眼,像绅士决斗一样地应对我的亮剑,让我心下大惭。我对方翰闻的好感又增加了一层,觉得他是除我之外唯一能配得上范小舟的人——做人明亮通达,大丈夫气十足。

方翰闻说毕业后他也去青岛。我问什么单位,他说检察院。

我跟他碰了一下杯,让他以后对我手下留情。方翰闻说:"只要你不贪污受贿就落不到我手里。"我说:"那不一定,万一我办的案子落到你手里?到时少给我弄点拒批捕。"

方翰闻哈哈大笑,说:"你一片警,最多抓个撬门溜锁的小蟊贼,完全没技术含量,我想拒批捕都没得抓手。"

我觉得脸像被人踩了两脚,使劲努力都挂不住地要往地上掉,就沉着脸喝啤酒。

范小舟知道我对接收单位不满意,用那句著名的屁话来安慰我——是金子到哪里都会发光。这让我更觉得自己像坨烂泥一样被随手扔进了哪个旮旯。我心意消沉,闷着头喝酒,一个人喝了一杯又一杯。

出乎我意料的是,方翰闻这个酒尿竟一杯接一杯地跟着我喝。范小舟怕他再度喝醉,夺他杯子。他却绕着胳膊把酒灌进了嘴里,抱着杯子不松手,说:"你不是说青岛人拿啤酒当茶水喝吗?我得练练。"

"那你跟你谢教练好好学学。"范小舟笑道,又转向我,说,"谢螃蟹,方翰闻交给你了啊。"

我醉眼迷离地说:"好啊,交给我,我给他灌死。"

范小舟就站起来,隔着桌子打我头顶。她的手那么轻柔,我想让她多打两下。她却不打了,说:"谢螃蟹我告诉你,你要敢耍花招,我就把你蒸了给方翰闻下酒。"

方翰闻给我倒酒。我特别没出息地低着头,看着杯里的啤酒落泪。范小舟看出了不对劲,问我怎么了。我没吭声。范小舟又问:"谢螃蟹你该不会哭酒杯吧?"

"哭酒杯"是我们山东地区的一个说法,有的人稍微一喝高就会哭,俗称"哭酒杯"。我把蓄积在泪腺里涌动着想往外冲的泪水止回去,说:"你家方翰闻才哭酒杯呢!"

范小舟撇撇嘴,表示了对我醉死不认那壶酒钱的鄙夷。我知道她和方翰闻已经看见了,我脸上有明晃晃的泪珠,索性大大方方地抽面巾纸擦了一下泪,说:"我想起了我爸,觉得对不起他。"

范小舟的表情马上就由戏谑的鄙夷变成了愧疚,那种一不小心戳痛了别人内心深处伤疤的愧疚。

我决定再接再厉,说:"你知道的,我原本是希望分到刑警队把我爸的案子破了的。"

方翰闻不知道我爸的事,范小舟大体给他讲了一遍。方翰闻听完,端起酒杯,满眼敬意地碰了一下我的杯沿,说:"你放心,将来这案子要落到我手里,我一定给你诉得漂漂亮亮的。"

我咧嘴想笑,眼泪却掉了下来。如果范小舟爱上的是一个混蛋,我不怕,早晚有一天岁月会揭开他的庐山真面目,到时范小舟还是我的。可方翰闻是条仗义的汉子,这让我绝望,是那种心不够坏,于是拿好人毫无办法的绝望。

第八章

四年前，我踌躇满志去北京，四年后，我两手空空地回来。

我被分配到市南老城区的一家派出所，挺丧气，一度不想去报到。洪雪娇开车带着我在市区兜兜转转，指着一些著名餐厅说她还没在里面吃过饭，路过海信广场时，说她连条手绢都没在里面买过，因为要花掉她在街边店买条裙子的钱，太贵。她絮絮叨叨地数落完这些，就可怜巴巴地看着我说："儿子，妈就指望你了。"

我没说话，觉得在派出所里干个小警察，是不可能完成她的这些向往的，就在心里叹气。

我乖乖去派出所报到。所长是转业军人，自觉是大风大浪闯过来的，很瞧不起我们这些专业院校毕业的，说我们不过纸上谈兵，让我们放下娇气，跟老民警从零学起。跟我一起分来的另一个人不服气，嘟囔了一句被他听见了，他倒是没发作，只是盯了那人几眼，就把他分到内勤管户籍了。看上去轻描淡写，但对于年富力强的片警来说，这可是个不小的羞辱。

我们所不大，二十几个人除了所长都是兵。由于年轻力壮，我被分配为巡逻警，一天工作八小时，三班倒，只要片区有黄赌毒、打架斗殴等一切不符合法律规定的行为，我们都要管上一管。当然，最主要的还是出警。110平台一个电话过来，我们就得拼命往出警点跑。为此，洪小邪说我干的其实不是警察，是捕快。

对，就是古代县衙里的捕快，先到衙门里领命，再去把作奸犯科的抓回来，特没技术含量，完全可以不带脑生存，只要四肢强壮、能打能跑。

我倍感自己被大材小用，想找所长通融通融把我调到刑侦组。我敲了两次所长的门，第一次，没等我开口，他就接起电话走了；第二次，我刚问完好，辖区就出大事了，他起身就走，见我待在原地，回头吼了一嗓子说走哇，然后呼哧呼哧地领着我往前跑，跟一个手持菜刀的疯子对峙。他老人家以五十五岁之高龄扑上去勇夺菜刀，让我觉得自己的不满纯是娇情。

从此，我便不再提调动的事，每天安分于巡逻、出警、捉蟊贼。一天忙活下来，整个人都累疲了，回家只想在床上瘫着。洪雪娇对我意见很大，说原以为我毕业了她能多个帮手，没想到回来个爷，还得她伺候着。然后，她又关心派出所分不分房子。我说都什么年代了，让她别痴心妄想。

我们家这套小三居还是谢福哉活着的时候洪雪娇单位分的，一住就是小二十年。洪雪娇说，出来进去都是看了二十年的老面孔，即使两口子也看腻了，何况邻居。

我知道，洪雪娇不是看腻了邻居，是虚荣。她所在的央企似乎永远不会垮台，但也谈不上前途光明，如今已完全没了分房的可能。看着昔日同事沾子女的光，搬出了已处处透着老旧疲态的小区，洪雪娇无比羡慕。可作为儿子，我唯一能做的就是浇灭她刚刚燃起的希望之火。我告诉她，别指望我弄套大房子让她在老同事面前嘚瑟，我还指望她赶紧嫁出去给我腾房子结婚呢。洪雪娇很生气，骂我无耻，算计到亲妈头上。她气得发抖，诅咒我一辈子找不到女朋友，结不了婚。

方翰闻初到青岛,除了范小舟和同事谁都不认识,我就成了他唯一的朋友。有时候,我正在社区巡逻,方翰闻打个电话就拎着啤酒来了,远远看见我们的巡逻车,他就跳出来,像美国西部片里求搭车的性感女郎一样伸手拦车。车停下,他径自拉开车门,打开啤酒,吱地啜上一大口,问我今天过得怎么样。

我特讨厌他这口气,比我们所长还像领导,我懒得理他。

有一次,巡逻到半夜,他又出现了。我停车,跳下来,说:"方翰闻,你也是个有女朋友的人了,干吗老是找我玩?"

方翰闻就坏笑着说:"我喜欢你。"

我翻个白眼,说:"我喜欢你女朋友。"

方翰闻面不改色地顿了一下,说:"我知道。"

"那你还找我玩?"

"对,我要和你成为好朋友。"

"为什么?"

"朋友妻不可欺。你是个仗义的人。"

他这是在夸我,我应该高兴才对,可我一点也高兴不起来,感觉自己被人捏住了软肋,完全失去了翻身的机会。我让他滚,说:"我是恶名昭著的谢螃蟹,到底能做多大恶,我自己都难以预料。"

方翰闻并不生气,依然一有机会就来找我。洪雪娇很警惕,总担心我会和方翰闻打起来。但爱情就像头难以驯服的兽,如果范小舟不爱我,我把方翰闻杀了也没用。方翰闻和范小舟来了几次,次次都平安无事,洪雪娇就不那么警惕了,还高高兴兴地给我们张罗好吃的。当然,我知道她是为了讨好范小舟,讨好了范小舟就等于讨好了范忠迁。说真的,范忠迁对洪小邪很不错,每年都给洪小邪张罗生日,说要一直张罗到她有男朋友,送的生日礼物也是价值不菲。洪雪娇每年有两样东西值得炫耀,一是洪小邪的生日礼物,二是洪小邪的新年红包,当然,都是范忠迁给的。她一样炫耀半年,两样正好能风风光光地炫耀完一整年。

洪雪娇对范小舟的殷勤太过赤裸，甚至到了一种令我坐卧不安的程度，于是我便找借口不让方翰闻他们来。范小舟觉出了不对劲，问是不是洪雪娇不高兴，因为他们一来，她就要又是泡茶又是切水果地伺候着。

考虑到洪雪娇整天苦心经营着和范小舟一家的关系，也不容易，我不想让她背锅，就否认了。我解释说，方翰闻一个人去派出所找我玩，我是开心的，但方翰闻和她一起来我家玩，我是讨厌的。说到这里，我用一百瓦灯光的眼神看着范小舟，问她："你知道为什么吗？"

范小舟猜到了我是要借这句话痴心妄想地表达我喜欢她。范小舟一直知道我喜欢她，但她喜欢方翰闻，只喜欢方翰闻。我怔怔地看着她，觉得内心大雨滂沱，我也讨厌自己对她的痴心妄想，但我控制不了自己。

我们就这么相互对视了一会儿，我觉得自己是个男人，应该先把台阶给女生下，就真诚地向范小舟道歉。她哼了一声，说："希望你不要再说让自己和别人都尴尬的话。"

我说好。

范小舟又补充道："无论何时何地。"

我说好。

我和范小舟和好之后，很长一段时间她没来找我，但方翰闻还是会出现。他会拉我去我辖区之外的酒吧喝两杯。

方翰闻长得特周正，气宇轩昂的，很有范儿，哪怕身穿运动装，给人的感觉也是在机关大楼里忙碌一天后，换身衣服出来放松放松。他帅气、绅士而又富有活力，常常让我自惭形秽、黯然神伤。

有一次我喝了点酒，问他觉得我这人怎么样。他纳闷地看着我，好像吃不准我为什么这样发问。我给他看手机短信息，银行发来的，写着"祝您生日快乐"。

方翰闻碰了碰我的啤酒瓶,祝我生日快乐,然后怪我不早说。

我口是心非,说:"我一个大老爷们儿,过什么生日?"心里却是伤感的,作为一个成年人,不被任何人记得生日,是件悲凉得近乎可耻的事。一个大男人,得多失败才能活成一粒别人肉眼不可见的尘埃。

方翰闻把高脚凳挪得离我更近,极有修养地抿了一口酒。他歪头看着我,好像在搜罗评价我的溢美之词,良久后,说:"你啊,像一棵长在旷野里的树——遇上樵夫,是烧火的木柴;遇上建筑师,就是庙堂上的雕梁画栋。灰飞烟灭还是名垂千古,关键看遇上谁。"

我突然有想哭的冲动,觉得他是知音,和他碰了碰瓶子,一口干了。从酒吧出来,我们勾肩搭背。方翰闻比我高,但他好像不快乐。这很不好,他拥有范小舟的爱情怎么可以不快乐?我有点生气,但什么也没说。

又过了一段时间,极少发朋友圈的范小舟突然发了个"九宫格",是在涵碧楼给她妈过生日,方翰闻也在,席间还有几个我不认识的中年男女,看上去非富即贵。

我把照片一张一张点开放大了看,内心一阵冰冷。我知道自己完了。坐在方翰闻身边的中年男女应该是夫妇,两人长得像——夫妻之间,哪怕年轻的时候相貌有天壤之别,一起生活二三十年,也能中和出夫妻相。

男方父母上门拜会女方家长,是男婚女嫁的关键步骤,如果不出大岔子,婚是结定了。

范小舟的朋友圈让我的情绪跌到谷底。我一不高兴了,就关在屋里打游戏,饭也不想吃,任凭洪雪娇叫回来的外卖放凉也没有动一筷子。洪雪娇很生气,砰地推开门,两手撑在门框上,虎视眈眈地冲我怒喝,仿佛我的名字是石头,她的嘴巴是高射炮口,"谢磅礴"这三个字从她嘴里喷出来,能砸我个头破血流。

可彼时的我心如死灰,就算整个世界坍塌,也置若罔闻。

我像个天良丧尽的混蛋,对洪雪娇的慈母心视而不见。洪雪娇气得直哭,端起饭菜就要往马桶里倒。这是她一直以来对我的惩罚方式,我若赌气不吃饭,她就把饭菜倒掉,让我饿的时候没东西吃。

但这次没倒成,在端着饭菜奔往厕所的路上,她被洪小邪拦住了。洪小邪冒着饭菜的汤汁溅到漂亮裙子上的风险,一把夺过来,重重往我桌上一蹾,说了一个字:"吃!"

像无法拒绝范小舟的召唤一样,我无法抗拒洪小邪的命令。犹如受尽委屈的弃妇,我一筷子一筷子往嘴里塞东西。

洪小邪拖了把椅子,坐在我旁边,看我吃东西。等我吃完,她像温柔贤淑的田螺姑娘般收拾起碗筷,说:"哥,认命吧,你不是我姐的菜。"

洪小邪人小鬼大,什么都知道。她知道我有多么喜欢范小舟,就像知道我有多么宠她爱她,不亚于天底下最伟大的老父亲,虽然,我只是她的哥哥。

她把碗筷送到厨房,扔进碗池,回来,一本正经地站在我的面前,像老母亲一样捧起我的脸,端详了一会儿,说:"哥,别丧气,会有女人喜欢你的。"

我拿下她的手,继续玩游戏。

洪小邪就抱着手机,趴在我的床上,一边玩消消乐一边说:"不是我恭维你,你真的长得很帅。"

我说谢谢,我只喜欢范小舟,就算七仙女来投怀送抱,也会眼睛都不眨一下地推开。

洪小邪又无可奈何地看了我一会儿,继续玩她的游戏。她从小就这样,每当我挨了洪雪娇的骂或是生气了,她就凑过来,看看我,然后若无其事在我身边玩玩具,一声不响。有时我会忘记她的存在,一抬头,看见她,就会心里一暖,感慨人世间还好,值得留下。

第九章

周一开会,所长说我们组老张的老婆脑梗了,为了照顾老婆,老张不再当巡逻警了。

大刘是老张的搭档,老张不干了,他就落了单,于是问:"那我咋办?"意思是"我还用巡逻吗"。

我们巡警三班倒,五组人马轮休,如果大刘不用巡逻了,就意味着剩下的四组人马要延长上班时间。我们不是钢铁机器人,就一起抗议。所长说,他已经给局里打了报告,在新人来之前,先找个协警顶上。

大刘不同意,说协警不是科班出身,素质不过硬,容易捅娄子。

我们所的辖区是老城区,地盘大,坐地户多,哪个都惹不起,外地来的小商贩也有样学样,动辄擎着个手机录个没完,一言不合就扬言要捅到网上让我们吃不了兜着走。我们正式在编的民警管起来都困难,协警就更甭指望了。所以,我们非常理解大刘对协警的抵触。

大刘不想要协警,我们也不愿意每次值班都多转悠俩小时,所长也没有更好的办法,场面一度陷入尴尬。

所长的目光像端着枪的小兵，在我们九个人的脸上巡来巡去，半天后，他说："大刘不愿意跟协警搭档，你们可以自由组合。谁不介意和协警搭档，就举手。"

我看看庞大壮——我的搭档，他正用讨好的眼神看着我，看得我心里发毛。

我想和协警搭档。我们干巡逻警的，每天至少要和搭档一起吃一顿饭。庞大壮嗜甜，喜欢喝可乐，喜欢吃齁甜的咕咾肉，看见辣椒就好像武大郎看见了砒霜。而我无辣不欢，每次又都禁不住他可怜巴巴的眼神，不得不去吃齁甜得让我想把牙抠下来扔掉的咕咾肉。

我举手，说："所长，让协警和我搭档吧。"

庞大壮马上像正沉浸在甜蜜婚姻中却突然接到了离婚起诉书的弃妇，他惊诧地叫着我的名字，问他哪里做得不好，我竟要弃他而去。

我知道他不是舍不得我，而是被伤了自尊。我实事求是地说，他哪里都好，只是我俩吃饭吃不到一起去。庞大壮不承认，觉得我俩一起吃饭很开心。我说："好吧，从明天开始，咱俩吃川菜和湘菜。"

他面如死灰。

虽然我不知道协警吃饭的口味，可再不济，也就是吃甜的而已，还是比和庞大壮在一起快乐。庞大壮比我早来派出所两年，喜欢在我跟前摆老资格，他膀大腰圆，出警的时候跑两步就呼哧呼哧喘成破风箱，活像一坨哆嗦在空气中的肥肉冻，把所有艰难和危险都扔给了身手敏捷的我。我现在不撤，更待何时？

所长看看大刘。大刘表示，只要不和协警搭档，就没任何意见。

第二天，我休息的时候，所长打来电话，让我带新搭档熟悉一下辖区环境。

何小风，我的新搭档，二十八岁，本市人，帅得一塌糊涂，让我一度怀疑他是来体验生活的明星。我心里暗暗叫苦，整天和一个帅得像流量小生的协警巡逻,辖区那些开小门脸儿的老板娘为了看一眼帅哥,找不到马扎也能报个警,不把我累劈才怪呢。

何小风虽然比我大,但看上去傻乎乎的,好像胸腔里没装心脏,脑壳里没装脑仁。这让我头疼。在人际交往上,我很势利,只愿意和比我有智慧或比我有趣的人来往。早知如此,我宁愿继续陪庞大壮吃能甜掉牙的咕咾肉。

事已至此,后悔也没用。我给大刘打了个电话,问他们在哪儿巡逻呢,方便的话,捎上我和何小风。

大刘和庞大壮开着巡逻车来接我们,和我一样,他们也以为何小风是哪个剧组派过来体验生活的流量小生。大刘见我垂头丧气的,问怎么了,我说没怎么,瞟着何小风给他介绍说这是我的新搭档何小风。

大刘和庞大壮齐齐嗬了一声,纷纷说这颜值当啥协警,考个电影学院、戏剧学院去做演员不是更好。我嘟囔"你以为当演员就一副皮囊的事",这话里带着刺,大刘和庞大壮都听出来了,何小风却没有。他傻兮兮地说,就因为想当警察又当不上,才跑来当协警。我不无讽刺地说当协警也没未来。何小风看了我一眼,没说话。

气氛有点尴尬,我突然觉得自己欺负一新人挺不厚道的,就转移话题,问何小风是不是土生土长的青岛人。何小风说是,他是筒子楼里长大的。聊了一会儿,何小风非要请我吃顿拜师饭,让大刘和庞大壮给做个见证。

但凡做协警的,家里肯定不宽裕,我不想揩他这顿饭吃,就说不了,回家有事。大刘和庞大壮起哄,说这是徒弟的诚意,我得接着。

我知道他俩想蹭饭吃,说:"成啊,去吃重庆火锅。"

庞大壮不干,说他闻着辣椒味儿就咳嗽,要去吃上海菜。我说:"别,我好容易从咕咾肉盘子里逃出来了,可不想这么快重蹈覆辙。"

我让大刘停了车,叫何小风下来,说已把辖区转完了,他可以回家了。

何小风嘟囔，一路上光顾说话了，也没看清辖区边界在哪儿。我说等跟我上一天班就知道了。何小风还站在路边执拗，说他爸妈叮嘱了，第一次见面，一定要请师父吃饭。我就假装家里还有事，着急要走。

何小风赶紧蹿到街边给我打车，出租车停了，他又毕恭毕敬地帮我拉开车门。我特别不适应别人点头哈腰地伺候，就把车门关了，说："何小风，咱俩就是工作搭档，不存在什么师父徒弟一说。"

何小风蒙了，张皇地看着自己的手脚，像不知错在哪里的孩子。我说："这要在社会上认识了，我得喊你一声大哥，所以，别叫我师父，我会起鸡皮疙瘩的。"然后，我让司机走了，自己溜达到家，在楼下吃了碗馄饨，上楼刚打开电脑，方翰闻的电话就来了。

想到我喜欢得心肝发颤的范小舟要嫁给他了，我就怒火中烧，于是不接他的电话。手机响得心烦，我便直接挂断了。他还打，我索性关了机，打开电脑玩游戏。

过了一会儿，有人砰砰敲门，我问是谁，又一言不发。我当是楼长大妈，我家这种建于二十世纪九十年代末期的老楼，每栋楼都有楼长，多是五十多岁身体强健、精力充沛的大妈，她们眼明手快耳灵敏，谁家有点风吹草动都休想瞒过。

我们楼的楼长是天津人，热情仗义，在人民群众中威信很高，尤其爱给人介绍对象，给洪雪娇张罗了不下十个，可洪雪娇一个也看不上。她急了，拉着洪雪娇语重心长，教育她认清形势，人到中年，再漂亮也架不住带了两个拖油瓶，意思是能有人要她就不错了，别挑三拣四。洪雪娇绷着脸不说话，等她走了，才呸一口说："我就是带十个拖油瓶，也轮不到她介绍的那些老鸡贼来把老娘当剩菜帮子扒拉！"

谢福哉死后，洪雪娇在再婚路上一路摸爬滚打，吃了足够的亏上了足够的当后幡然醒悟。虽然还经常和男人打情骂俏，但那些打着结婚的幌子来骗色的，她全都反其道而治之，骗吃骗喝骗礼物，然后临门一脚踢远远的。她对这些好色之徒斩立决的态度，获得了我和洪小邪一致的高度赞赏。结婚生子丧夫后，人到中年的洪雪娇在男人眼里从孔雀沦落成孵蛋鸡，可依然保持着护院大鹅的高傲。

我懒洋洋躺在床上，冲砰砰响的大门说，我妈不在家。

门还在响。我只好起身，拉开门，竟是方翰闻。

我想了想，已经两个多月没见他了，上次见他还是在范小舟的朋友圈里。现在，他脸色晦暗，看上去没有我想象中那么幸福。

我原本以为，借范小舟妈妈过生日的机会，两家人见过面，就该商量婚礼了。筹备婚礼的男人，应该是疲惫而又兴奋的，方翰闻却像是几天几夜没吃没睡，一副失魂落魄的样子。我一想到范小舟即将成为他的妻子，就觉得被怜悯的那个人应该是我。所以，我面无表情看着他，说："咋了？大白天跟诈尸似的？"

他扒拉开我，好像我是挡在他家门口的狗。他直接进厨房，拉开冰箱，掏出一罐啤酒，猛地扯开，灌下半罐才坐下来，低着头，两条胳膊搭在膝盖上，长长地伸着。我想了半天，能把绅士方翰闻搞成这样的，唯有失恋这件事了。

我不动声色地看着他，想庆祝一下，也从冰箱掏出一罐啤酒，碰碰他的啤酒罐，仰头一口气喝完。真是畅快呀，如果不是他在眼前，我还想跳起来大喊几声。

方翰闻冷眼看着我，仰头把剩下的半罐啤酒喝了，说："你小子，高兴吧。"我装傻："我一天到晚忙着为民除害，有啥好高兴的？"

方翰闻用鼻子哼了一声，说："你就装吧。"虽然我已猜到他丧成这德行十有八九是因为和范小舟的感情出问题了，但还是想听他亲口说出来，就说："真的，我不知道我该为啥高兴。"

良久，方翰闻开口："我和小舟……"说出"小舟"这俩字，他就哽咽了。这让我觉得自己内心的那些雀跃很混账,忙努力摆出一脸肃穆来,问:"闹别扭了?"

方翰闻点点头又摇摇头,说:"完了,结束了。"

我努力按捺自己,说:"别闹了,你们父母都见面了。"

方翰闻歪头看着我,说:"我和小舟毁就毁在双方父母见面上,你信吗?"

我说信。因为洪雪娇在饭桌上跟我和洪小邪贩卖闲言碎语时说过,范忠迁的老婆市侩而强势是出了名的。她和范小强岳母的关系不好,她们一起带范小强的儿子,每月一轮换。每次从范小强的岳母那儿接回孙子,她都要称一下孙子的体重,她带满一个月,孙子送走前也称体重。只要孙子在范小强岳母家体重没长,或者更瘦了,范忠迁老婆就会在饭桌上大肆攻击亲家带孩子不用心。为此,范小强的老婆也和她不合,除了逢年过节做做样子,平时都不到婆家来。如果方翰闻的妈妈也强势,这两人见面就是针尖对麦芒。

但具体是怎么回事,方翰闻没说,我也不便细问,只知道因为双方父母见面,他和范小舟四年多的感情完蛋了。

那天,方翰闻坐在我家沙发上,喝光了我囤在冰箱里的啤酒。

喝醉了的方翰闻好像没自尊心了,死皮赖脸还要继续喝,我不给,他就往冰箱那儿爬。我站在那儿,抵着冰箱门不让他开,他就瘫坐下来哭。我家地板是贴瓷砖的,冰凉坚硬,人坐在上面时间长了受不了,我去扶他,说天涯何处无芳草,不就一个范小舟嘛。

方翰闻让我滚,说别以为他醉了,就不知道我肚子里的那几根花花肠子。

面对方翰闻的粗暴无礼,我并不生气,而是难过,决定帮他进行最后一搏。我把他拖到沙发上,给范小舟打电话。范小舟接起电话,问我找她干什么,声音里透着不耐烦。我说方翰闻在我这里。她哦了一声。谢天谢地,她没挂电话。我说他喝醉了。她还是哦。我说:"你就不能说点别的？"她说："你让我说什么？"我说："他在我家哭呢，好歹你俩也好过一场，你就这么眼睁睁看他在我家沉沦？"

范小舟什么也没说，挂了电话。我再打，就不接了。

方翰闻睡到半夜才醒，他坐在床沿上摸着头，一副良家妇女被困的嘴脸，自言自语地说着他不可能一口气灌掉十罐啤酒，如果他喝了，一定是被我忽悠的。本来我已经把晚饭时打包回来的饺子煎好了端到他面前，听他这么说，就一把抄起来端走了。方翰闻擎着的筷子落了空，白痴一样地看着我，说："你小子，不就几个破饺子吗？"我说："对，就几个破饺子，就不给你吃。"

他生气地把筷子拍在床头柜上。我也不甘示弱，让他滚。我之前和他做朋友是因为范小舟，现在他和范小舟掰了，我俩的交情就可以了断了。

酒醒后的方翰闻自尊心超强，半句有良心的软话也没说就起身走了。过了一周，方翰闻给我打电话，要请我吃饭。我问为什么，他说朋友之间，哪儿那么多为什么。我说不吃，怕硌牙。他这才说，想为那天的混账跟我道个歉。

我去中山路的一家重庆火锅店和方翰闻会合，他没给我道歉，只是倒了两杯啤酒，然后端起自己那杯，大老远伸过来碰我的杯子，嘿嘿讪笑着说先干为敬，一饮而尽。见他态度诚恳，我也没端架子，就原谅他了。

两瓶啤酒下肚，方翰闻开始拐弯抹角地打听范小舟知不知道那天他在我家喝醉了。我说知道，我把他的惨状都告诉范小舟了。方翰闻怔怔地看着我，孩子似的问，然后呢。我说，然后你在我家睡得像头被屠了一万年的猪。

"过后再没打电话？"他小心翼翼地问。

"谁？"

"小舟。"

我明白了，方翰闻请我吃饭，不是为了向我道歉，而是想知道范小舟在得知他醉酒以后有没有表达对他的牵挂和心疼。我怔怔地看着他，觉得这哥们儿和我一样可怜。范小舟都像甩鼻涕一样把他甩掉了，他还在惦记人家甩完鼻涕有没有回过头来看一眼。

　　我说没有。

　　方翰闻眼里灼灼的火焰，像遭遇了兜头的冷水一样，瞬间熄灭了。我端起杯，去碰他的酒杯。他没回应我，自己把酒干了，然后开始说他和范小舟闹掰的来龙去脉。

　　方翰闻的父母休假，从陕西来青岛看他，正好碰上范小舟的妈妈过生日，两家商量好这天见面，也算是个好彩头。方翰闻的爸爸在陕西的地级市当领导，有权，妈妈是做生意的，有钱。方翰闻妈妈送范小舟妈妈一个爱马仕的包，当作生日礼物。范小强的老婆大呼小叫，说这款爱马仕她看上好久了，一直没舍得下手，怂恿婆婆挎上去看看。范小舟妈妈妻以夫荣惯了，自觉体面高贵，没承想方翰闻父母是夫荣妻贵，于是感觉自己被压了一头。范小强老婆偏偏又对这个包反应这么强烈，她就更不爽了，显得自己买不起爱马仕似的，于是数落范小强，说男人不能对自己老婆抠门，让他给老婆买几个爱马仕。那语气轻松得，就跟上街给老婆买几块甜点似的。

　　难得婆婆向着自己，范小强老婆很开心，翻来覆去看方翰闻妈妈送的包，说她想要个颜色不一样的同款。不巧服务生过来倒酒，不小心把酒洒在了包里，范小强的老婆气急败坏地大声呵斥，把服务生吓得不知如何是好，连酒店经理都给惊动了。送给亲家的生日礼物刚开封就被洒上了红酒，方翰闻妈妈也不高兴了，让酒店照原样赔偿。酒店经理认识爱马仕的标志，知道赔不起，只能再三道歉。方翰闻妈妈不依不饶，说这是她送亲家的生日礼物，刚拆包装就给弄脏了，败她的心意。

　　范小舟妈妈被他们扯皮扯得不耐烦，让方翰闻妈妈别计较了，包既然送给了她,就算她的了,她不介意。

事情虽然平息了,可方翰闻妈妈心里不舒服,说包是她托朋友从美国背回来的限量款。范小舟妈妈就问她和朋友的交情深不深,这个人靠不靠谱。方翰闻妈妈不知她为什么会这么问,说交往有几年了,人挺有能耐,品位也好,她经常托人家背点奢侈品回来。

范小舟妈妈哦了一声,说:"以后你别托她背了。"

"为什么?"

"她是个骗子。"

方翰闻妈妈大吃一惊,忙道不能,说她那朋友看上去可清高了,仙风道骨。范小舟妈妈拿过包,从包的材质、花纹到五金,逐一点评,得出结论:这不是真的,是高仿,青岛街上的好多外贸店有卖,价格都不过千。

也就是说,方翰闻妈妈被朋友骗了,被人拿假名牌骗了。这不仅仅是损失了钱,还说明自己孤陋寡闻,没见过世面。方翰闻妈妈摆惯了富甲一方的派头,哪儿咽得下这口气?亲家见面的第一回合,就被打下了马背,以后想翻身都难。方翰闻妈妈脸上挂不住,一口咬定不可能。范小舟妈妈说好多海外代购是骗人的,又讲了一会儿海外代购的骗术流程。几番交流下来,方翰闻妈妈的脸都紫了,情急之下戗了几句,生日宴不欢而散。

第二天,两家本来约着一起去崂山玩,可方翰闻妈妈死活不去,也不让方翰闻和他爸去,让方翰闻推说她吃海鲜把肚子吃坏了,并且需要他们父子留下来照顾。方翰闻急了,戗了几句,他妈就眼泪汪汪了,说他胳膊肘往外拐,还没结婚就站丈母娘的队了。

方翰闻说:"还没结婚,两家就戗上了,以后怎么相处?"

方翰闻爸爸说:"那就不相处!"

一句话,给出了态度。

眼瞅着约好出发的时间到了,父母没一个有挪窝的意思,方翰闻万般无奈,只好照他妈的话术撒了谎。听说方翰闻妈妈吃自己老婆的生日宴导致了海鲜过敏,范忠迁自感愧疚,要来探望。方翰闻怕露馅,婉言谢绝了。范小舟也要来陪他送他妈去医院,方翰闻也没敢让来。

既然崂山之行作罢,方翰闻妈妈便要去逛万象城。方翰闻觉得转移一下情绪也好,就带父母去了。他对逛街毫无兴趣,让父母逛,自己找家咖啡店待着。他点了杯咖啡,拿出手机,点开了范小舟的朋友圈。

范小舟平时不怎么发朋友圈,但昨天发了方范两家在一起的照片,其乐融融的。配文是"母上大人生日快乐",但明眼人还是一眼就能看出其深意。

方翰闻呆呆看了一会儿,默默点了个赞。

范小舟正在浏览朋友圈,看见了,就私聊问他在干什么。方翰闻怕范小舟来找他,不敢说在万象城,就说在看卷宗。

范小舟隔着屏幕丢过来一个笑脸,说够敬业的。方翰闻愣了一下,才想起来,检察院规定卷宗不许带出办公室,忙纠正说,整天看卷宗说顺嘴了,在看书呢。

范小舟问他看什么书。方翰闻胡乱编了个书名。

范小舟问好看吗。方翰闻说好看。

范小舟又问,有她好看吗。方翰闻心下一颤,想起了他和范小舟第一次接吻。当时他们在看电影,他不管不顾地吻她,范小舟让他专心看电影,他不看,说电影没她好看。一晃,四年多了。莫名的悲伤像潮涌一样在方翰闻心里翻滚,他说:"没你好看,你举世无双地好看。"

事情走到今天,他感觉到和范小舟继续走下去将困难重重。如果说大部分的爱情夭折在金钱上,他和范小舟的却要夭折在彼此父母的强势上。

快中午的时候,方翰闻妈妈打来电话,叫他上五楼的一家港式火锅店吃午饭。

　　火锅店是中国传统喜庆风格,但透着稳重的奢华。方翰闻一进店便看到了父母,他们选了个挺瞩目的位置。菜上来后,方翰闻父母吃得津津有味,还边吃边点评,说比家乡的港式火锅正宗多了。方翰闻没参与讨论,他妈妈觉得他的沉默是在帮范小舟妈妈对抗自己,戗着声问他咋不说话。方翰闻这才抬起头哦了一声,说西北虽不是苦恶之地,但也地处偏远,消费能力上不去,怎么会有正宗的港式火锅。听闻儿子没把自己生活了半辈子的家乡放在眼里,方翰闻妈妈不高兴了,说:"我们供你到沿海城市读书、生活,不是为了让你瞧不起家乡的。"

　　被母亲大人上纲上线,方翰闻刚要反驳,一抬头就看见了范小舟。是的,是范小舟,她怔怔地站在他父母背后的那张桌子旁,看样子来了好半天了,正目不转睛地看着他们全家热情洋溢地吃火锅。

　　方翰闻觉得浑身的血液一下子涌上了大脑,头昏昏沉沉,耳朵嗡嗡作响,他愣愣地站起来,叫了声"小舟"。

　　范小舟没像影视剧里演的那样愤而转身离去,而是一脸不解地走过来,打量着方翰闻爸妈,问:"阿姨,你不是身体不舒服吗?"

　　方翰闻爸妈没想到会遇到范小舟,也一下子蒙了,支吾了半天才说是方翰闻推荐这家港式火锅好吃,要带他们来尝尝。

　　方翰闻忙拖开椅子,让范小舟坐。范小舟拒绝了,她盯着方翰闻妈妈的脸看个不停,好一会儿才收回视线,转头看向方翰闻,问:"是这么回事吗?"

　　方翰闻妈妈听到这话不高兴了,质问她是什么语气,搞得像他们家做错了什么似的。范小舟是直来直去的脾气,除了工作,从来不愿意迂回婉转,就说:"是,阿姨,我只是奇怪,早晨你还肚子坏得下不了床,中午怎么就这么好胃口了?"这话一出来,方翰闻妈妈更疯了,怒骂范小舟没礼貌、缺教养,还没结婚就咄咄逼人,结了婚还不得上天!

范小舟看也不看她,好像她是无色无味的空气。她只专注地看着方翰闻,让他给个答案。

方翰闻心乱如麻,不知要如何回答才能平息双方的怒火。

范小舟心平气和地问:"你什么时候过来的?"

方翰闻答:"刚刚……啊,不是,过来二十分钟了。"

范小舟又问:"你觉得我们这是偶遇吗?"

方翰闻有点云里雾里,问她是不是约了别人来吃饭。

范小舟的泪一下子就掉了出来,她拿出手机,打开一款共享位置的地图,亮到方翰闻跟前。方翰闻听到自己心头轰的一声巨响,像千万年的长城猛然坍塌。

读大学那会儿,他曾和范小舟在软件上相互设置了家人地图,这样可以随时知道对方的位置。有同学因此笑话过他,说太没隐私了,简直就是范小舟的囚徒。方翰闻无所谓,说爱就是心甘情愿做囚徒。

毕业后,大家踏上工作岗位都忙了起来,他几乎忘记了自己曾在地图软件上和范小舟共享位置。而范小舟也不是刻意要监视他,只是开车出门时要导航,看见方翰闻的头像显示不是在家里,她还奇怪,他明明在万象城,为什么要说在家?

这时范小舟依然没多想,见完朋友已是中午,她特意看了一眼地图,方翰闻还在万象城,她发微信问方翰闻在哪儿,他还说在家。范小舟这才觉得有些不对,过来就看见他们一家三口热热闹闹吃火锅。

方翰闻讷讷说:"对不起,我不是故意要骗你的。"

方翰闻妈妈虽然很享受一有风吹草动老公就给她赔礼道歉,但不能接受自己的宝贝儿子当着她的面给别的女人说对不起,就一把扯着方翰闻,说:"这事不怪翰闻,是我。是我不愿意和你爸妈一起上崂山,才逼他撒的谎。"

为了照顾彼此的面子,方翰闻捂了一上午的盖子,还是被一脚踢开了。方翰闻了解范小舟,也了解他妈,知道现在无论说什么,都会迎来一场战争,就让他爸妈先回家,他跟范小舟解释。

方翰闻妈妈怕儿子吃亏,就说:"还有什么好解释的?我觉得你俩不合适。"

方翰闻火了,敞着嗓门叫了一声"妈",一把拉起范小舟,说:"你别听我妈瞎说!"方翰闻几乎是把范小舟推出了餐厅,两人站在万象城明晃晃的大厅里。范小舟眼里燃着冷峻的火,说:"你爸妈是混蛋!"方翰闻虽然也觉得父母不对,但不许别人置喙。范小舟竟然说他爸妈是浑蛋,方翰闻就像被家猫攻击了的公鸡,再加上隐忍了一天的火气,也彻底炸毛了,说:"小舟,我承认是我爸妈不对,可你不能这么说他们。"

范小舟问方翰闻她应该怎么说,是不是要说"叔叔阿姨你们真是高瞻远瞩英明盖世啊,真是太有修养太有礼貌了,我们家混账王八蛋,是我配不上你们家方翰闻"。

方翰闻呆呆的,叫"小舟"的时候都有气无力。范小舟翻了个白眼,说:"方翰闻,你的职业是检察官,说话要字正腔圆、铿锵有力,别像个即将垂死的人一样有气无力,好像我欺负你似的。"

话说到这份上,彼此都知道,他们没有未来了。

"然后呢?"我问方翰闻。

"然后小舟就走了。"

"你没去追吗?"我又问。

"我想去追,可我爸妈站在我身后,可怜巴巴地看着我,我做不到扔下他们去追小舟。"

"再然后呢?"我继续问。

"我给她打了几次电话,她都不接。"

"不接电话你就去找她啊!"我有些急。

"找过了,家门口和律师楼下,我都去过了。"

"她不理你?"

方翰闻沉默地点了点头。

"微信呢?"

"她把我拉黑了。"

"那你俩就一直僵着?"

方翰闻说他已经没办法了,希望我从中斡旋。

我说,人猝死后有黄金抢救时间。他说知道。我说,如果把失恋比作爱情的死亡,它也有黄金抢救时间。被失恋弄得像个白痴一样只会自我折磨的方翰闻可怜巴巴地看着我,希望我能让他和范小舟的爱情起死回生。我说,都两个多月了,最佳抢救时间早就过了。方翰闻双手合十,向我作了个揖,好像我是最后的希望一样。我只好答应他去找范小舟谈谈。

第十章

第二天,我约范小舟喝咖啡。她很忙,让我有事在电话里说,不一定非要见面。我说:"小舟,你这就瞧不起我了。我找你,非要有事吗?医生的朋友找医生都是为了看病吗?"

范小舟勉为其难地答应了,说下午在第三海水浴场旁的咖啡屋见面。范小舟来的时候还带着笔记本电脑,说聊天的间隙里,可以整理当事人的电子证据。我有点尴尬,那种感觉像是兴师动众打扮得体去赴宴,到现场一看,发现自己不过是个可有可无的闲客。

范小舟一边给电脑里的电子证据编号,一边问我今天怎么有空约她喝咖啡。我努力让自己笑得温暖而不招人硌硬,因为范小舟说过,我笑起来的样子有种特别犯贱的不正经。我小心翼翼地问:"你最近见没见过方翰闻?"

她抬眼看着我,目光在我的脸上逡巡:"有话直说,别拐弯抹角。"

我说:"方翰闻找我了,他挺难受的,我受人之托,约你出来聊聊,看看你俩的感情还有没有救。"

她抬眼看我,用那种老师看犯错误的学生的眼光审视我,威严,还带着点煞气。而我，大气都不敢喘。猛然间，我想起了谢福哉，在心里扇了自己一个耳光，真是有其父必有其子！眼前没有镜子，但我都能想象到自己在范小舟面前的嘴脸，不会比谢福哉在洪雪娇面前的高级到哪儿去。但谢福哉比我幸运，他持之以恒地贱，终于把洪雪娇熬成了老婆，还给他生下了一个和他如出一辙、结局却比他悲催多了的儿子。

范小舟合上笔记本，问我觉得她和父母关系怎么样。我说当然很好，她从小到大就是被全家人捧在手心里的宝。范小舟认可了我的观察能力，又说，方翰闻是家里的独生子，和父母关系也挺好。我说能感觉得到。范小舟说："好的，现在我和方翰闻的家庭情况你都了解了，你认为方翰闻是会为了我和父母反目，还是我会为了方翰闻践踏我父母的自尊？"我说都不会。

范小舟说："那好，就算我和他都狼心狗肺了，不管不顾结婚了，你觉得我俩会幸福吗？"

我说，双方父母的不睦必然会影射到年轻人的婚姻生活里，婚姻如同脆弱的婴儿，必深受其害。范小舟听罢，郑重和我握手，说："谢磅礴我知道你够哥们儿义气，但这事你就别撺和了。"言外之意就是她和方翰闻已经是过去式了。

我怅然若失，没有了方翰闻的好哥们儿这层身份，我再也没理由和范小舟肆无忌惮地喝酒说笑了。我心如刀割，难过得眼睛潮湿。

范小舟也难过地掉下眼泪说："谢磅礴你能把肩膀借我一会儿吗？"

我说可以。

她拖着椅子坐到我身边，头歪在我肩上，稀里哗啦地流了一会儿泪，说要感谢律师这个职业，给了她冷峻的审视能力和果断的决策能力，如若不然，她可能会和其他女孩子一样，顶着双方父母的白眼和方翰闻结婚，然后在婚后的磕磕绊绊中堕落成祥林嫂式的怨妇，从早到晚竖着一身警惕的汗毛提防方翰闻父母，撕扯可怜而又无可奈何的方翰闻。与其如此，不如现在就放手，至少还能给彼此留些体面。

范小舟和方翰闻之间彻底完了。我问她，没有方翰闻，还会和我来往吗？她想了想，说不知道。我没说话，漫天的忧伤像冰凉的海水涌来，将我慢慢吞没。这是一种说不出来的痛，是比失恋还要深沉却又难以启齿的痛，但范小舟不会知道，方翰闻也不会知道。

后来，范小舟说想吃焦糖布丁，我给她买了两份。她说每当觉得心里苦，就会吃一堆焦糖布丁，说着也让我尝尝。范小舟说焦糖布丁有种糯软温柔的甜，仿佛温柔的手指抚慰过胃，抚慰过心头。

吃完布丁，范小舟就走了，说她师父的案子明天开庭，她得把整理好的证据都打印出来放在卷宗里。

我目送她离开，给方翰闻打电话。

他正在出一个提前介入的现场，让我等着。晚上六点，他风尘仆仆地来了。我让他看范小舟吃完的布丁杯子，他拿起来，把杯子放在手里转来转去，看着看着，眼里的水光便涌了上来。他和范小舟谈了四年多恋爱，知道范小舟都是在什么样的时候狂吃布丁。

我把范小舟的话复述给他听，说他俩的爱情已经死透了，没救了。他一个大老爷们儿趴在桌子上，哭得呼哧呼哧的，好多人往我们这边看。等他哭够了，我拉他去营口路海鲜大排档喝扎啤。

我让老板上了最好的原浆扎啤，让方翰闻敞开了喝，喝醉了随便吐，是在街边花坛吐还是去我家吐又或是我把他送回家搂着马桶吐我都没意见。

方翰闻比我想象得坚强，那晚他很克制，只喝了两扎原浆。后来我们去唱歌，整个晚上他抱着麦克风不撒手，对着屏幕声泪俱下地唱，好像屏幕是范小舟一样。我擎着一瓶啤酒歪倒在沙发上，觉得他唱出了我的心声，也落下泪来。他看我的脸亮晶晶的，觉得奇怪，说：

"谢磅礴你猫哭什么耗子？你应该高兴才对。"

他知道我喜欢范小舟不是一天两天的事了,他以为我会觉得他和范小舟分手了自己的机会就来了。我有底线的,他这样想是在侮辱我。

在感情上,我是个有着病态原则的人。如果范小舟不是方翰闻的女朋友,或者说如果方翰闻不曾和我成为朋友,这非常可能。但范小舟把方翰闻带到了我的面前,让他成为我哥们儿,哪怕范小舟这辈子嫁不出去我也娶不上老婆,哪怕地球上仅剩下我和范小舟俩人,我都不可能和范小舟怎么着。只因为她是我朋友爱的女人,就算分手了,只要我朋友还爱着她,我就不能。

在这个伤心的夜晚,我醉了。我用拿着啤酒的手指着方翰闻说:
"你再说一次试试？"

失恋的痛苦让方翰闻恨不能和天下人都痛快淋漓地干上一架,所以并不怕我,就又说了一遍。我也毫不客气地把酒瓶子抡到了他腮帮子上,兑现我放出的狠话。

他扑上来骑到我身上,用麦克风砸我的脑袋,跟砸核桃似的。服务生听声音不对,冲进来企图把我俩拉开,我俩却像两块纠缠在一起的牛皮糖。练歌房老板要报警,被方翰闻拦下了,说多少钱他赔。

方翰闻赔了练歌房五千块钱。我捂着被他敲得嗡嗡响的脑袋走在街上,骂他傻×,那个话筒在网上买不会超过五百块钱,他竟然老老实实地让人讹了五千。方翰闻表示无所谓,说破财免灾。

这时的方翰闻变得心平气和,好像跟我打了一架,再被歌厅老板讹了,他的醉意和痛苦就荡然无存了。这让我有点害怕,突然觉得爱情就像一缕轻烟,特别虚无缥缈,一阵风就可以被卷得荡然无存。

第二天上班,我和何小风在辖区转来转去。我问何小风谈过恋爱吗,何小风回答得很谨慎,生怕回答错了会给我留下坏印象,说恋爱过。我问几次,何小风挠着头说记不清了。我感到意外,说他才二十八岁就不记得交过几个女朋友了,也太滥情了。

何小风嘿嘿地笑,仿佛很不好意思,说有的他也不知道算不算是女朋友,谈的时间不长,交往也不深入,只是一起吃过冷饮、喝过咖啡。我就让他说说他觉得算得上女朋友的。何小风说有一个,打小认识,比他大八岁,是楼上邻居,小名叫丽丽,他叫她丽丽姐。丽丽姐长得漂亮,没考上大学,技校毕业后在一家美容院做技师,不光给女人做美容,也给男人做。街坊邻居说三道四的不少,这让丽丽和她的父母很不自在。人嘛,日子不管富贵还是贫贱,平平静静地过着也没什么,就怕被人齿毛奚落。丽丽虽然漂亮,但也不是凡俗女子,被人一笑话,斗志就激出来了。她决心婚恋上绝不将就,誓要找个体面的,不仅要让自己过得好,还要有能力帮她把父母从筒子楼这堆破砖烂瓦里连根拔走。奈何心气是她的心气,世界是大家的世界。生活的残酷远在她想象之外,有能力帮她完成宏愿的只是想风花雪月一场,没能力帮她完成宏愿的想娶她她又不肯。一场场恋爱谈下来,除了徒增些谈资供人消遣没什么别的结果。一晃就二十五六了,男朋友没落定,坊间闲话倒是更盛了,挤对得丽丽进出家门都恨不能贴墙根溜了。但十几岁的何小风喜欢她。何小风喜欢站在楼梯口,看那种衣食无忧的男女爱得死去活来的青春小说,夏天运气好的话,还能看见丽丽姐晃着两条白皙长腿往下走,那时他特想扑上去,抱住她的长腿,把脸贴在上面⋯⋯

我懒得听这些,问他后来谈了吗,他说谈了。何小风十八岁的时候,丽丽姐晒的裙子掉在他家窗外的晒衣绳上,她过来拿裙子时,他勇敢地抱住了她。从那以后,当他们中谁的父母不在家,谁就会敲自来水管子,她来,或他去,两具年轻的肉体滚成一团,燃烧成火。但好景不长,才三个月,这段隐秘又狂热的恋情就被丽丽姐的父母撞破了。他们恼得火冒三丈,上门就跟何小风爸爸动了手。两个爸爸打了一架,都伤得不轻,尤其丽丽姐的爸爸,被何小风爸爸一马扎砸断了鼻梁骨和锁骨,住进了医院不说,还把何小风的爸爸告上了法庭。两家这就结下了梁子,何小风和丽丽姐的关系也尬在那儿了,有段时间谁也不理谁。再后来,就是听说丽丽姐恋爱了,对方来头不小,买了套房送给她父母。何小风在"丽丽终于傍大款成功"的闲言碎语里难过得抓狂。他堵着丽丽姐问是不是真的,丽丽姐不说话,领着他去酒店开了间房,不吃不睡地疯狂做爱两天,才说"以后你别找我了"。何小风抱着丽丽姐婀娜的细腰哭得如丧考妣,丽丽姐一动不动地任他抱着,等他哭够了才说:"真的,何小风,你别再找我了,不然他会杀了你的。"何小风知道丽丽姐说的那个"他"就是丽丽姐的男朋友,不甘心地问他到底哪里比自己好。丽丽姐伤感地看了他一眼,说:"他能给我爸妈买套房子,你能吗?"何小风一下子就哑了,他连买双鞋都得跟父母磨叽好几天,什么时候买得起房子呢?

何小风跟我讲这些的时候,眼睛亮晶晶的,像是洒满了月光的大海,波光粼粼。

我也有点替他难过,问之后怎样。何小风说后来她家就搬到男朋友给买的房子里去了,楼上老房子也卖了,再没见过。

我看看何小风,说:"也是,就你,毕生理想也就当个片警而已,姑娘但凡有点出息也不会选你。"

何小风脸一红,吭哧一会儿,说:"师父,你还年轻,有些事儿我说了你也不懂。"

我在心里磅礴大笑,想骂他一顿,但看在他年龄比我大的份儿上就没骂出声。我问何小风再后来呢。

何小风说后来他遇上不少女人,有他喜欢的,有喜欢他的,但和她们在一起都没有和丽丽姐在一起的那种感觉。她们有喜欢他眼睛的,有喜欢他身材的,有喜欢他长得帅的,也有什么都不为就想和他结婚,但是没有一个说想和他一起去死的。丽丽姐不一样,丽丽姐总想和他一起死。丽丽说她爸和女邻居出轨被按在楼道里暴打过,整栋楼人尽皆知,背地里明面上没少风言风语,说她家门风不好,让她妈羞于见人。所以她要嫁个能给她爸妈买得起房子的人,这样她妈就不用住在这栋老楼里备受羞辱了。可是何小风不能。她家穷,他家也穷。穷是万恶之源,穷是原罪。何小风说只有绝望过还要继续在一起的爱情才是真的爱情。他忘不了丽丽姐,尤其忘不了做爱的时候她在他身下颤抖地抱着他泪流满面的样子。何小风说,后来他才知道,丽丽姐泪流满面是因为绝望,是明明喜欢却又知道不可能的绝望。

岁月像一层尘沙,却不能尘封过往,因为思念的风一吹,往昔就显露出来,让人泪流满面。

我让他说得心里酸溜溜的,说没想到他语言能力这么强。何小风说他喜欢看小说,以前看各种校园文学,现在喜欢看网络小说。

我没读过网络小说,问他好看不好看。

他说好看。我问怎么个好看。他想了想,说像一个庞大的梦境,里面有你向往而不可得的一切。

我感到很奇怪,他那么喜欢丽丽姐怎么还会和别的女人上床。而且,他描述交往过的对象,统称"女的",不称"女朋友"。

何小风看着我,歪着嘴无声地笑,说:"一看你就是没谈过恋爱。"

我不想在一个协警面前显得那么丢人,就誓死抵赖,说:"老子从幼儿园起就是花心大少!"

何小风不出声地轻笑,眼里带着"别吹了"的蔑视,说:"你这么说我就知道你没谈过恋爱。师父,我跟你说,男人谈了恋爱会劈腿,结了婚会出轨,但不管是劈腿还是出轨,都不是为了和原来的女朋友或老婆分手的,就是觉得这个和那个不一样,想新鲜一把。在情场上,男人都有一颗集邮心。"

他的说法太辱没爱情在我心目中的圣洁性了,气得我都恨不能替爱情他老人家跳起来,暴揍他个鼻青脸肿。

我的愤怒并不能令何小风畏惧。他打了个哈欠,问我喜欢吃什么水果。我说樱桃、玫瑰香葡萄、杧果、桃子,都是我的爱。何小风"嗯"了一声,说:"爱情就好比给你定下了纪律,你选择了吃樱桃,以后就不能吃葡萄、杧果、桃子,吃一口都是违反纪律的,可当葡萄、杧果、桃子摆在你面前,你能忍住不吃吗?"

我说不能。

何小风说:"男人会睡自己女朋友或老婆之外的女人,就是这个理。"

何小风解读的爱情如此浅薄,以至于它的神圣感荡然无存。我有点讨厌何小风了。

之后,我变得萎靡不振、浑浑噩噩。

范小舟和方翰闻像不曾存在过一样,从我的生活中消失了一段时间。我常常想他们,但从不主动找他们,就好像他们都是我的旧伤。

这年夏天,雨下得特别勤,街上的树绿得就像从天上掉下了一大坨没化开的绿色颜料。五十岁的洪雪娇办了退休,在家闲了几天觉得无趣,为了免费做美容,决定去美容院当学徒,做美容技师。我和洪小邪为庆祝她找到人生的第二春,请她出去吃饭,但是她很伤感,拒绝我们在她眼前说"退休"俩字。

第十一章

有一天,范小舟突然约我吃饭,我有点激动也有点沮丧,激动是因为范小舟主动约我吃饭,这是从来没有过的事情。沮丧的是方翰闻是我朋友,要不然我无论如何也要恶俗一次,抱一束火焰一样的玫瑰前去赴约。

我洗了个澡,在镜子前站了足足有五分钟才出门。

没想到范小舟还带了个女孩子,是个中学老师,叫曲露露,皮肤很白,笑眯眯的月牙眼,一副甜蜜可人的样子。但我依然看着她不爽,因为她的存在,从某种程度上妨碍了我和范小舟。从认识范小舟到现在,我一直有个理想,那就是和范小舟单独吃饭,本以为今天机会来了,没想到又多出个曲露露。我心里不爽,嘴上就犯贱,奚落了她几句。范小舟听出来了,把我拽出去责问:"谢磅礴你干什么呢?"

我说:"你什么时候有了个叫曲露露的朋友?"

"刚有的,不行啊?"范小舟没好气地笑道。

我说:"不行。"

"你是我什么人啊,我交朋友还要你批准?"范小舟继续笑道。

我说:"我是坏人,披着羊皮的狼,不信你问我妈。"

"看把你能的,你咋不上天呢?"范小舟完全戏谑的口吻,好像已看透我——拼出吃奶的力气使出来的坏也不过是在午夜冲花坛撒泡尿。

霎时间,我们沉默。我竟有些悲怆,不能言语,末了才说:"范小舟,这饭吃得没意思,没其他事的话我就走了。"

范小舟说:"谢磅礴,你饭没吃完就丧着一张脸走了,让曲露露怎么想?"

"随便她怎么想,我没有义务对她负责。"

"我和她说了,介绍个警察给她认识。"

我错愕:"你约我吃饭不是作为朋友想聊聊天说说话?"

"不是。"

"目的就是介绍她认识我这个警察?"

"嗯,不可以吗?"

我一下子就想到了相亲,曲露露是范小舟新认识的朋友,或许是想和当警察的小子谈一场恋爱,于是范小舟想到了我。这让我悲怆。

我承认,好人就是时刻记得并体谅他人难处的人。可在今天,我不想当好人。人生在世,总要有些坚持。比如我对范小舟的爱,明知梦想不会照进现实,又不能不坚持,否则和行尸走肉有什么不同?如果人只关心肉身欲望的满足,和飞禽走兽有什么不同?如果随随便便一个姑娘就可以替代范小舟,那我的一往情深也太廉价了,和牲口有什么不同?

"我不想谈恋爱,一点也不想。"我边走边说,"别人的爱情,拯救不了我垮塌的人生。"

自从知道范小舟和方翰闻恋爱,我的世界就一直在垮塌。只是我用玩世不恭掩饰了而已。

我俩站在已经不再忙碌且显得老旧的广西路上。范小舟说:"谢磅礴,你可真能联想啊。"

我咧着嘴笑道:"这是我仅有的权利了。"

"你怎么会想到我要给你介绍女朋友?"

"难道不是吗?"

"她只是想认识个做警察的朋友,甚至无所谓男女。OK?"

我瞬间蒙了,然后释然,觉得曲露露这个名字很怀旧。谢福哉活着的时候,最喜欢的就是电影《日出》里的女主角陈白露,以至于在我的人生路上,每碰到一个名字里带着"露"字的女孩子,我都会想到谢福哉。为了看陈白露,二十世纪九十年代他买了录像盒带,后来录像机淘汰了,他又买了正版的 VCD 和 DVD 光盘。他说看女神,必须正大光明合理合法地看。谢福哉在洪雪娇面前一贯窝囊猥琐,唯一的勇敢就是正大光明地喜欢陈白露,反正陈白露是电影里的人物,洪雪娇再气也不能跑电影院去挠银幕。每当看到洪雪娇因为谢福哉喜欢陈白露气得跳高跺脚却又没办法时,我就会觉得心里有另一个自己正笑得前仰后合,这是谢福哉在我的记忆中少有的高光部分。

我问范小舟曲露露到底是谁。范小舟说是她邻居家表妹。

范小舟家住别墅,因为熟稔,她家的邻居我多少知道点。东边邻居是一对大学教授夫妇,和他们家关系不好,西面邻居是混社会的,喜欢巴结着范忠迁叫大哥,但范家觉得和这种人称兄道弟跌身份,不稀罕搭理他。南侧和北侧的邻居都隔条马路,基本上是井水不犯河水,没交往也就谈不上了解。

我说:"行啊,你都和邻居的表妹成朋友了,怎么你们别墅区住着住着就住成了大农村,连街坊邻居的亲戚都熟成了一家人。"

范小舟说:"你能不能别损了?"

正说着,曲露露出来了,站在餐厅门口左右张望,见我们往这边走了,笑了一下。我和范小舟说:"这个曲露露,端庄大方,应该嫁进官宦世家。"

范小舟说:"看把你给操心的,小心操心多了容易老。"

范小舟约我只是为了满足曲露露想结识个做警察的朋友的心愿,虽然这很让我丧气,但好歹因此我才有了和范小舟见面吃饭的机会。我后知后觉刚才有些过分,就和曲露露解释说刚才说话太放肆,被范小舟拎出来教育了一顿,希望她不怪罪我。我们做警察的,好人落不到我们手里,整天和坏人打交道,习惯了说话没好气,想和我做朋友,她得好好习惯习惯我的说话不着调。

曲露露说没事的,她非常理解,然后我们回餐厅,她边走边说羡慕我俩的职业,说如果她是警察或律师,她哥也许就不会死。

我笑着说:"你哥是给人害死的呀?"

我本是无意间的嘴欠,没想到曲露露眼红了,说:"肯定是。"

我愣住了,追问报警了吗,她说报了,派出所说没证据立不了案。说完,她看向我,眼神里满是期望,好像我是个满身正义感的民间神探,听闻了她哥死因蹊跷,会主动伸出正义之手,帮她拨云见日。这应该是她想认识个警察朋友的原因,可惜她找错了人,我只是个满街遛腿的巡警,这事她得找刑警办。

范小舟正在认真地切一根德国烤肠,问曲露露有没有可能是因为她和她哥感情太深,不愿意接受他去世的事实才产生了各种猜测。

曲露露说她是物理老师,习惯了一切从实际出发,以她对她哥和她嫂子的了解,这非常有可能是桩凶杀案。她嫂子高丽曼一直想跟她哥离婚,因为离不了,于是蓄意杀人。

当了几年巡警,给片区群众处理了两年鸡毛蒜皮,让我明白了一件事,姻亲中的女人很容易因为一点鸡毛蒜皮就势不两立。鉴于此,我觉得她所说的嫂子谋杀哥哥也是无稽之谈,就不想在这个话题上深入下去,说:"我们这代人一般都是独生子女,你怎么会有个哥？”

曲露露说不是她亲哥，是姨妈家的表哥。我说听着怎么跟《红楼梦》似的。曲露露不明白她说表哥怎么会和《红楼梦》扯上关系。我说《红楼梦》写的就是表哥表妹感情深啊。

我只是随口瞎说，却不承想冒犯到了曲露露。曲露露抱着一杯橙汁瞪我，眼里蓄满怒火，似有起身离去之意。范小舟忙打圆场，嗔怪我：“谢磅礴，你能不能有点正形？”接着又去跟曲露露解释：“我这个同学啊，坏在嘴上，仗义在心里。”

这席话，虽然是范小舟安慰曲露露的，但我更愿意理解成是对我人品的结案陈词。我的心里涌上一阵酸楚的感动，我知道范小舟清楚我生命中所有金子的部分，就像我知道自己生命中垃圾如屎的那一部分。而这样的我和她，如果在一起该有多好。

我忙跟曲露露道歉，说我没别的意思，就是觉得我们这代人比较孤单，亲情淡薄，我很羡慕她和表哥感情这么好。

曲露露的表情平和了下来，说她姨妈年轻时进城当保姆，主家的残疾儿子很喜欢她，为了在城里扎根，姨妈顺水推舟和他结了婚。三十多岁的时候，姨妈的残疾老公去世了，她和儿子相依为命。儿子长大后特孝顺姨妈，对她这个表妹也很好，她上大学是靠表哥供出来的，所以她和表哥的感情很深。

我问高丽曼为什么要跟她表哥离婚，曲露露说可能因为表哥没钱了。过了一会儿，曲露露又说高丽曼比她表哥小十多岁，人长得好看，要不是为了钱，当年也不会跟她表哥结婚。

我问：“你表哥曾经很有钱啊？”

正说着，曲露露手机响了，她接起来叫了声姨妈，对方好像问她在外面干什么，曲露露说在外面和朋友吃饭，又听了一会儿，神态就焦虑了起来，让姨妈别动，她马上回去。接完电话，曲露露就一脸歉意地张罗着要走。范小舟问怎么了。曲露露说她姨妈在家洗澡，突然停电了,从卫生间出来摔了一跤,她得赶紧回去看看。

范小舟要开车送她,她拒绝了,让我们继续吃,自己匆忙走了。

目送她出门,我问范小舟这到底是怎么回事。范小舟咯咯笑,语气好像我嫡亲的姐姐:"能怎么回事?遇见漂亮姑娘,第一想的就是介绍给你啊。"我说少来这一套。

范小舟这才正经说曲露露是谭庆龙的表妹。口气熟稔,好像谭庆龙是我们俩打小一起玩大的死党,但我死活想不起来认识一个叫谭庆龙的人,就问他是谁。

范小舟说是她家邻居。我的心脏被气得翻了好几个跟头:"你家邻居你熟悉,你怎么能拿他是我家大表叔的口气跟我说他?"

"我跟你说过他!"

"你跟我说过我就得知道他是谁啊?"

"他那么生猛,当初你还羡慕他,说做人就做谭庆龙呢,你忘了?"

我脑子里唰地过了道闪电!想起来了!

范小舟第一次说起谭庆龙还是上小学那会儿。谭庆龙家住在范小舟家西面,只有一墙之隔。当年范小舟的妈妈要在院子里挖个地下室,东侧的教授邻居怕她挖坏地基造成安全隐患,就告到了物业,挖了一半的地下室只得被迫停工。范小舟妈妈鼻孔朝天活了半辈子,哪儿咽得下这口气?赌气不往回填埋,偌大一坑敞在那儿,巨难看。更要命的是夏天,雨水多,坑里积了水,蚊子成群结队来产卵,滋扰得左邻右舍不得安生。谭庆龙喜欢在院子里呼朋唤友地撸串喝啤酒,深受其苦,催范小舟家赶紧完工。范小舟妈妈说不是不想完工,是东面邻居不让挖。

谭庆龙把控着沿海一线的小商小贩,在几家夜场有干股,是道上的人,没文化,靠要狠斗勇走天下,天底下哪儿有他怕的人?谭庆龙跟范小舟妈妈说,他也要挖个地下室打麻将,如果范小舟妈妈信得过他,他找人把两家地下室一起挖了。范小舟妈妈求之不得。物业不让挖掘机进小区,谭庆龙叫了一帮小弟,镐刨锹铲了半个月,愣是人肉挖出了两个地下室。范小舟家东面的邻居见干活的人清一水文龙刺虎,连咳嗽都不敢大声,由着两家把地下室挖完建好,装修得富丽堂皇,过上了比他们家多一间房的宽敞日子。

范小舟妈妈给谭庆龙工钱,谭庆龙死活不收,她又不想因为欠谭庆龙人情,每次见着他都要笑脸相迎。作为范忠迁的老婆,她不能随便端笑脸给谭庆龙这种人,就想着给点钱把欠下的人情抹平。可那会儿的谭庆龙不缺钱,缺的是像范忠迁这种有头有脸的朋友,就跟范忠迁老婆说钱免了,她要心里实在过意不去,就让范总请兄弟们喝一场。

于是,范忠迁请谭庆龙和他的小弟们喝了一场酒,没承想这场酒喝下来,范忠迁就甩不掉谭庆龙了。

自从和范忠迁喝过酒,不管是在小区里还是在外面,只要是和范忠迁遇见了,谭庆龙就大老远地伸着手迎过去,好像范忠迁是他多日不见的亲大哥。这一度很让范忠迁倒胃口,就跟他老婆发火。他老婆委屈,说谭庆龙虽然上不了台面,可他不害范家。当官有权也会遇上解决不了的事,比如挖地下室,要不是谭庆龙要横,挖得成吗?

这么一说,范忠迁就忍了。再后来,儿子范小强在郊区建集装箱场站,当地混混把他当大肥肉,总想着啃上几口。他们不明着来,衣缝里的虮子似的,把范小强弄得焦头烂额,实在没辙,跟谭庆龙一说,就迎刃而解了。一来二去,范忠迁和谭庆龙这两条道上跑的马,似乎也成了还能说两句话的朋友。

曲露露是谭庆龙的表妹。

我知道范小舟挺讨厌谭庆龙的,讨厌到为了不和谭庆龙做邻居动员父母搬家的地步。可随着城市的东拓发展,他们家那片已经是青岛最好的地段,背靠大山,面朝大海,春暖花开。范忠迁不舍得,范小舟妈妈更不舍得,何况还有辛辛苦苦挖出来的大地下室,所以范小舟每每说要搬家,她爸妈就哼哼哈哈地找尽各种理由敷衍,说讨厌谭庆龙,不看他就行了。可谭庆龙并不知道范小舟讨厌他,一听见范家的车库门响,就会像看门老头一样从家里跑出来,站在一边笑呵呵地等着和从车上下来的范小舟或者范忠迁打招呼。这让范小舟苦恼极了,就像天性心气高傲的林黛玉每天被焦大涎着一张老脸嘘寒问暖,心里要多硌硬有多硌硬。

我问范小舟,曲露露为什么会怀疑谭庆龙死于谋杀。

范小舟说谭庆龙刚死那会儿,曲露露和她姨妈哭得脑子都瘫痪了,没往这上面想。等谭庆龙人都火化下葬了,曲露露越想越觉得不对,就跑到范小舟家打听,觉得邻居一场,谭庆龙家有什么风吹草动他们多少能知道点。

我感到很奇怪,范小舟向来从不操心和自己无关的事,怎么会突然古道热肠起来?

范小舟认真地吃着烤肠,好像没感受到我的目光。只要她这样,就是有实话不想告诉我。我说:"范小舟,你别想骗我。"

范小舟一口一口地吃完烤肠,才说,曲露露怀疑是高丽曼谋杀了谭庆龙。一年前高丽曼起诉要跟谭庆龙离婚,谭庆龙知道她是律师,到家里找范忠迁帮忙,说他刚出来,不但没东山再起,还离了婚,道上的兄弟会笑话的。范忠迁就说范小舟是律师,让她帮忙把官司打赢。范小舟最讨厌的就是离婚案子,为了一点利益,两个原本信誓旦旦要相亲相爱一辈子的人撕得丑态毕露,但架不住她爸妈劝说,只好接下案子。范小舟根据谭庆龙的实际情况辩护,谭庆龙刑期未到,是被保外就医的,他有严重的心脏病,随时可能性命不保,如果高丽曼一定要离婚,就必须保证谭庆龙的健康状况和生活质量,不仅要支付谭庆龙的生活费,还要聘请保姆照顾他的生活起居。高丽曼只是个美容技师,收入有限,支付不起这些费用,于是离婚的诉求就被法院驳回了。

范小舟说她是根据法律条文为当事人尽职尽责，至于以后会发生什么，就不是她这个律师能预料和左右的了。

我问她是不是因为良心不安，才决定介绍曲露露和我认识的，目的是利用我的警察身份查清谭庆龙的死因。

范小舟说差不多吧。

"你还挺有良心的，可你不觉得这是陷我于不义吗？"

"我又没逼着你承诺什么，这忙你愿意帮就帮，不愿意帮就算了。"

"我当了两年多警察，还真没侦查过谋杀案。"

"这不给你个练练手的机会吗？"

我觉得范小舟好笑，就问："你也觉得谭庆龙是被高丽曼谋杀的？"范小舟说："不是没这个可能，谭庆龙死的头一天傍晚，我还看他在院子里扎马步呢。"

我说："拜托，范小舟同学，谭庆龙是心脏病死的。我以前接了个警，有个男人和情人做着做着爱就死了。前一秒生龙活虎下一秒死翘翘是心脏病的特点。"

范小舟说我讨厌。总之一句话，让我帮曲露露查查看，最好谭庆龙不是被高丽曼谋杀的，要不然她会内疚。谭庆龙倒没什么，他违背别人意愿强要来的生活就像强扭的瓜，必须承受不甜的结果。但如果谭庆龙是被高丽曼杀死的，她反倒觉得对不起高丽曼。因为高丽曼美而年轻，完全有资格追求自己想要的生活，她范小舟却利用法律条文帮谭庆龙生生绑定了高丽曼的一生。但凡高丽曼心里还有对美好生活的向往，就一定会挣扎，人生最大的悲剧，就是为了追求想要的美好却不得不先踏出毁灭性的一步。

我理解范小舟内心的愧疚和挣扎，告诉她就算谭庆龙真是高丽曼谋杀的也不是她的错。只是恰巧谭庆龙和他们家是邻居，恰巧他们家又欠了谭庆龙的人情，谭庆龙不想离婚，就算不找她，也会找其他律师,其他律师也会对自己的当事人恪尽职守,用所知的法律知识帮他保住这桩本应破碎的婚姻。

　　范小舟感谢我的宽慰,碰了碰我的酒瓶子,希望我别怪她把我拖进来,因为曲露露老是找她,她出于内疚才出此下策。

第十二章

之后很长的一段时间里,我都没有曲露露的消息。

偶尔无聊时我会点开她的朋友圈看看,可她设置了仅三天可见,朋友圈内容永远是一条横线。我和范小舟在微信上聊过几次天,谁都没提曲露露,好像我们压根就不曾认识过这样一个人。

半个月后的一天,范小舟突然找我喝酒。

她到得比我早,化着夸张的浓妆,穿一件性感的黑色短裙,坐在酒吧的高脚椅上,随着音乐大幅度地晃动着身子,像个打算放浪自我的小太妹。旁边几个男人已虎视眈眈。

我坐下来,把手搭在她肩上,问她是不是打算堕落一下,又唯恐堕落到坏人手里,就把我喊来了。她咧着涂了厚厚口红的嘴唇笑,眼泪却唰唰地往下滚。我认识她这么多年从没见过她这样,忙问她怎么了。她说没怎么,就是想醉一场,说着就和我碰瓶子喝酒。

她好像豁出去了,要一醉方解万古愁。她这样我就不能醉,我必须醒着好随时照顾她。我问她碰上啥不顺心的事了,有的话就告诉我,我给她摆平。

她不说话,只一瓶又一瓶地喝酒。喝完三瓶啤酒,她颓然地趴到我肩上,说:"我看见方翰闻了。"

我说:"你这反射弧也太长了,都拉倒好几个月了,现在才痛不欲生。再晚一阵,人家另寻新欢,把孩子都生出来了。"

范小舟一下子怔住,看着我,眼泪把眼线洇开了,眼睛周围黑乎乎一圈,看上去像只熊猫。

"你早就知道了?"她眼睛眨也不眨地看着我,好像她一眨眼的工夫我就会编出个谎言糊弄她。

"知道什么?"

"方翰闻早就有女朋友了。"

我错愕,这才想起来已经好久没见着方翰闻了,就反问了一句:"他有女朋友了?"

范小舟点头,说她去商场买东西,看见一个女孩子挽着方翰闻的胳膊在逛首饰柜台。

我心里犹如万鼓齐擂,嘴里连连说不可能。才几个月而已,方翰闻就能把新恋情演绎到挎着胳膊逛首饰专柜的份儿上了?

范小舟说她亲眼看见的,恨恨地说他肯定早就劈腿了。

我说方翰闻不可能,他不是那种人。

"不可能?我们才分手几个月,他就带着未婚妻买婚戒了!"

"他看见你没?"

"没,在他们面前失态,也太抬举他们了。"

想想范小舟在商场里像个被人打击蒙了的傻子一样泪流满面,我就觉得方翰闻薄情可恨。四五年的感情啊,说扔就扔了,犹如孩子扔掉不稀罕了的玩具。

我心里发冷,拉着范小舟从酒吧出来,给方翰闻打了个电话,问他在干什么。方翰闻说在陪女朋友吃饭。我没想到他这么直截了当,一下子愣住了,半天才说:"你有女朋友了?方翰闻,你有女朋友了?"我问得那么急切又暴躁,横冲直闯的语气吓到了范小舟,她像只受了惊吓的草原鼹一样呆头呆脑地看着我,好像我随时会从地上摸起一块板砖冲到方翰闻家给他开瓢。

方翰闻没想到我会这么大反应,问怎么了。

我说:"你和小舟才分手几天就有女朋友了?"

方翰闻的语气里这才略微有了点尴尬的意味,问可不可以不说这个话题。我说不行,作为他和范小舟爱情的见证人,我必须知道他是不是劈腿了,要不然几个月时间怎么会把恋爱谈到谈婚论嫁的地步。

方翰闻说以后再说,就把电话挂了。

我叫了辆车把范小舟送回家,说这事我非弄明白不可。在街上吹了一会儿风,范小舟醒酒了,说:"谢磅礴你可不能知法犯法啊。"然后自我检讨,都分手了,方翰闻和谁在一起都是应该的,她瞎起什么劲。

虽然范小舟嘴上这么说,但我能感觉到她心里还是想知道究竟的。

范小舟回家后,我打车去找方翰闻,我给他打电话,说让他出来,我等他。

二十分钟后,方翰闻来了。

我像只摆好了阵势准备开干的螃蟹,目光炯炯地看着他。离我还有四五米,方翰闻就"哈"了一下,说:"怎么,打算干架?"

我冲上去捣了他一拳,让他说是不是和范小舟在一起的时候就劈腿了。方翰闻说没有,但现在的女朋友他打小就认识,是他妈妈闺密的女儿,彼此知根知底,双方家长也都有意,婚事就这样定下来了。

方翰闻的语气平静、安详,像打了一场持久战的士兵,疲惫至极,决定投降,此后解甲归田,过一亩地、两头牛、老婆孩子热炕头的平凡人生。

生活中不乏方翰闻这样的人，曾经意气风发，可几经拼杀后输得丢盔弃甲，也丢掉了心气，认下了人生的平凡。

不知为什么，我特别难过。人世间好多东西都太梦幻，比如方翰闻和范小舟的爱情，郎才女貌、门当户对，风和日丽地走着走着就散了，一点兆头也没有，就好像方翰闻不曾爱过范小舟。

我无法接受范小舟只是偶然飘落到方翰闻心上的落叶，就问："你爱没爱过范小舟？"

方翰闻说爱。

"你那么爱她却和别人在一起。"说这句话时我很难过。

方翰闻说："你觉得我应该怎么办？分手以后一个人痴痴呆呆地痛苦几年，还是孤老终生？"

我说也用不着这么夸张。

方翰闻低着头，踢着脚边的小石子，说："我父母很爱我，我是他们的全部。"

我说："去你的，这世界上不是只有你是独生子女。"

方翰闻说："我不想让我父母难过，就必须让生活尽快步入正轨。"

"为了你的父母，爱情就要像个屁？放完就完了？"

他看着我，我看见忧伤浩浩荡荡地涌出来，就像在蓝色的月光下涨潮的海水，向我扑来淹没我。我特别难过，范小舟是我可望而不可得的美好琉璃，却被方翰闻当街摔在了我面前。我觉得痛，全身上下的每一寸肌肤每一根汗毛都在痛。我说："方翰闻，咱俩打一架吧。"

方翰闻说好。

我一伸腿就把他绊倒了。我们在他家楼下的花坛旁滚成一团，路过的人见我们打得凶，怕打出人命，打电话给物业。不一会儿，两个中年保安气喘吁吁地跑过来，扑上来想把我俩拽开。我俩也打够了，说没事，让保安走。保安警惕地看着我们，仿佛我俩有不可告人的秘密。我抹了一把鼻血，笑着说："真的，哥们儿失恋了，打一架出出心里的窝囊气。"保安目光变得沉痛起来,说:"有点出息,不就个女人吗?"仿佛世界上的美好女子像他的头皮屑一样多。

方翰闻摆了摆手,说我们不会再打了。说着,他站起来,顺手把我也拉了起来。我俩坐在小区花墙上,望着天上的月亮,像两个恋着野外不想回家的皮孩子。保安又啰唆了两句,不外是我们要再打起来的话,他们就直接打110叫警察。

我说不会了,说着掏出警官证,说我就是警察。方翰闻劈手夺了去,跟那个嘴巴张得大大的保安说:"别听他胡说。还警察呢,他这辈子连个保安都混不上。"

保安笑着走了。方翰闻这才把警官证塞回我口袋,说:"亏你还是警察,一点警惕性都没有。"

我说:"咋?他们是敌对势力还是咋了?"

方翰闻说:"遇上好事的,掏出手机给你录下来,往网上一发,你就吃不了兜着走!"

我承认他说得有道理,把警官证装好,问他爱现在的女朋友吗。

他歪着头看我,问:"你希望听到什么样的回答?"

"真话。"

方翰闻说他想说爱范小舟,可这是对现女友的不尊重,她是将陪伴他走完一生的人,他可以不爱她,但必须尊重她。这是作为婚姻伴侣最基本的修养。

我知道,方翰闻已经不爱范小舟了。

大家都认为最初的爱情是最纯净、最真挚的,其实不是。最初的爱情是盲目的,服从于荷尔蒙,人心智成熟后,懂了自己,懂了一些人生,知道什么样的才是最适合自己的。所谓别人眼里的登对匹配,不过是市侩的揣度,因为别人只能看见他们的外貌、社会地位、金钱多寡,而最好的爱情是灵魂伴侣,但没有人能看得见灵魂。

我祝方翰闻幸福。方翰闻再一次强调他没劈腿,他和现女友进展这么快,只是因为他们打小就认识,他妈喜欢她,她父母对他也认可。

我嗯了一声,起身要走。

方翰闻说他下月就结婚了,想让我做他伴郎。我拒绝了,说:"方翰闻你不要得寸进尺,我原谅你不等于我会因为你让范小舟受伤。"

他笑笑,说:"我只是觉得,你是我在青岛最好的朋友。"

我说今后就不是了。

回家路上我给范小舟打电话,说方翰闻没劈腿,把他和女友的渊源解释了一下。范小舟很愤怒,让我下车等她,她开车来接我。

我在南京路下车,给范小舟发了位置。

已是午夜,街道空荡荡的,风在街道的中央无聊地卷着几个废塑料袋跑来跑去。

范小舟很快就来了,我拉开车门上去。范小舟开车沿着海边风驰电掣地奔跑了一会儿,停在第三海水浴场旁,她下车顺着沙滩往海边走,毅然决然的样子像要去自杀。我有点怕,追过去叫住她:"小舟!我没撒谎。"

月亮又大又圆地挂在天上,向这人世间洒着冷清的光辉,海面上像铺满了碎银子。范小舟在浅水里站住,突然回头,背后是波光粼粼的海。她目光冷峻,没有悲伤,只有愤怒。

我虽是海边长大的,但游泳的水平并不怎么样,唯恐她一头扎下去,我跳下去救不了她,反而搞成我去殉情一样。我怯怯地喊着她的名字:"范小舟,我还不想死,你要跳下去的话,我肯定不能见死不救,可救你咱俩谁都活不成。"

她一愣,然后笑,笑着笑着就哭了,说:"谢磅礴我上当了。"

我惊,问这一当是谁给的。

她说:"方翰闻妈妈。"

我拉住她的手往沙滩上走,表示愿闻其详。

范小舟说，方翰闻跟她说过，只要他假期回去，他妈妈和她的闺密就会组织两家人的聚会，口口声声说他和他妈妈闺密的女儿是青梅竹马，言语中不乏撮合之意，都被他挡了回去。

"你的意思是他妈妈一直希望他娶她闺密的女儿？"

范小舟说对，但因为方翰闻爱她，所以她从来没觉得这会是障碍或者威胁。现在想来，方翰闻父母这次来，所谓亲家见面，其实根本就没想往好里走，甚至是个阴谋。方翰闻妈妈利用范小舟妈妈的心高气傲成功搅黄了他们的爱情，得到了自己想要的结局。

细品一下，我也觉得有一定道理。

范小舟说她咽不下这口气。我说咽不下也得咽，方翰闻下个月就结婚了。

范小舟愣愣地看着我，眼泪像冰雹一样从她眼里往外跳。我吓坏了："小舟你别这样，虽然说初恋是纯粹美好的，可还有另一种说法是初恋其实就是两个行走的荷尔蒙相遇了，动物性太强，没多少含金量。"

范小舟扑上来推我，推得我跟跟跄跄地往后退，她说她再也不会像爱方翰闻那样爱另外任何一个人了。我有点伤感，告诉她，何小风告诉过我，爱情就像割韭菜，割的时候痛哭流涕，好像整个世界都被人收割了，但过段时间，伤口被时间治愈，又会长出崭新而蓬勃的新韭菜。

范小舟说："再蓬勃也是二茬韭菜了！"

我抱着她的腰，说："哪怕你被割了一万茬也是我心里的头茬韭菜。"她很生气，说我这是在亵渎神圣的爱情，因为生气，她下手的劲更大了，我一个跟跄就蹲坐在海水里。冰凉的海水温柔地拥抱着我，我不想起来，就把两条胳膊向后撑在水底的沙子上，抬头仰望着我的咆哮女神。

范小舟也哭累了。她蹲下来，漂亮的羊绒裙子浸泡在海水里一荡一荡,像随着潮水被涌到岸边的硕大的海带叶子。她哭着说:"谢磅礴!我推你你为什么不反抗?"

我说:"因为我爱你。"

范小舟像受到惊吓的蝎子,嗖地站起来,警戒地看着我,说:"谢磅礴,乘人之危,你无耻!"

我被她骂得一头雾水,问怎么了。

"在我最痛苦、最脆弱的时候,你示爱就是乘人之危!"

"我是真心的,想给你温暖。爱情是韭菜,生生不息,割完这一茬还会长出下一茬。唐琬爱陆游都爱成千古绝唱了,被休回家还再嫁了呢,何况你和方翰闻。"

范小舟吓我,说就凭我这恶俗的爱情观就不配拥有美好的爱情。

我呆呆地坐在水里。范小舟想走,可鞋子已陷在沙里,抬了几次脚也没拔出来,这让悲伤的她看上去有点滑稽,索性赤脚走了,对我看也不看,好像我是被风卷到海边的一片垃圾。

海水一点点涨起来,浪涌的力量很大,温柔而又大力地耸动着我的身体。我像一截树桩,在海里起起落落。范小舟走远了,远成了岸边的一个黑点。我有点伤感,爬到范小舟鞋子陷进去的地方,小心翼翼地把鞋子抠出来,把上面的沙子冲掉。

我拎着高跟鞋往岸上走,身上的湿衣服被深秋的风打透了,冷得我打了几个寒战。我掏出手机想叫网约车,发现手机进水坏了。我只好沿香港西路往西走,走到游泳馆附近,正好碰到在此地巡逻的大刘和庞大壮。他们看见有个湿漉漉的男人拎着一双高跟鞋在街边溜达,心生疑窦,停车下来才发现是我。

我没理会大刘他们的满脸问号,拎着鞋上车,把空调暖风开到最大,说送我回家。大刘回头张望着我,半是询问,半是自言自语:"女朋友的? 没听说你有女朋友啊?"

沮丧和疲惫拥挤在心里,我一句话也不想说,倚在车座靠背上,闭着眼,用死了一样的面孔应对他们的好奇。

　　庞大壮说别问了,然后启动了车子。没一会儿就到了我家,我说了声谢便推门下车了。到家时,洪雪娇和洪小邪早已睡了。我洗了个热水澡,觉得又活过来了。我把范小舟的鞋冲洗干净晾到阳台上,又把电话卡抠出来装进备用手机,这才上床睡了。

　　第二天下午,范小舟给我发了个微信,问我在干什么。我说在海里,淹死了。她说淹死了还能回话。我说和她说话的是我的亡灵。范小舟这才跟我道歉,说不该把我一个人丢在海里。

　　我给她丢了个不想说话的表情包。她又跟我说了一遍对不起。我的心就软下来,觉得自己不该对一个感情上刚刚受过创伤的女人这么刻薄,就说她鞋子在我家,改天给她送去。

　　范小舟说不用,让我扔了就行。

　　我说我已经拎回家洗干净了,听我妈说这鞋还挺贵,扔了怪可惜的。范小舟有点不耐烦了,说这鞋子是羊皮的,泡过水就变形了,肯定不能穿了。我说我看好好的,执意要还给她。我其实是想借着还鞋的幌子见她一面,知道方翰闻要结婚的消息之后,我的心脏就好像起了化学反应,不停地想她。

　　范小舟不再回我微信了。我把晾干的鞋子拿回房间,摆在衣橱里,像个痴情的傻子一样,每天拉开橱门,痴痴呆呆看一会儿。就好像,范小舟是我秘而不宣的爱,静谧地藏匿于我的衣橱里。

　　后来,我对着鞋子发花痴的样子被洪小邪看见了。她凑过来,蹲在那儿端详了一会儿鞋子,看着我的眼睛说:"哥,给我讲讲这双鞋子的故事。"

　　我没力气讲故事,就实话实说鞋是范小舟的。洪小邪已经猜到了,劝我说既然我这么爱范小舟,她也已经恢复了单身,我就应该去追求她。

"怎么追？像癞蛤蟆追天鹅一样追？"

洪小邪噘噘嘴，说那是我自己的事，并帮我掩上衣橱门，表示她不会向洪雪娇告我的密。

又过了几天，范小舟给我打电话，语气温和，犹如三月的春风抚摸过桃花的脸，让我有点晕。我问她心情好点了没。她好像不明白我为什么会这么问，就像一周前站在海水里痛哭流涕的人不是她。她说："你怎么这么问？我心情一直很好啊。"这倒把我弄得讪讪的，好像我是个特别喜欢打探别人内心角落的八婆。我讪讪地应了两声，问她找我什么事。这回轮到范小舟不好意思了，问我把她的鞋子丢了没。我说没，还在我家呢。范小舟说她所有鞋里这双鞋穿着最舒服，让我方便的时候捎给她，她请我吃饭。

我说今天就方便。

范小舟说那就今天晚上吧。

我欢天喜地偷偷往鞋子里喷了洪雪娇的香水，又去礼品店包了，看上去不像还鞋，倒像送礼物。

范小舟约我在辽阳路上的一家西北菜馆吃饭。见我把鞋子包得那么隆重，她笑道："真有你的。"说着，她稀里哗啦地撕了包装，就地换下脚上穿的鞋子，原地走了几步，用舒适感极足的腔调说"真舒服"。那语气，像女子回到了朝思暮想恋人的怀抱。

她好像忘记了我的存在，兀自低着头欣赏着失而复得的旧鞋子，说这是方翰闻去年送她的生日礼物。

顿时，我简直要抠心挖肺。早知道是方翰闻送的，我捡都不会捡，就让它泡在海水里去腐烂变形！

范小舟穿着方翰闻的鞋子，点了几道菜，全是方翰闻爱吃的。我心里酸溜溜的，轻轻咳了一声，仿佛提醒了她，她把正要还给服务生的菜单收回来，问我想吃什么。我心底发凉，说方翰闻吃什么我就吃什么。

她一怔，脸红了。

没一会儿，菜上齐了，她看着菜的样子有点伤感。我看不得她难受，就装作没心没肺地吃，边吃边点评，说我虽然是吃外卖长大的，但依然觉得这家店的菜品一般。范小舟说方翰闻觉得这儿好吃。我说人的味蕾审美都是打小的饮食习惯培养起来的，我说不好吃，是因为青岛沿海饮食没培养出我对西北内陆食物的品鉴能力。

范小舟吃得心不在焉，时不时地往门口瞟一眼。渐渐地，我觉出不对，问范小舟方翰闻是不是很喜欢这家馆子。

范小舟说方翰闻不会做饭，这家馆子就是他的食堂。

刹那间我就明白了，范小舟约饭完全是项庄舞剑意在沛公，根本不是为了让我还鞋，更不是为那天晚上对我的鲁莽而道歉。

明白她的意图后，我建议换个地方吃，说陕北味不符合我们青岛人的海鲜胃。范小舟看着我，目光执拗。我说："小舟你何苦呢？他已经要结婚了，你这是想干什么？"范小舟说她不甘心。我说爱情是两个人的事，一个人的不甘心没用。

范小舟说自从弄明白她和方翰闻的分手是方翰闻妈妈不动声色导演的一场戏，她的心里就像有一万只狂怒的平头獴，焦躁不已。她不想让方翰闻妈妈的如愿以偿来得这么轻而易举。

"你觉得你能扳回败局吗？"

"能不能都要试试才知道。"

"不用试。所有不甘于情场失败的挣扎，都是徒劳的洋相百出。我不想让你日后沉浸在对今天的自己的唾弃里，那是一种恨不能坐上时空穿梭机回到当初扇自己嘴巴子的痛恨不已。"

我正说着，一直盯着饭店入口的范小舟眼睛噌地亮了，像昏暗的蜡烛突然被挑了烛芯。方翰闻和一个女孩子进来了，刹那间我就明白了方翰闻妈妈为什么会喜欢这个女孩子胜过范小舟。这个女孩子看上去温婉和顺，宛如没有领头羊就不知该何去何从的小绵羊，仿佛永远只会说"对"和"是",是强势婆婆的最佳儿媳妇人选。而范小舟脸上永远有十万个为什么,好像说"不"是她与生俱来的特权。

范小舟下意识地放下了筷子,要站起来。我知道,人在突如其来的悲愤面前,爆发力是强大的,至于后果,从来都是不想的。所以,我用按住一头牛的力气按住她的肩,说:"范小舟,你要敢站起来,我就敢告诉方翰闻和他的未婚妻,你来这里吃饭就是因为放不下他,就是为了偷偷看他一眼。"

向人低头从来不是范小舟的作风,所以她选择做律师。她觉得有可能败诉的案子,就算有一个金库那么多的钱可以赚她都不接,因为她不喜欢失败感。

同样,在和方翰闻的爱情中,就算放不下方翰闻,就算心里有十万个不甘,她也不会主动示弱。

我大力地把她按在座位上,扫桌上的二维码买了单,趁方翰闻和未婚妻落座后商讨菜单的间隙,拉着拼命挣扎的范小舟,像逃跑的贼一样冲出饭店。我站在大风呼啸的街头,痛斥她就是个受了情伤要奋起反击的女人,智商之低下犹如《皇帝的新衣》里的皇帝,都光着屁股满大街丢丑了,还自我感觉良好得要命。

范小舟被我气得两眼冒烟,却又不得不承认我说的是实话,说她一个凭智商和逻辑吃饭的律师,竟然被方翰闻妈妈一个西北大妈算计得逞,太气人了,她咽不下这口气。

我说:"咽不下也得咽!方翰闻要结婚了,他会放弃现在的未婚妻回头吗?"

范小舟愣了,突然昂扬地说:"他回头我就会要吗?"

我也愣了:"既然如此,你拉我到这里干什么?"

"恶心恶心他!"范小舟说着,突然挽起我的胳膊,拖也似的把我往店里拉,"谢磅礴,不管我说什么你都不许纠正我,要不然你就不配做我的朋友。"

我说:"小舟你别干傻事。"

她哼了一声,拖着我进了店里,站在方翰闻和他未婚妻的桌旁,笑颜睥睨地看着方翰闻,说:"嗬,是你啊。"

说着,故意把目光从方翰闻脸上挪到他未婚妻脸上,意味深长地说:"不给我们介绍介绍?"

方翰闻被我们的突然出现弄蒙了,猜不着我们葫芦里卖的什么药,只是用意欲保护的眼神看了看他的未婚妻,磕磕巴巴地说:"你们⋯⋯你们啊,你们怎么在这儿?"

范小舟说:"我们不能来吗?还是你不希望我们来?"

方翰闻说:"那倒不是。"

他未婚妻人畜无害地看着我们笑道:"翰闻,你朋友吗?要不坐下一起吃吧。"说着,自己往里挪了个位子。

我怕范小舟将计就计真坐下了,后面就尴尬了,忙使劲夹了夹范小舟挽着我胳膊的手,说:"不了,我们吃过了。"

方翰闻也很尴尬地笑笑,说:"我未婚妻闫晓妮。"说完看着范小舟向闫晓妮介绍:"我校友范小舟。"他看我的时候,满眼都是对我没拦住范小舟的责怪:"我朋友谢磅礴。"

闫晓妮带着一脸"原来你就是范小舟啊"的感慨站起来,伸手,想跟范小舟握手。

在我提心吊胆的惊惧中,范小舟落落大方地和闫晓妮握手,眼睛却瞟在方翰闻脸上,皮笑肉不笑地说:"你未婚妻不错,我总算可以放心了。"说完,她歪头看我:"磅礴,你也不用内疚了。才半年而已,方翰闻就成人家的未婚夫了,说明人家肯定也是早就暗度陈仓了,大家彼此彼此。"说完,她咯咯地笑,好像懊悔我们不该枉然地虚怕了一场。

方翰闻瞠目结舌,闫晓妮看着我和范小舟紧紧挽在一起的胳膊,满眼都是"原来这样啊"的感慨。我知道坏了,范小舟这是为了出胸口那口恶气,把我按进了烂泥潭。我张了张嘴想解释,范小舟却狠狠掐着我的胳膊。

范小舟一边掐我,一边笑靥如花地祝方翰闻和闫晓妮好胃口,拉着我往外走。我像头不想被牵走的倔驴一样,被范小舟拉着,走得一步三回头。

方翰闻盯着我的后背,眼神犹如机关枪口。如果他眼里有子弹,我毫不怀疑,他会"哒哒哒"地给我来上几梭子。

出了饭店,范小舟像从邻居家押回了偷情未遂的丈夫,趾高气扬地看着我:"怎么样?我演技可以吧?"

连商量都没商量就直接派给我一个撬朋友墙角的奸夫角色,我很生气,便不和她说话。

她把车开到街上,我们一路沉默。范小舟送我到楼下,看着我打开车门,才说:"谢磅礴,对不起。"说完,她趴在方向盘上,哭得肩膀一抽一抽的。

我关上车门坐回来。人哭的时候,不一定去劝去哄,只要默默陪在身边就好。

后来她不哭了,跟我说谢谢,让我放心,她不会再犯傻了,因为不想让日后的自己可怜自己,更不想痛恨自己。

我说好的。

第十三章

我想跟方翰闻解释,发现他把我的电话和微信全都拉黑了。有天下早班,我去检察院门口等他,想跟他当面解释一下。

方翰闻问:"解释什么?"

"我和范小舟不像她说的那样。"

"我知道。"

我很诧异,问:"你知道为什么还要拉黑我?"

"我想让小舟高兴高兴。"

"你拉黑我范小舟高哪门子兴?"

"你没告诉她我把你拉黑了?"

"我和范小舟又不是情侣关系,再说我也没那么八婆。"

方翰闻气得挠头,说:"怪不得你没女朋友,就你这情商!"

我特别讨厌别人说我没情商,因为有智商的人不一定有情商,可有情商的人一定有智商。说我没有情商就意味着我有可能没有智商。

我让方翰闻把话说明白。方翰闻说:"你想想啊,我把你拉黑了,说明我相信你和范小舟在我们分手之前就勾搭成奸了,这就等于我认为她早就不爱我了,给我戴上绿帽子了,这种事多践踏男人的尊严!我备受侮辱,严重受伤,深深沮丧,这就是范小舟想达到的效果,难道你不明白吗?"

我说明白。

"所以,我要让她相信我中计了。"

哎呀!我不得不承认方翰闻这小子果然有脑子,不由得替范小舟庆幸。这小子虽然唱起秦腔来嗓子直嗷嗷的,可玩起心眼来,简直就是九曲十八弯的羊肠小道啊。

方翰闻让我这就告诉范小舟,他把我拉黑了。

我说:"你的意思是从今往后咱俩没朋友做了?"

方翰闻说以后他会制造个一笑泯恩仇的机会表演给范小舟看。听他说这话,好像我和范小舟真能谈恋爱似的,我内心就复杂得很,想如果我真跟范小舟好了,要咋和方翰闻相处?方翰闻有了未婚妻,不知为什么,我突然觉得我可以和范小舟谈恋爱了,即使她不理我。

我遵方翰闻所嘱给范小舟发微信,说方翰闻把我拉黑了。

范小舟说拉黑就拉黑,我认识那么多人,不缺他这个朋友。我举着手机给方翰闻看,觉得自己像个叛徒。接着,范小舟又发过来一条:"如果不是因为我,你俩根本就不会成为朋友。"紧接着,又发来一句:"谢磅礴,你当初和他做朋友,是不是为了接近我?"

方翰闻看见了,捣了我一拳:"我早就知道你居心不良!"

"那你怎么还和我玩?"

"因为我知道你是个有原则的人,我只有和你做好朋友,你才不会打范小舟的主意。"说完这句话,方翰闻突然一愣,像意识到自己说错话,微微尴尬。是啊,他曾潜心呵护要让范小舟成为他今生专属,可爱情摔了跟头,他爬起来没去拉范小舟,反而自己走掉,另找所属。现在看来,有点滑稽,有点悲伤。

我莫名有些难过。

方翰闻抬头看了看远处,对着夕阳自言自语:"其实,你对小舟,比我对她好。"他说完看看表,说和闫晓妮有约,先走了。

我待在原地,脑子像被飓风卷过一样空荡荡的,四顾茫然。范小舟发来一段语音,问我怎么不说话了。我主动不说话,不是我和范小舟聊微信的风格,每次都是她说要做事了,不和我聊了。

我说我在想一些事情。她说她也要整理卷宗了,不聊了。

恋爱中的女人喜欢侦察男人的大脑,而范小舟并不关心我在想什么。

有一天曲露露给我发微信,说终于有时间和我聊天了。

而我几乎忘记了还有这么个人存在,就假模假式说好长时间没她消息了,问她忙什么呢。

曲露露说姨妈脑梗住院了,她一边上班,一边和护工轮换着照顾,忙坏了。

我问没事吧。

曲露露说没事了,出院后做了一段时间的康复治疗,情况稳定下来了,她这才有心情和我聊天。我突然有点感动,她能如此悉心地照料日益衰老的姨妈,难能可贵,是个好人。

我们在微信上交流了一段时间,后来,她听说我们一家三口常年吃外卖,便在家做好饭菜,让同城跑腿送到所里。饭菜送到时还热乎着呢,色香味俱全,很有大厨风采。何小风怀疑这是曲露露为了追我,去饭店点菜冒充自己的手艺。我斥他胡说,但也不愿欠人情,让曲露露别送了。

曲露露说她报了个厨艺班,每次上课老师都会布置几道菜的作业,她送给我的菜就是作业。她让我不必有负担,作业要做,她和姨妈也吃不完,剩下坏了也要倒掉,送给我其实也是麻烦我帮她解决困难。曲露露这番说法是把自己的善良热心安到我身上,活像应该道谢的倒是她了。我脸皮还不够厚,做不成帮人消灭美食的白食雷锋,我告诉她不管菜是怎么来的,我无功不受禄,让她都不要送了。过了好半天,她才回我微信,说如果这样会让我不舒服,她就不送了。

我不愿兜圈子浪费大家时间,索性直说真不用送,我也明白,她对我好其实是为了她表哥,大家都是朋友了,她不这样我也会帮她。

她没说话。可能是被说中心思,她尴尬了,过了一会儿才说:"谢警官,如果你不喜欢我打扰你的生活,你一定要告诉我。"

我说没有的事。我明白,在她心目中我所有的价值就是警官,至于这个警官是不是我谢磅礴并不重要。但我也理解,就像有人夜行遇险,打110后不会挑剔出警的警察是张三还是李四。

我让她放心,我会帮她的。曲露露说那以后她做多了菜还送给我,算是答谢。我连忙说别了。曲露露问是不是她做的饭不合我胃口。我说不是,拿人手软吃人嘴短,我怕吃多了无以为报,以身相许又被她拒了弄得自己没台阶可下,怪尴尬的。

曲露露扔过来一串笑脸表情,说我有时候说话太不像个警察了。

我说是吗,不像警察像什么。

她又扔过来一串捂着嘴笑的表情。我说像街上的二流子小混混是不是。她说她可没说。我笑,说其实我内在是个混混,挺不着调的,有时候我自己都觉得给这身警服抹了黑。

曲露露说我怎么能这么说自己。我说人嘛,认识自己很重要,可以少丢丑。

曲露露丢过来一个很窘的表情,说我好好一人,怎么一开口就让人觉得不正经。

我说我爸死得早,我是一路撒着泼长大的,习惯了。

曲露露停顿了一会儿,问我哪天有时间,她想跟我聊聊谭庆龙。

两天后，我们约在良友书坊见面。寒暄了一会儿，大家都有点拘谨和不自在。我说咱还是直奔主题吧，便问曲露露谭庆龙是在哪里去世的。曲露露说她最后一次见谭庆龙是在医院急诊室，当时人已经去世了。

"既然是在医院，他死于心脏病发作，也有医生的诊断，你怎么还会觉得谭庆龙的死有问题？"

"我哥没心脏病！"曲露露说这话时斩钉截铁，如同板上钉钉一样不容置疑。我说没心脏病他怎么办的保外就医。曲露露说问题就出在这儿，所以她才怀疑谭庆龙不是自然死亡。

我问她是怎么确定谭庆龙没有心脏病的。

曲露露说有心脏病的人一般有家族心脏病史，可谭庆龙的父母都没有心脏病史，谭庆龙也亲口跟她说过他没有心脏病，他以心脏病为由办保外就医，是有人帮他。

我问谭庆龙是在什么情况下告诉她自己没有心脏病的。

曲露露说虽然谭庆龙还住在别墅里，但在被判入狱的同时，因为涉黑，他名下存款全部罚没，只剩一栋空壳别墅。他出来以后没有张罗道上的小弟们重新开张，而是靠政府的低保，过着安贫乐道的日子。但他孝顺，也好面子，来平安路看姨妈时从不空手，但拎的东西已今非昔比。有一次，不知谁送给他几张韩式汗蒸套餐券，他来接她和姨妈去汗蒸。曲露露知道心脏病患者汗蒸是很危险的，就提醒谭庆龙，他有心脏病，还是别蒸了。谭庆龙拍着胸脯问她，他像个心脏病人吗。谭庆龙看上去很强壮，但心脏病这事，看着像与不像没用，关键是心脏是不是真的健康。她让谭庆龙别逞能，要汗蒸也是她和姨妈去蒸，他在家待着。谭庆龙说他待在家都快闷死了，让她放心。曲露露也问了和我一样的问题，没心脏病他怎么保外就医出来的。谭庆龙神秘莫测而又得意地告诉她，因为他有能耐，外面有人帮他。然后他们一起去汗蒸，谭庆龙挑了间温度最高的汗蒸屋，曲露

111

露没心脏病蒸了十分钟都面红耳赤受不了，谭庆龙却蒸了半个小时，出来后除了脸红一点，一派怡然自得。

听曲露露说的，我也认为谭庆龙没有心脏病。可他没有心脏病最后怎么会被医生宣布为心脏病发作去世呢？

如果谭庆龙刚去世还没火化，可以通过医学解剖寻找他的真正死因，可谭庆龙已经化作了一捧骨灰，医学解剖这条路被彻底堵死了。

我突然理解了曲露露，就她所说的情况，如果没有过硬的证据，公安系统是不会对已经被医生宣告正常死亡且已火化的人作他杀立案的，何况司法系统一贯执行的是疑罪从无。

在无尸可检、可疑痕迹荡然无存的情况下，想查清死因，简直难于无鸡还想取卵。我表达了我的意见，曲露露说她也知道这事很难，要不然就不会厚着脸皮去纠缠范小舟，因为谭庆龙在监狱里的时候跟她说过，范家能耐大，家里遇到难事就去找范家。

曲露露说，她去范家，其实不是找范小舟，而是找范忠迁。但范忠迁出差了，范忠迁老婆见一个年轻女人找到家里，警惕地旁敲侧击问她找范忠迁干什么。女人之间的警惕是有气场的，曲露露感受到了，索性直说了，说表哥交代过，有需要帮忙的事就来找范家。范忠迁老婆就问她有什么需要帮忙的。曲露露说她想知道表哥去世之前家里有没有发生什么事。范忠迁老婆说这事她应该去问高丽曼，她是谭庆龙的老婆。这时候，范小舟回来了，也加入了她们的聊天，聊着聊着曲露露就说了实话，她是对谭庆龙的死心有怀疑才来问的。范小舟问她怀疑什么。曲露露说怀疑他是死于谋杀。范忠迁老婆说不可能，谭庆龙虽然有心脏病，可他五大三粗的，高丽曼一弱女子，怎么能谋杀得了他？言之凿凿的，说得曲露露坐不住，好像她看电视剧看多了看出疑心病来了，便起身告辞。范小舟出来送，问她为什么会怀疑谭庆龙死于谋杀。曲露露知道范小舟，谭庆龙活着的时候跟她说过,要不是范小舟,他怕是就让高丽曼离成婚了。她就跟范小舟说,因为高丽曼想离婚,谭庆龙入狱前加保外就医后,光起诉就起诉了三次,都没离成。曲露露猜,高丽曼是咽不下这口气,最终把谭庆龙谋杀了。范小舟有点尴尬,跟她道歉,说如果是这样的话,她的罪过就大了。

"然后范小舟就把我介绍给你了?"

"也不是,是我要求她介绍的。她是刑事律师,认识刑警,我想让她帮忙找找刑警,看能不能把我表哥的死以他杀重新立案调查。"

"然后呢?"

"她问遍了认识的刑警,都说要证据。我也不想继续为难她,就跟她说别帮我问了,介绍个警察给我认识就行了。"

我摇着头笑道:"这个范小舟,介绍我这巡警给你认识有什么用?"

曲露露笑笑,说哪怕是心理安慰也好。

我告诉曲露露,以我有限的从警经验,像谭庆龙这种医学上已经盖棺定论且已火化了的死亡,如果没有过硬的证据,警方重新以他杀立案调查的可能性基本没有,让她别抱太大希望。

曲露露说知道。

我问她姨妈有没有怀疑谭庆龙的死因。

曲露露说她姨妈老了,变得固执而又耽于幻想,她连谭庆龙是保外就医出来的都不知道,还以为他是被坏人冤枉了,坐牢期间遇上了包青天,拨云见日,还他清白出狱重新做人了。

"可谭庆龙没有心脏病却突然死于心脏病,她没起疑心?"

说着曲露露难过了起来:"说过。我姨妈小学都没毕业,没文化,也不懂科学。我表哥去世之后,她说我姨夫虽然残疾但没心脏病,她也没有。谭庆龙死于心脏病一定是坐牢那两年落下的病根。我不敢把我的怀疑告诉她,怕她受不了刺激,或许对她来说,我表哥死于坐牢期间得上的心脏病比死于谋杀更容易接受一些。"

我点头,问她有什么想法。

曲露露说:"想找到帮我表哥办保外就医的人。"

我嗯了一声,等她下文。

"他就是证据。如果他承认我表哥的保外就医是他帮忙作假办出来的,那么就能证明我表哥没有心脏病。没有心脏病他就不可能死于心脏病,不是死于心脏病,那么他的死就是值得警方调查一番的学问。"

我笑。曲露露问我笑什么。我说:"笑你天真,你以为你想的这点我没想过?我要没想过让我当巡警都是抬举我。"

曲露露头头是道地和我分析,谭庆龙坐牢期间,除了打亲情电话,没有渠道和外界联系,能帮他办保外就医的人肯定和他有交往,说不准去监狱见过他。她每次去看谭庆龙,都要签字登记,如果这个人也去过监狱,访客登记簿上一定有登记。所以,下一步的关键,是去监狱看登记簿。

她看着我,面带歉意,突然说:"有件事,我没跟你说实话。"

我问什么事。

她说她去过监狱了,想看访客登记簿,被拒绝了。据说只有公检法系统的人持相关工作证件才能查看。

我恍然大悟,问:"你让范小舟给你介绍个警察朋友,就是因为这,是不是?"

她有点不好意思,说也不全是,但有这方面企图。

我说:"你现在就跟我交了底,不怕我拂袖而去吗?"

她微微笑道:"你不会。"

"何以见得?"

她继续笑道:"当老师的都学过心理学,据我观察,你好奇心很强。"

她说中了我的心思，我确实有点好奇，但也告诉她，现在就算找到那个帮谭庆龙办保外就医的人，谭庆龙已死，人家不承认，她也没辙。

曲露露说："他能帮我哥办保外就医，就说明他和我哥感情不一般。我哥命都没了，他还有什么不能说实话的？"

我说："错。如果你哥没死，不管是出于对你哥的忌惮还是同情，他或许还有承认的可能。但你哥已死，万无可能，除非你证据在握他不得不承认，否则开口把自己栽进去是完全没意义的。"

曲露露当然没有证据。

我建议还是先找证据，能证明谭庆龙确实没有心脏病，才能进行下一步。

上刑侦课的时候，教授强调过，人死了不能开口说话，但尸体会通过种种现象表达自己的死因。如果尸体不在了，就去问现场，现场也是死者的另一种语言。所以，我建议去谭庆龙家看看。

曲露露有点为难，说她和高丽曼关系一般，还不如同一条街上住着的邻居亲近。

我问为什么。

曲露露说因为她姨妈。

婆媳不和，历来是中国家庭的痼疾，能免俗的都成了佳话。相比高丽曼，曲露露更亲近的肯定还是姨妈，我能理解，问高丽曼和谭庆龙母亲是因为什么不和。曲露露说原因多了去了，如果跳出感情范畴，作为女人，站在客观公正的角度，她更同情高丽曼。

谭庆龙早些年有个女朋友，两人都谈婚论嫁了，可后来谭庆龙因为抢地盘抢得急，得罪了道上的人，好几次差点丢了命。他怀疑是被道上的人追杀，就去了云南。一躲两年，音讯杳无，所有人都以为他死了。等到他回来，未婚妻已择人另嫁，他很痛苦，天天借酒浇愁，沉沦了一年多，终于东山再起，不仅把丢失的地盘收了回来，还扩大了不少，几年间混成了岛城大佬。前未婚妻自觉对不起他，给他介绍了好几个女朋友，交往下来都不满意。后来给他介绍了高丽曼，高丽曼年轻漂亮，谭庆龙一眼相中，追她时出手阔绰，但高丽曼一直不冷不热，直到谭庆龙给她父母买了套房子，才态度明朗，没多久就登记结婚了。

结婚后，谭庆龙对高丽曼很好，但高丽曼不知听谁说，他们的红娘就是谭庆龙曾经的未婚妻。夹杂在这种关系里，她觉得龌龊，甚至有被红娘当作礼物送给谭庆龙的被愚弄感，便天天跟谭庆龙吵，怀疑他和前未婚妻藕断丝连。

"谭庆龙的前未婚妻是干什么的？"

曲露露说开美容院的。

"是高丽曼的老板吗？"

曲露露说是。

其实美容院是谭庆龙的前未婚妻和谭庆龙两个人的。当年美容院装修期间，谭庆龙疑心自己被人追杀，跑去云南。资金断了，装修收不了尾，她无计可施，这时现任丈夫出现了，帮她垫付了资金，美容院得以顺利开张。她心存感激，自觉无以为报，就以身相许了。

"谭庆龙真和她藕断丝连吗？"

曲露露说她问过谭庆龙。谭庆龙很生气，说高丽曼一个人闹就够他受的了，让她别跟着起哄。姨妈也怪她不该站高丽曼那边怀疑谭庆龙，说高丽曼不如小施。

"小施是谁？"

"我表哥的前未婚妻。"曲露露说，"有一次，表哥带高丽曼回姨妈家，姨妈招呼高丽曼，也不知是不是故意的，把高丽曼叫成了小施。高丽曼当场就和姨妈翻脸了，没多久就去法院起诉要和表哥离婚，一审驳回了，过了半年高丽曼又起诉，还没等开庭表哥就出事进去了，判了无期，高丽曼只能从法院撤诉。虽然没离婚，但她和姨妈这几年一直是老死不相往来。"

曲露露说,换位思考,如果她是高丽曼,也接受不了被老板介绍给前未婚夫,这算什么,拿她还债吗。

我说,明白了,但高丽曼家还要去,只要曲露露和高丽曼的关系没难堪到敲门不让进就行。

曲露露说,那倒不至于,场面上的文明礼貌还是能维持的。

我说那就好。

第十四章

周末，我和曲露露去谭庆龙家。

已是深秋，范小舟正在院子里帮她爸给花花草草包稻草衣，看见我们，直起身子抹了一把额头上的汗，笑着说："嗬！你俩啊，郎才女貌的。"

我说是陪曲露露过来办点事。

范忠迁听见声音，也直起腰，目光在曲露露脸上停顿了片刻，才应了我的问候，打量着我和曲露露。范忠迁夸我好眼光，女朋友文静又漂亮，问什么时候请他们吃喜糖。

我看向范小舟，她拿着一截稻草绳，咬着嘴唇的样子像是在忍笑。但我知道她不高兴。范小舟就这样，一不高兴就咬嘴唇。我怕把她惹了收不了场，就笑笑说："这都哪儿跟哪儿呀，我陪曲老师过来办点事。"

我称呼曲露露为"曲老师"，语气马上就庄重了起来。范忠迁没得到想要的回答，就像讨烟抽被无视了的正经人，显得不自在。我跟范小舟说："我们过来看看，你知道的。"一副有个阴谋诡计只有我俩知道的样子。范忠迁一下子又警觉了起来，满眼问号地去看范小舟。

我对范小舟微微摇头，她懂了，抿着唇，冲我笑得悄无声息。我叫了声"曲老师"。曲露露领会到我不想跟范忠迁继续寒暄，于是去按门铃。

跟聪明人打交道就是舒服，一个眼神一个动作，就能领会得准确无误。

曲露露按门铃，高丽曼开门，她打量我们，并没让我们进去的意思。曲露露说姨妈想要些谭庆龙的东西作纪念。高丽曼瞟了我一眼，曲露露介绍说我是她朋友，陪她走一趟。

高丽曼示意我们进去，从鞋柜里拎出两双拖鞋让我们换上。高丽曼说自从谭庆龙走了，她就没回过卧室。说完，她领着我们上二楼，站在卧室门口，让曲露露想拿什么随便拿，说这房间阴气逼人，她平时都不敢进来。

卧室有股久无人居的浑浊气息，像温暾无力的软兽，从房间的四面八方往人身上拥挤。高丽曼说有人约了针灸，她下楼等着了。

曲露露目送高丽曼下楼，在房间里巡视了一圈，说表哥去世以后她来过两次，卧室还是原来的样子，一点没变。说完她就往里走，突然一只硕大的蜘蛛从天花板上掉下来，连滚带爬地逃走了。蜘蛛不会撒谎，确实好久没人进来了。

谭庆龙的枕头和被子都堆在床上没洗也没整理。单从这一点，我认为谭庆龙不是高丽曼谋杀的。这是在家里发生的命案，如果高丽曼是凶手，必然会心虚。凶手心虚的表现之一就是掩盖真相，而凶杀案的真相就在现场的蛛丝马迹上。作为这个家的女主人，高丽曼完全可以打着收拾房间的幌子，把一切痕迹都荡涤得干干净净。可谭庆龙都死这么久了，床上用品都没整理清洗，怕是连谭庆龙身上脱落的皮屑毛发都完好无损地保存在上面，这说明，她要么有特别强大的内心世界，要么就是问心无愧，坦然处之。

我把枕头、被子和一些细碎卷在床单里，结结实实打了个结。

曲露露拉开床头柜抽屉,翻看里面东西时不小心把一个打火机翻到了地板上,声音很响。打火机打了几个滚,滑到床底和地板之间的缝隙里去了,曲露露跪在地板上,伸平手掌从地板上探进去往外划拉,划拉出来的,竟不止一只打火机,还有一部苹果手机。

曲露露目光呆呆地落在手机上,她小声说:"我哥的手机。"手机看型号还挺新,但关机了。我示意她不要吭声,顺手塞进口袋。

她笑我像个小偷。我说真正的刑警比小偷身手敏捷多了。

然后,我去看床脚的五斗橱。抽屉里塞满了心脏病药物,我莫名觉得有哪儿不对,拿手机拍了几张照片,又拿了几盒塞进铺盖包里。曲露露检查衣橱,又录了视频、拍了照片。

曲露露问我看出什么来没,我摇了摇头。现场确实没有任何凶杀痕迹。当然,依曲露露的描述,如果谭庆龙是死于谋杀,十有八九也应是死于投毒谋杀,现场不可能留下大规模的痕迹。

我问曲露露,谭庆龙喝不喝茶。她说喝。我让她把谭庆龙平常喝茶的杯子找来。曲露露找了一圈没有,下楼跟高丽曼要。高丽曼说茶杯是谭庆龙的随身物品,她本想洗干净给他陪葬,但洗的时候不小心打碎了,已经扔了。

我和曲露露拎着一大包床上用品下楼,看上去像刚进城的山民。高丽曼奇怪,问拿床单枕头干什么。曲露露说上面有谭庆龙的味道,姨妈想闻。

高丽曼大约觉得这种纪念方式太重口味了,皱了一下鼻子。我怕有遗漏,说先拿这些回去,如果老人家还有想要的,我们还少不了再来打扰她。

高丽曼说随老太太的意,把卧室搬空她也没意见。

到了街上,曲露露问接下来怎么办。我说不知道,先把东西拿回我家再说。曲露露有点感动,说:"我哥死了,床上用品也没洗,你不介意吗?"

我说："哥们儿是扒拉过尸体的人。"

曲露露是如此信任我能查明谭庆龙的死因,让我觉得内心里的那个自己陡然伟岸了起来,仿佛我离刑警理想又近了一步。

回到家里,洪雪娇问我拎了包什么。我怕吓着她们,撒谎说人民群众捡了上交的,可能是进城务工民工的行李,落在路边了。

洪雪娇嘟囔说:"群众交公的东西你拿回家干啥?不知道的还以为你要昧下呢。"

我说:"妈,你就不能把你儿子想得有点出息?就一包破铺盖,要昧我也昧点值钱的。"洪雪娇哼了一声,说:"也不看看你是谁的儿子。"我的父亲谢福哉向来以勤俭节约为美德,我上小学三年级那会儿,他曾在下班路上捡回来一个别人丢掉的旧花盆,还从花坛里挖了一盆土端回来,兴高采烈地栽上了花。为此,他被洪雪娇骂了一个夏天。

我说周一上班我带所里去。

洪雪娇说:"就是,别跟你爸似的,什么破的烂的都往家捡!"

我把铺盖卷扔到阳台上,跟洪雪娇要了苹果手机数据线给谭庆龙的手机充电,开机时发现谭庆龙设了开机密码。我跟曲露露问了谭庆龙的生日、结婚纪念日、门牌号等一系列关键数字,也没能解开密码,就把它扔进抽屉,去阳台研究其他东西。

洪雪娇端着一盘水果进来问我吃不吃,见我坐在拎回来的床单被子旁发呆,就扇了扇鼻子,放下水果,扑上来把被子叠好卷着枕头裹进床单里,说:"也不知道是什么人的东西,别在家里抖开,万一有传染病呢。"说着,就要往阳台上拖,见旁边还有几盒药,抓起来看说明,说:"这人有心脏病,看样子还不轻。"说完,她问我在哪儿捡的。我信口胡诌,说在栈桥附近。洪雪娇说还是回去找找吧,这是处方药,得天天吃。

我觉得心里像有个开关似的,咯噔被点了一下。我拿过药,掏出说明书,看着看着就拍了大腿一巴掌!按照说明书上的服用方法,一盒药的剂量正好吃一周,而谭庆龙的五斗橱里码了整整一抽屉没开封的药。

是的,这就是谭庆龙没有心脏病的有力证据!这些药只是例行公事地被开回来,他却从没服用过!他为什么不吃药?因为他没有心脏病!没有心脏病为什么还要去开药?因为他要假装有心脏病而做出一直在吃药的假象,否则就要回监狱服刑!

洪雪娇被我吓了一跳,说:"你干吗呢?跟个农村妇女似的,还学会坐地上拍大腿了,再下一步就该捶着地板号了吧?"

我从地板上一跃而起,搂着洪雪娇大笑。

洪雪娇搞不明白我为什么会高兴成这样,踮起脚摸我的额头,问我是不是发烧了。我抓了几个草莓塞进嘴里,推她出去,关上房门,就听洪雪娇在门外咆哮,骂我翻完脏铺盖手也不洗就吃东西。

我没空理会洪雪娇,放大手机上的照片,把抽屉里的药数了一遍。按说明书上的服用剂量,这些药谭庆龙能吃一年零八个月。他开这么多药干什么?又不能把药片抠出来焖米饭吃。我问曲露露谭庆龙有没有劳保。曲露露说有,谭庆龙坐牢之前很有钱,入狱后大部分财产被罚没,偿清诉讼的赔偿后就一穷二白了,保外就医出来以后又没有经济来源,街道就给他办了低保。

我后悔没把谭庆龙的药全拿走,因为这是证明谭庆龙没有心脏病的有力证据!

曲露露说谭庆龙保外就医一年半了,每三个月去医院复查,每个月去医院开药,每周去辖区派出所报到,从未出过纰漏。

曲露露问我是不是发现什么了。我说有点苗头而已,让她下楼等我,我去接上她再去一趟谭庆龙家。她很兴奋,但又有点难过,说马上下楼。

在路上我问她,高丽曼会不会知道谭庆龙没有心脏病。曲露露说应该不会，他们夫妻感情不好，高丽曼一直想离婚，没离成就是因为谭庆龙有严重心脏病，需要她尽妻子的抚养义务。如果她知道谭庆龙的心脏病是假的，肯定第一时间举报把他送回监狱，自己乐享清净。

我奇怪高丽曼为什么会在谭庆龙被判无期后撤诉，因为丈夫入狱，妻子提出离婚，最终法院判离的事很常见。

曲露露说为了房子，谭庆龙的别墅是婚前房产，高丽曼无权分割。一旦离婚，她就要回娘家，可年轻人没有愿意和长辈一起住的，谭庆龙判无期徒刑等于从她的生活中彻底被剔除，对她来说离婚反倒无益了。反正离不离婚谭庆龙都不会出现在她的生活里了，不离的话还能住着大别墅，要多逍遥有多逍遥，但她万万没想到，谭庆龙又保外就医出来了。

谭庆龙虽是道上的人，却不是莽夫，要不然也做不到老大。他应该清楚高丽曼的心思，为防被高丽曼举报，也是万万不会让高丽曼知道他假装有心脏病的。

曲露露问我回去干什么。

我说想再看一遍谭庆龙装药的抽屉，也怕我们引起高丽曼警惕，把有可能仅存的痕迹销毁，所以要尽量多拿点证据回来。

我们到谭庆龙家已经是黄昏了，别墅门口的两盏灯昏黄地亮着。曲露露按了门铃，见是我们，高丽曼有点意外也有点不高兴，问我们怎么又来了。

曲露露按照我教的，说姨妈让她来拿点谭庆龙的零碎小玩意，像烟灰缸、文玩、手串什么的。

高丽曼还是让我们自己找。

我找了个干净床单，把装药的抽屉端下来，全都扣在上面。怕高丽曼疑心，又收拾了一些乱七八糟的东西。回到家，我蹲在阳台上看了半宿，大部分都是心脏病药，全都没拆封。按照日期整理好，都是四盒一组,由此可以推断出谭庆龙每个月去开一次药,开完了放在抽屉里。他攒了整整一年零七个月的药,还有一些乱七八糟的家庭常备药,像感冒药、消炎药、肠胃药以及一些没了外包装不知道是治什么的药,其中还有两个没贴标签的白色药瓶,里面也是一些面目不详的白色药片。

这些没有被服用的药物充分证明了一个问题,谭庆龙没有心脏病。物证已在,现在我必须找到那个帮谭庆龙运作保外就医的人。

他一定和谭庆龙关系密切,就在监狱的访客登记簿上。监狱管理严格,连狱警都不能带手机进去,没有通信工具和外界联系,谭庆龙唯一的外联渠道只能是访客捎口信。

这个人的名字一定在访客登记簿上。

第二天一早,我去李村监狱,说我们辖区发生了案子,牵扯到谭庆龙,来了解情况。

狱警对谭庆龙有印象,还很宿命地感慨说:"苍天饶过谁?谭庆龙虽算不上作恶多端,但也身背命案。多亏律师辩护给力,判无期保住了命。两年监狱蹲下来,心脏病找上门,以为保外就医出去了就能保住命,没想到还是天网恢恢。"

"身背命案的犯人,像上了沙滩的螃蟹,又横又硬,其他犯人不敢惹,我们狱警也头疼。谭庆龙在监狱里能横得起来,其一是自己本身就横,其二是和入狱原因有关。斗殴致人死亡进来,一般是同伙一起判了,等于是小团队被扔进了监狱,人多势众,连蚊子见了都绕着飞。"他嘟嘟哝哝说了半天,才问我,"谭庆龙死都死了,还能犯什么事?"

我说:"他这种人,什么时候也消停不了。他死之前的事现在事发了,把他牵出来了,我想看看在他服刑期间都有什么人来探过监。"

"这样啊。"狱警开文件柜的手停顿了一下,问,"你自己来的?"

我好像做事恍惚中出了错被人点醒了,"啊"了一声,说:"我搭档早晨吃坏了肚子,买药去了,一会儿就来。"

公安有规定,外出办案必须两人以上同行。而我,就一个人,显然不合规。我后悔没叫着何小风同行。

狱警坐回办公桌前,打开一个文件夹,跟我要公函。我装模作样地在身上和公文包里翻了半天,说:"坏了,走得急,忘带了。"

狱警把文件夹也合上了,说时间还早,让我下午再过来。言下之意是,你现在回去拿,下午再来也行。

看访客登记簿这事说大不大说小不小,但公检法系统讲究按程序办事,碰上认真的,没带公函我说破大天也没用。我怕啰唆多了引起他怀疑,就在原地转了两圈,嘟哝着搭档怎么还不来,是不是吃治拉肚子药中毒了。狱警看了我一眼,似笑非笑的,眼神已不像刚开始那么友好了。我赶紧告辞。

从监狱出来,我有点丧气。我知道自己是搞不到公函的,琢磨了一路,想到了陈枢。他是刑警,跟监狱打交道的机会多,如果他想查看访客登记簿,应该没有问题。

之前,陈枢在侦破一桩杀妻案的时候逼得太紧,闹出了人命,被一撸到底,发配到5路公交线反扒。5路公交线西起火车站,途经长途汽车站,路线长,外地人多,是市局的反扒重点。前三站归我们所管,所以我和陈枢经常见面,有时在街上,有时是他抓了小偷,临时递解到我们所看管。

反扒一年多,陈枢把5路公交线沿线小蟊贼抓得干干净净。后来,可能局里也觉得,像他这样的刑侦高手放在公交车上抓蟊贼太大材小用了,又把他调回了局里,据说还给提拔了。

陈枢在5路公交线反扒那会儿视我如空气,我很生气,觉得被无端漠视了。他不看我,我也不看他,就好像我们从未认识过。但他这种刻意的冷漠还是引起了何小风的注意,何小风问我是不是和陈

125

枢有过节。

我问何小风为什么这么问。

何小风说："因为你在他眼里像空气啊。"

我自尊有点受损，说："他这人当刑警当的，拽惯了。"

何小风说："不对，他跟我就不拽。"

我注意观察了一下，确实这样，陈枢见着何小风或其他人虽然也不笑，但他冷漠得如同刀刃的目光还是会在他们脸上停留的。对我则不这样，好像我的脸是涂满了黄油的冰面，他的目光一过来就滑走了。

他为什么要拿这态度对我，我想了好久才算想明白，我不愿意干片警，他也不愿意做反扒警察，他刻意和我保持距离是不想让我产生一丘之貉的幸灾乐祸感。

但我没告诉何小风，只说，十几年了谢福哉的案子还没破，他欠我的。普天之下，欠债的哪儿有愿意见债主的？他目光从不往我脸上落，就是这意思。

第十五章

陈枢干了十几年刑警,专和各种阴险狡猾的坏人打交道,练就一双火眼金睛,像我这种刚出道的小片警,在他眼里就像刚出蛋壳的肉鸡,根本没有在他眼前耍花枪的资本。

所以约他见面时,我实话实说,先问他知不知道谭庆龙手下小弟聚众斗殴致人死亡这案子。

"知道,我办的。"

"谭庆龙后来保外就医了。"

"知道,我去签的字。"

他冷冷的,永远都是一副很拽的样子,让我想跳起来揍他一顿,然后痛斥:想跟我拽,先把谢福哉的案子破了再说!但我有求于他,只能压住心头的不满,盯住他的眼球说谭庆龙没心脏病。

陈枢一愣,说:"不可能,他要办保外就医,监狱跟市局打了招呼,我去监狱盯了他一天,这小子上厕所拉个大便就能把心脏拉瘫痪了,最后是两个小弟把他架出来的。"

我不动声色,坚持他被骗了。这让自诩火眼金睛谁都不敢跟他耍花枪的陈枢面子上很挂不住,说做保外就医的初检和复检不在同一家医院,而且是他们指定的,谭庆龙本事通天也不可能买通两家医院的医生。

陈枢是刑警,有自己的职业习惯,唯有证据是硬道理。我拿出手机,给他看照片中谭庆龙码在抽屉里的药,整整齐齐,几乎要挤满抽屉。

陈枢拿过手机,放大照片,问我什么意思。

我说这是在谭庆龙卧室的五斗橱抽屉里拍的,他每月准时去医院开治疗心脏病的药,但从来不吃。他不吃,还要去开药,只有一个目的,那就是企图通过装病的方式蒙混过关,以不被重新投入监狱服刑。

陈枢把照片继续放大,皱着眉头看了半天,问我怎么会和谭庆龙有接触。我说因为有人怀疑他死于谋杀。

陈枢问谁怀疑。我把曲露露找我的来龙去脉说了一遍。陈枢说光有她的怀疑也立不了案啊。我告诉他,如果能证明谭庆龙没有心脏病,那么他死于心脏病复发就是个骗局,更大的可能是他死于谋杀。

陈枢问这些药现在在哪里。我说怕高丽曼起疑心把谭庆龙的卧室清了,就拿到我家放着了。陈枢又问我跟谁一起去拿的。我说当然是和曲露露。

陈枢骂了句扯淡。我知道他的意思,这些药从某种程度上说是证物,曲露露不是公安系统的人,我和曲露露的私自行动,很可能让这些证物的证据效力大打折扣。

我红着脸,说在取走药之前已经录像了,而且这些药总量和谭庆龙病历上的药方剂量差不多,也能旁证这些药是谭庆龙的。

陈枢把照片和视频翻来覆去看了几遍,说:"你说了半天还是推理,破案要的是铁证。"

"所以,现在我们需要找出那个帮谭庆龙运作假保外就医的人。"我目光淡定,努力让自己看上去像个富有经验的刑警。

陈枢的手指在桌面上轻轻地敲着。

"我已经去过监狱了,但他们不给我看访客登记簿。"

陈枢瞥了我一眼,没说话,大约想表达对我的自以为是的鄙视,说:"你把谭庆龙的表妹叫出来。"

陈枢说完起身,又说:"我们出去找个地方坐。"

我给曲露露打完电话,和陈枢从市局出来,在街边找了家小店坐下。没一会儿,曲露露就风风火火地来了,妆都没化,看上去像刚从兵荒马乱的厨房里跑出来的。陈枢问谭庆龙的保外就医保人是谁。曲露露说她不知道,一年半前谭庆龙拎着包突然出现在她和姨妈面前,说他出来了没事了,以前都是冤枉他的。姨妈信以为真,抱着他哭了一场,到处跟街坊邻居和亲戚朋友们说谭庆龙以前是被冤枉的,现在洗清冤屈出来了。后来有知情人说,谭庆龙不是被释放了,而是保外就医。她问谭庆龙,谭庆龙承认了,说他那么说是为了哄妈妈高兴的。她理解,也没跟姨妈说破。

陈枢让曲露露再说一些她观察到的、佐证谭庆龙没有心脏病的生活细节。

曲露露说谭庆龙保外就医后,宅在家里吃低保,生活开支全靠高丽曼。别墅物业费高,一个月小两千,高丽曼支撑得辛苦,想卖了别墅换套普通住宅楼。谭庆龙不让,说他被判无期在里面蹲两年就出来,本是挺有面子的事,卖别墅会让人笑话,认为他潦倒了,要靠卖房子过下半辈子了。两人闹得很厉害。曲露露为这事还劝过谭庆龙,别和高丽曼怄气,对心脏不好。谭庆龙就冷笑,说不是他和高丽曼怄气,是高丽曼知道他有心脏病又离不了婚,故意和他怄气,想气死他,可惜她打错算盘了,他根本就没有心脏病。那会儿曲露露还当他逞强,再后来,他带曲露露和母亲去汗蒸,再次强调他没心脏病。还有一次,他想搭哥们儿的车自驾去南京玩几天,高丽曼知道了,怀疑他的保外就医是假的,要去举报他,他很生气,差点把高丽曼打了。后来高丽曼第三次起诉离婚,因为谭庆龙的身体原因还是没离成。

陈枢问曲露露和高丽曼是不是有矛盾。曲露露说矛盾谈不上,但也没多友好。

陈枢好像没听见一样,问她和高丽曼最后一次闹矛盾是什么时候。

曲露露脸一下子红了,窘迫得不好意思抬头,小声说:"我表哥死了不到两个月的一天,高丽曼打电话把我叫出去,说我表哥死了之后别墅里就剩她一人,住着害怕,物业费又那么高,她支撑不下去了,想卖了换套小点的住宅住。房子是我表哥的婚前个人财产,他去世后,高丽曼和我姨妈是房产的继承人,高丽曼卖房办手续必须有我姨妈的签字,她和我姨妈素来不睦,想让我出面劝劝,说卖了房子,各得一半房款。"

"你姨妈答应了吗?"

曲露露摇头:"我姨妈虽然不知道我表哥以心脏病办保外就医的事,但一直觉得表哥娶高丽曼之前顺风顺水,娶了她之后先是坐牢然后死了,都是高丽曼折腾的,怎么可能同意她得一半房款?"

"如果谭庆龙是正常死亡,高丽曼得一半房款是合理合法的。"我懂一点法律知识,跟曲露露讲解。

曲露露说知道,她问律师了,也劝过姨妈,但姨妈就是不签字,说坚决不让高丽曼这害人精得逞。高丽曼很生气,去找姨妈讲道理,道理没讲通,两人吵起来了。曲露露也不高兴,帮姨妈的腔,也和她吵起来了,说表哥的遗产虽是高丽曼应得的,但她操之过急了。

"你是从这时候开始怀疑她的?"

曲露露点头:"以前井水不犯河水的时候,我还没想那么多,可她那么着急卖表哥的房子,我觉得哪儿不对,就想起了表哥跟我说过很多次他没有心脏病,那他怎么会死在心脏病上呢?"

陈枢问:"他们没有孩子?"

"他们一结婚我姨妈就催他们要孩子,可是高丽曼好像很难怀孕,怀上过一次也流产了,去医院检查也看不出什么。后来中医说这是职业病,她从事美容推拿,在工作中天天接触麝香和藏红花,很难怀孕,怀孕了也坐不住胎。我姨妈和表哥就让她辞职,她不肯,说喜欢干这行。我姨妈很生气,说高丽曼嫁给我表哥就是图他钱,还不想给他生孩子。后来我表哥进去了,无所谓生不生孩子了,她要养活自己,还在美容院干。我表哥出来以后,她又起诉离婚没离成,两个人在一栋房子里过着各不打扰的生活。但我表哥去世前的一段时间,他们的关系突然好转了。表哥去看姨妈的时候说,高丽曼年纪也不小了,想要个孩子,从美容院辞职了。"

说完这些,曲露露问陈枢为什么笃定她和高丽曼在谭庆龙死后闹过矛盾。

陈枢笑笑,说:"如果你们两个没矛盾,你可能就不会对她产生怨憎和怀疑。人,只有在不带感情色彩的冷静审视后才会发现破绽。"

曲露露点头,很职业习惯地冲陈枢竖起了大拇指。她说,对谭庆龙的死,她虽然意外,但死亡原因是由医生宣布的,她也不会多想,最多觉得谭庆龙以前跟她说没心脏病是怕她担心。

陈枢问谭庆龙有没有提过有能人帮他运作的保外就医。

曲露露不好意思地笑了一下,说谭庆龙是在道上混的,为了唬人,时不时扯大旗做虎皮,偶尔说大话,她从不深究也不当真。后来起了疑心,完全要拜高丽曼所赐。

陈枢问何以见得。

曲露露说,因为高丽曼着急要卖谭庆龙的房子跑来和姨妈吵了一架,她也很生气,回想以前种种,觉得谭庆龙说他能保外就医是因为有人帮他这话不像吹牛。因为他们这些在道上混的,虽然两扎啤酒下肚就会拍着胸脯说"二十年后又是一条好汉",但其实都惜命得很。尤其谭庆龙,从不逞莽夫之勇,要不然十几年前就不会因怀疑自己被追杀而跑到云南躲两年。如果他真有心脏病,绝不会冒生命危险去蒸最高温的汗蒸。当然,最引起她警觉的是高丽曼都打算给谭庆龙生孩子了,可见两人感情恢复得很好,怎么会谭庆龙刚死她就把房子挂出去卖呢。

陈枢问:"谭庆龙一死她就把房子挂出去了?"

曲露露点点头,说房子不是青菜,从挂出去到有意向成交,一两个月算快的,慢的话,一年半年也卖不出去。谭庆龙才去世不到两个月,卖房子就走到了要签字过户这一步,可见,谭庆龙刚死,高丽曼就把房子挂到中介了。

陈枢虽然听得很有兴致,但还是忍不住插了一句嘴:"又是自个儿蒙着头瞎猜。"

曲露露说一开始她是瞎猜,后来她在二手房 APP 上查到了这套房源,特意打电话问了,高丽曼去房产中介挂牌出售的日子是谭庆龙下葬的第二天,这得有多恨他才会他前脚下葬她后脚卖房。

陈枢比较满意地点了点头,问是哪家中介。

曲露露说了房产中介的名字。

陈枢表示很满意,又赞曲露露做事比我靠谱,更有民间侦探的风范。我大呼冤枉,说曲露露跟我也没说到如此事无巨细的程度。陈枢用鼻子哼哼笑,说:"这事怪不着曲小姐。你是警察,警察是负责走针的,想问出什么,针得先走到线才能到。"意思是我不会提问,所以才没有得到更翔实的信息。

陈枢像二十世纪七十年代的正面人物,冷着脸,托着下巴,严肃得很。他让我和曲露露不要再插手这件事了,一切交给他处理。

陈枢一贯穿便衣,曲露露不知他身份,就扭头看我,小声问陈枢是不是私家侦探。

我说他是专破各种人命大案的刑警。

曲露露的眼睛一下子就亮了，布满了泪水，仿佛谭庆龙被人谋杀的案情即将天日昭昭。

我没想到陈枢会这么痛快地接下这一重担，问他是不是要跟队里汇报。

陈枢问然后呢。

我说立案侦查啊。

陈枢嗤之以鼻，说三个人空口白牙一说就立案了，这世上还不得遍地案子。

我问那怎么办。

陈枢说他先找找相关线索，让我和曲露露到此为止。因为我俩不懂，掺和多了反倒坏事。

曲露露听话得像是鹌鹑，频频点头，让陈枢放心，她怀疑谭庆龙死于谋杀这件事，她连姨妈都没告诉。

陈枢表示满意，说时间不早了，让我们先散了，回家等消息。

送曲露露回家的路上，她问陈枢厉不厉害。我问怎么个厉害。她说破案啊。我说我爸的案子就是他办的。

曲露露问："你爸怎么了？"

我说："十四年前的一个雨夜，被人持刀捅死在街道，案子至今没破。"

曲露露满眼失望，然后疑惑地说："他看上去不像你说的那么草包啊。"

我说："人能看面相吗？坏人脑门上有字吗？"

曲露露撇嘴，表示不信服我的话，说："那你还把我哥的事托付给他？"

我假装潇洒地摊摊手，说不托付给他我自己办不了。然后我把去监狱看访客登记簿碰了软钉子的事说了一遍，说公安系统里的事，不是她想象得那么简单。

曲露露失望地问怎么办。

我说没事，听陈枢的意思，他不想从访客登记簿入手了，保外就医需要保人，看样子他是想从保人入手。

曲露露说她不知道谭庆龙的保人是谁。

我说不用她知道，这些在谭庆龙的服刑档案里都有，陈枢应该能查到。我让曲露露放心，我已经有七成把握谭庆龙的心脏病是假的。曲露露问我找到新证据没。我把从谭庆龙家拿出来的药的特征说了一遍。曲露露的眼泪就掉了下来，说："我哥跟我从来不说谎话。"

夜深了，街寂寞起来，车从马路上飙过，像低音轰鸣的闪电。

第十六章

过了几天，陈枢给我打电话，说去监狱看过访客登记簿了，在谭庆龙坐牢期间，探望他的人有三个，曲露露、谭庆龙的母亲和韩猴子。韩猴子是谭庆龙的小弟，因为斗殴和他一起入狱，判了一年半。韩猴子身材瘦小，面容猥琐，在监狱里面经常被欺负。谭庆龙没少为他打抱不平，他心怀感念，出狱后经常回去看谭庆龙。

我问陈枢是不是韩猴子帮谭庆龙运作的保外就医。

陈枢说不可能，他调查了韩猴子的社会关系。一个既没狠劲也没能量的底层小混混，在谭庆龙手下混时干的也是跑腿送信这种小差事。

我觉得问题又变复杂了，问陈枢是怎么想的。陈枢让我到 21 路终点站团岛等他，他过来接我。

我草草洗了把脸出门，刚到车站，陈枢就来了。他推开车门，拿郑重其事的眼神看着我，好像天大的事情即将发生。

我打小就讨厌这种眼神。谢福哉一拿这种眼神看我，准没好事。每次他把洪雪娇惹翻了，洪雪娇让他滚，他就会来求我，那时他就会用这种眼神看着我。于是，我就不得不顶着白眼和叱骂一遍遍地哀

135

求洪雪娇不要赶他走，因为他是我唯一的亲爸爸，我可不想变成没爹的孩子被小混混们骂野种……

我开门上车，系上安全带，陈枢一脚油门下去，车子像离弦的箭一样冲出去，我以为他要带我去找韩猴子。他说不，先找于胜利，于胜利是谭庆龙保外就医的保人。陈枢怀疑谭庆龙的保外就医是于胜利给运作的。

陈枢说，于胜利原来在栈桥一带经营海上观光摩托艇，因为性子软，地盘快被同行蚕食没了，经人介绍认识了谭庆龙，两场酒喝下来，谭庆龙手下小弟出动，把他被蚕食的场子收了回来。从那以后，他和谭庆龙成了拜把子的弟兄。谭庆龙进去以后，于胜利自觉海上观光这碗饭不好吃，就把游艇盘了出去，上岸开了家海上观光设备公司，说白了就是卖快艇配件，在大窑沟办公。

陈枢说于胜利胆小，如果他真给谭庆龙运作过保外就医，估计诈唬诈唬就说出来了。

我小声问："你们认识啊？"

陈枢也小声说："调查谭庆龙案子的时候接触过。"

我有种被陈枢当傻子的不高兴。既然要我和他一起行动，就该提前跟我交代清楚要去的地方、要见的人，而不是到了现场我蒙头蒙脑像只傻鹌鹑，他早已了然于胸，分外显出我的蠢笨无知和他的运筹帷幄。

陈枢根本没心思理会我的破情绪，到了于胜利店里，他东扯葫芦西扯瓢地和于胜利聊天，话题无缝衔接地扯到谭庆龙身上。

青岛老城区前海一线是我们所的辖区，我进所晚，没赶上谭庆龙当扛把子的年代。陈枢说谭庆龙纯是扛把子当久了膨胀了，要不然也闹不出命案，没命案他就进不了监狱，不进监狱他也就得不上心脏病。

于胜利说可不，谭庆龙这个人，吃好勇斗狠这碗饭，但也没坏到十恶不赦的地步。兄弟们都服他,主要是他为人仗义。尤其把他折进去的那次斗殴,小弟在夜场被揍得鼻青脸肿,原本跟他没半点关系,可他觉得自己连手下小弟都罩不住,还算哪门子大哥,非要替小弟把这口恶气出了,结果闹出了人命。

陈枢"嗯"了一声,说谭庆龙进去那次是他办的案,这小子嘴上干净,一个人也没往外咬,是条汉子。于胜利也说是,要不是敬着他仗义,当初就不会他一个电话打过来自己就答应了给他当保人。

陈枢一脸的吃惊,好像才知道于胜利是谭庆龙保外就医的保人,说:"你是他保人啊?"

于胜利说是,人总要念情分。当年要不是有谭庆龙,他在前海早就干不下去了,小青岛有拨人虎视眈眈地盯着,快艇卖不出去停在码头上,光泊位费就够他受的。所以,不管别人怎么说谭庆龙,他都要领谭庆龙这份情。

陈枢说:"你不是谭庆龙直系亲属,他应该给你打不了电话。"

于胜利说是,谭庆龙给他打电话的时候,已经在申请保外就医的过程中了。因为有病,监狱对他网开一面,必要的电话可以打。为了找保人,谭庆龙应该打过不少电话了,可大家都知道他是道上混的,怕出来消停不了自己跟着受牵连,都婉拒了。打到他这儿,谭庆龙也是抱着试试看的心情,没想到他痛快地答应了,让谭庆龙好一阵感慨。

陈枢听得全神贯注。于胜利是被黑社会老大罩过的人,见着穿制服的和地头蛇都会本能地滋生巴结,见陈枢对谭庆龙感兴趣,说得更是滔滔不绝,渐渐没了遮掩。

陈枢说谭庆龙出来这两年,他在 5 路公交上反扒,不知谭庆龙有没有再涉足黑道。

于胜利说别的不敢说,但就这事,他可以打包票没有。

陈枢问何以见得。

于胜利说,在谭庆龙出来那天他老婆让他给谭庆龙摆了一桌,说是接风洗尘,其实是旁敲侧击,希望谭庆龙看在他给做保的分上,别再犯事给他添乱。

谭庆龙虽没多少文化,但也聪明,让他放心,说在里面蹲了两年,很多事都想明白了,平安是福。但谭庆龙手下的人不甘心,怂恿他把失去的地盘抢回来,都让他骂了出去。

陈枢问他为什么突然变了性情。

于胜利说可能因为病吧。谭庆龙说他得了很严重的心脏病,人已经废了,活得了今天不知道有没有明天,让大家该干什么就干什么去,别指望他。

陈枢手指在茶桌上咔嗒咔嗒地叩了几下,说:"心脏病,对,他是得心脏病保外就医的。"说完,看着于胜利,"他怎么得的心脏病呢?"

于胜利也挠头,说他也奇怪,也问过谭庆龙,谭庆龙说在里面一夜一夜地睡不着熬出来的。

陈枢问:"你觉得他的心脏病严重吗?"

于胜利说:"应该挺严重吧。"

陈枢说:"什么叫应该挺严重?严重就是严重,不严重就是不严重。"

于胜利说依他对谭庆龙的了解,如果心脏病不严重,他不会活这么窝囊,哪怕当幕后大哥,他也得把队伍再拉起来。

"谭庆龙大别墅住着,哪儿窝囊了?"陈枢问。

于胜利说可能因为他是谭庆龙的保人,谭庆龙对他很亲近也很信任,经常到他这里一坐就是半天,没话说就抽烟。进去之前,他是非软中华和苏烟不抽的,但现在抽哈德门。

陈枢笑说落差是有点大。

于胜利说:"谭庆龙在道上那会儿,手下小弟抽哈德门让他看见了都要挨骂,说掉他谭庆龙的价,现在,他自己抽哈德门,都沦落成了自己瞧不起的那种人，你说窝囊不窝囊？"说到这里，于胜利黯然叹气，说谭庆龙抽哈德门都要抽到过滤嘴才肯丢，他看得心酸，就经常买两条好烟放在抽屉里，如果谭庆龙来，就说别人送的他抽不惯，送给谭庆龙，一开始谭庆龙还推托，后来就不了。

陈枢不动声色，说他有心脏病，按说不应该抽烟。

于胜利愣了一下，忐忑了起来，好像是他的烟把谭庆龙害死的一样，拍着自己的脑袋说："我也这么劝过他，他说没事，他这个心脏病是熬夜熬出来的，跟抽烟没关系。"

陈枢点点头，说："这样啊，那他出来以后犯没犯过病？"

于胜利说他出来以后心情好，生活方面也很注意，监狱要求他定期体检，好像没什么大问题，没想到最后还是死在心脏病上。

陈枢问他去没去参加葬礼。

于胜利说没去，谭庆龙和老婆关系不好，死后葬礼老婆也没大张罗，生前好友一概没通知，挺让人寒心的。说完，于胜利摇了摇头，说夫妻做到这份儿上，还不如陌生人。

陈枢问于胜利，没参加葬礼他是怎么知道谭庆龙去世的。

于胜利说，谭庆龙活着的时候一周至少来他这里两次，突然不来了，他就纳闷，打电话还关机，就到家里去了一趟，才知道谭庆龙已经走了。

陈枢问于胜利怎么知道谭庆龙和老婆关系不好的事，是谭庆龙自己说的吗。

于胜利说谭庆龙要面子，人前从来不说这些事，但时间长了都能看出来。当年谭庆龙被抓进去，法院开庭，家属是可以旁听的，但高丽曼没去。前阵子他不知道谭庆龙死了，到家里去找，高丽曼跟他说谭庆龙死时的表情，就跟说他们家的一条癞皮狗死了似的，他特别不舒服，觉得高丽曼太过分了，那会儿谭庆龙才死了一周，哪怕装也得装得像那么回事。

陈枢问，以前他办谭庆龙案的时候见过高丽曼，长得很好看，比谭庆龙小十好几岁，怎么会嫁给谭庆龙。

于胜利说谭庆龙的婚礼他参加了，婚礼上大家都夸新娘子年轻漂亮，谭庆龙也乐得合不拢嘴，但也有人说，高丽曼能嫁给谭庆龙，全是看在钱的份儿上。事后回过头来想想，人家高丽曼年轻漂亮，谭庆龙要地位没地位要学问没学问，小四十的人也谈不上帅，高丽曼图他钱也没错。

陈枢笑了一下，没说什么。

于胜利却笑，又追了一句："年轻姑娘嫁给中年大叔，你总不能说她就喜欢他历经岁月沧桑的那张老脸吧？"

陈枢说是这么个理。

从于胜利店里出来，陈枢瞥了我一眼，说以后跟他出来的时候我少说话。活像我是个傻子，张嘴就会坏他的事。我说："陈枢你什么意思？就你办案专业，我就是菜鸟？"

陈枢说："瞧你那德行，张口就是片警吓唬撒泼大妈的腔调，还不得露馅啊。"

我让陈枢举例说明我哪句话是片警吓唬街道大妈的腔调。陈枢说现在就是，然后问我去哪儿，我说哪儿也不去，就跟着他。陈枢愣了："我有什么好跟的？"

我说："因为我有话要问你。你和他没头没尾地啰唆了半天，搞到你想要的破绽了没？"

陈枢想了一下，说没有。

"谭庆龙的保外就医是不是他运作的？"

"不是，他不知道谭庆龙没有心脏病。"

我疑惑于胜利装憨。陈枢说不能，前几年他和于胜利打过交道。于胜利头脑很简单，胆子也小，如果谭庆龙的保外就医是于胜利办的，说着说着就漏了，这也是他特意在于胜利那儿东扯葫芦西扯瓢地胡乱聊了半天的原因。

我问接下来怎么办。陈枢说，监狱这种地方，除了亲情电话，别的号码打不了，以谭庆龙母亲和曲露露的能力，她们运作不了保外就医，谭庆龙也不可能让她们知道这个计划。因为毕竟是秘密，多一个人知道就多一份泄漏的危险，那么，他和外界联络的唯一渠道就是韩猴子了。

我问他什么时候去找韩猴子。

他说韩猴子这种小混混，打架不行，但撒谎行骗是行家里手，也警惕得很，我们贸然去找，肯定套不出实话。说着，他拉开车上的储物箱，摸出便签本，写上韩猴子的本名和家庭地址。陈枢让我勤盯着点，如果韩猴子犯事，哪怕小到不能再小的鸡毛蒜皮，只要能和违法乱纪沾上边，就提溜到派出所，本着小事严办的原则，狠狠诈唬他，才能诈出他的实话。

韩猴子家不在我们所辖区，我就跟韩猴子家所在辖区的片警打了声招呼，让他帮我盯着韩猴子，一旦犯事，现逮不赦。

兄弟所片警很给力，没几天就给我打了两次电话，一次是韩猴子偷邻居外卖被邻居逮到了，一次是他在啤酒屋趁老板不注意偷了一袋扎啤，被老板查监控逮着了。我跟陈枢说了。陈枢说少安毋躁，韩猴子这种混社会的小地痞看上去混不吝、没脑子，其实精着呢，坏事干尽却都是一地鸡毛，够不上犯罪。眼下他不过是小偷小摸，就算拎到派出所也只是口头教育，没办法治他就吓不住他。所以我们先不着急动手，让他舒服着，就不信他碰不上个十三点。

陈枢说的"十三点"就是等他犯的事可大可小，我们就给他往大里诈唬，把他肚子里的那点事给吓出来。虽然韩猴子又滑又坏，可说到底只是个街头小混混，对法律条文并不懂。

我又回归到无聊的巡警生活中，一日一日和何小风开着车在街上转。想在这枯燥中找点意思，得看搭档。悲哀的是，除了男女之间

141

那点破事，何小风对这个世界的了解停留在小学三年级的认知水平，以至于当我想就某些事情的本质深入地聊两句时，都会产生俞伯牙抱琴却觅不到钟子期的绝望。

每当这时，何小风就讪讪地讨好我，给我讲他和女人们的故事。我都听腻了，觉得和他好过的女人真是倒霉透了，因为仰慕皮囊和他好了一场，结果被他当成瓜子，揣在记忆的兜里，随时拿出来取悦别人。

一天交班后，我和何小风去喝酒。我们去黄岛路买了几样海鲜，让旁边的啤酒屋老板加工。

我心情萧索，不爱说话。何小风喝了两扎啤酒，吹了好几个牛。我既没笑也没表现出感兴趣。他觉得没意思，接了个电话就借口有事走了。何小风的告辞让我觉得自己有种说不出来的不善良和不厚道，我们不过工作搭档而已，我凭什么要求人家必须是个有趣的人？我坐在杯盘狼藉的桌子前，心情像退潮的海水，哗哗地往下荡。

我心意消沉，给范小舟打电话，问她在干什么。

范小舟说正收拾桌子准备下班，然后警惕地问我是不是喝酒了。我说是。她语气有点蛮横霸道地让我别喝了，这让我有点感动，只有爱人、亲人才会用这种带着气的口吻命令你不许喝酒。

我说不，我就要喝。

范小舟问我在哪里，跟谁喝。我说在黄岛路，一个人喝。范小舟说神经病，一个人喝什么酒。说完，她就把电话挂断了，我再打，她就不接了。

我跟老板要了根吸管插到啤酒里，慢慢吸着喝的时候想起了谢福哉。谢福哉带我逛台东时经常会买一大杯饮料，要两根吸管，和我额头碰着额头慢慢喝。我非常羡慕那些自己拿一杯饮料喝的小朋友，让谢福哉要两杯小的，我要自己拿着杯，在街上一边自由地蹦跶一边喝饮料。谢福哉说我傻，说要一大杯比要两小杯划算，说着，把一大杯的容量和价钱一分为二与一小杯的做对比。当然,他是对的。但我并不会因此而佩服他,而是心里涌上一阵莫名的难过,想起洪雪娇骂他活得像牲口,活得粗放而又卑下。

我喝得脑袋昏昏沉沉的,额头搁在硕大的啤酒杯沿上,迷迷糊糊就要睡过去时,有人推了我的肩一下。

我说别闹。

抵着我额头的酒杯被拿走了。我并没有醉,只是心意消沉,觉得万事没劲,不想清醒地打量这个让我的心脏无法安放的世界。我并没有因为酒杯被抽走就一头磕在桌子上,而是出于职业习惯,猛地抬起头,喝道:"干什么呢!"

是范小舟。

她像一头凶悍而美丽的小豹子,端起酒杯走到街边,把剩下的啤酒倒进了雨水箅子里。

我眯着眼,望着她的背影,觉得这是世间最美好而温馨的一幕。

范小舟拎着空酒杯去了旁边的小超市,回来时把一瓶柠檬汁蹾在我面前,用漂亮的杏眼虎视眈眈看着我。我像就擒的绵羊,一点也不想挣扎。我拿起柠檬汁,看着她,大口大口地喝,我的目光像橘色的光芒,温柔地抚摸她白皙的脸。

范小舟让我看得不好意思了,她嘴里说着讨厌,试图扭脸甩掉我的目光。

我一口气喝光了她给我买的柠檬汁,晃着空瓶子看着她笑。啤酒屋老板过来收拾隔壁桌子,他认识我,说:"谢警官,你女朋友对你真好。"

我觍着脸笑,说:"你看,连老板都觉得咱俩般配。"

范小舟说:"谢磅礴你什么时候能一本正经地说话。"

我起身去后厨洗了把脸,出来,正襟危坐在范小舟面前,说:"小舟,虽然我习惯了嬉皮笑脸,但我内心里始终有个一本正经的自己在爱你。"

范小舟一撇嘴,泪就掉了下来。她一掉泪,我的心脏就雨打雷劈,慌得不知如何是好。我忙抽餐巾纸给她揩泪,又觉得啤酒屋的廉价餐巾纸质量堪忧,便扔了,用手指肚小心翼翼地去给她擦泪。她没躲开也没推开,而是抓住了我的手,站起身,鼻音很重地说走吧。

出了店,范小舟走在前面,牵着醉酒但温顺的我。我们走在破败的四方路上,路人时不时投来的目光让我时刻感受到被祝福的幸福感。

她开车送我回家,车到我家楼下时,我看着她,说我不想回家,她就掉转方向去了海边,我们坐在车上,听海浪的起起落落。

范小舟突然歪头看我,说:"谢磅礴你真的一直一直在爱我吗?"

我说:"是的,一直。"

她说:"我有那么好吗?"

我说:"有,在我眼里,你是这个世界上最好的。"

她就又哭了,说:"谢磅礴,谢谢你,你能抱抱我吗?"

我越过手档,抱着她,紧紧地抱,恨不能把她抱进我身体里一样地抱,我说:"小舟,让我爱你吧,我会对你好,爱你、珍惜你、哄你开心过每一天。"

她在我的怀里,使劲点头。我埋下头去,吻到了她柔软而芬芳的嘴唇,那么软那么凉,我轻轻含在嘴里,想把它焐热。

不知道我们吻了多久,后来,天黑透了。我总忍不住一次一次地去吻她。她有点累了,要送我回家,我没让。我一定要送她回家,看她车进库,人上楼,我才意犹未尽地走了。

我走在夜晚空旷安静的大街上,走着走着就跳起来,去打一下路边的树,或是广告牌栏杆。手很疼,这证明一切是真的,我开心地大笑,像个疯子。

回家后,洪雪娇和洪小邪正在追剧,见我龇牙咧嘴地进门,问我是不是吃了含笑半步癫。我笑着不说话，去卫生间刷了牙、洗了澡就上床睡了。我不想和任何人分享我的喜悦，就如同小时候我在吹生日蜡烛时许下了心愿，不管洪雪娇和谢福哉怎么威逼利诱，我都不会说。我不是怕说出来愿望就不应验了，而是怕挨打，因为谢福哉活着的时候，我每年生日许的愿都是让他俩离婚。而现在，我终于追到了我朝思暮想的范小舟，但是冷嘲热讽了我十几年的洪雪娇和洪小邪是断然不会送上祝福的，她们会笑我魔怔了，还会因为我满身酒味儿笑我喝醉了说胡话。

现在，我不接受任何打击，只想美美地抱着自己睡过去。

第十七章

接下来的几天,我心情很好,每天喜笑颜开,轻飘飘的,像脚下踩了棉花,连何小风痴心妄想哪个著名大美女也不觉得他面目可憎了。

虽然范小舟答应做我女朋友了,可我总怀疑这是个梦。我有深切的不真实感,除了何小风不敢告诉任何人。我知道范小舟忙,怕她烦,我每天都像个一心要伪装体面却又吃坏了肚子要在公众场合忍屁的人一样,努力忍着不去和她联系。

有一天,我上早班,交班后满脑子都是范小舟,就忍不住去找她。现如今,无所事事的小混混都被网络的汪洋大海收编了,他们沉浸在虚拟的世界里骂大街,表演愤世嫉俗,驰骋在键盘上当英雄侠客,只有没钱叫外卖的时候才骚扰一下父母,再横也没人上街找钱,因为满大街都是监控,干坏事无处遁形。穿着便装的我在中铁大厦楼下来回溜达,显得格外突兀,俩保安看我的眼神充满了准备随时出击的警惕和警告。我自觉无聊,见街边有家奶茶店,进去买了一杯,味道不错,就匿名给范小舟点了杯外卖。

没一会儿,范小舟就发朋友圈了,问谁给她点的奶茶,请自报家门,她不喝来历不明的东西。

她用了个大大的惊叹号。我笑了,想在评论里说我,可敲下字又删除了。我知道,被人匿名地温暖着也是幸福的一种,我爱范小舟,想让她保有这种幸福。

在奶茶店消磨一个多小时,我又去书城看了一会儿书,挨到晚上五点半,再也按捺不住见她的冲动,于是买了一束花去中铁大厦,乘电梯到范小舟律所的楼层,在电梯口等她。

范小舟所在的律师事务所不仅是全青岛市最大的,也是全山东省最大的。中铁大厦一层有五千多平方米,这一层都是他们所的地盘。六点一到,衣着整齐的男男女女陆续往外走,路过我身边时无一例外都会看看我。因为我身穿黑色羊皮机车夹克,看上去不像快递小哥也不像在写字楼谋生的体面男人,却怀抱鲜花,满面春风,活像现代版西门大官人化装成快递小哥去泡妞,春心荡漾地冒着傻气,像只发情期的正当年小公鸡。

范小舟是六点半的时候出来的,她一手拎着包,一手拿着手机,低着头,拇指在手机屏幕上飞快地戳来戳去,好像在和谁聊天,完全没注意到我。我悄悄挡在她的去路前,她不曾留意,几乎和我撞了个满怀。

她吓了一跳,刚要发火,见是我就愣了。她并没有喜出望外,而是意外地问我怎么来了。她边说边推着我往消防通道里去,好像我是见不得人的小三。在灯光昏暗的消防通道里,我磕磕巴巴地说:"这不想给你惊喜嘛。"

"什么惊喜?我看是惊吓!"她不高兴地拉着我往楼下走。我有点晕,看不见她脸上的表情,也不知她是不是还沉浸在被我撞了个满怀的惊吓里。

她的高跟鞋嘟嘟地敲着楼梯台阶,单调而笃定。下到二十楼的时候,她坚持不住了,从消防通道出去了。在光线明亮的大厅,我又能看清她脸上的表情了。风平浪静，不悲不喜。我终于找到机会，举了举鲜花，问她喜欢吗。她看了一眼说喜欢。我想递给她，但一想下班高峰期电梯里拥挤得很，把花给她等于给她增加负担，索性还是自己拿着了。电梯来了，我俩挤进去，超员了。我退出去试了一下，超员铃声不响了。范小舟没下来，说在停车场等我。

我说好。

她说她的车停在 B 区，说完给了我一个飞吻。我内心的失落被她的吻抚慰了，又开始满怀憧憬。幸福就是每时每刻都觉得头昏脑涨得像小酒微醺。等电梯的时候，我就是这样突然理解了谢福哉在洪雪娇面前所有的卑微和下作。

我在 B 区找到范小舟，副驾驶的门开了条缝，我坐进去，告诉她这很危险，以后在车里的时候不要开着车门等人。

她笑了笑，接过我的鲜花，嗅了一下，放在驾驶台上，说："怎么突然想起来找我？"

我说："想看看你。"说完，我眼巴巴地看着她，希望她能像恋爱中的小女孩一样，适时地闭上眼睛，嘟起可爱的嘴巴，让我去吻。但她没有，我忍不住去摸了摸她的手，问要不要我来开车。

范小舟犹豫了一下，解开安全带下车了。我下车绕过去时在车头位置和她会合，把她揽在怀里，怕她烦只在她脸上蜻蜓点水地吻了一下，说："小舟我爱你。"

我问她是要回家吗？她若有所思地望着窗外，说随便。我说去情人坝吃日料吧。她说行。进了日料店，服务生给我们一人发了一个平板电脑点菜。我点完了，见范小舟还拿着平板电脑发呆，就问她是不是又选择困难了。范小舟却怔怔看着我，一副深思熟虑后下定决心的样子，她说："谢磅礴，有个事我得告诉你。"

她表情严肃，我有点不知所措，让她说。她"嗯"了一声，说："我希望我们两个的关系是坦诚透明的，事关感情，谁都不要瞒着对方。"我支持她的这个观点,各藏心事的爱情就像一条埋着地雷的路,是走不远就要炸翻的。

范小舟点头,对我的观点表示赞许,说今天方翰闻给她送奶茶了。

我一愣,问什么时候。

范小舟说下午三点多。我在心里笑了,但按捺着又问她:"方翰闻告诉你了是他送的?"范小舟说没有,但方翰闻知道她喜欢喝,经常点一杯外卖做她的下午茶,为这,好多女同事羡慕她。但分手以后就没有了,上周她还在同学群里看到有人晒他的结婚请柬,可今天又给她送奶茶,他这是想干什么,临结婚了,又想起了她的好还是做最后的告别。

我生气方翰闻阴魂不散,也难过范小舟还把他放在心上,凡事就往他身上想,还有我呢!我呢!我觉得内心里有个自己在拍着胸腔冲范小舟呐喊。我必须打消她的一切幻想,让她彻头彻尾地明白,在这个世界上,一直痴情地爱着她、等着她的只有一个人,那就是我谢磅礴!

我说:"小舟,我说实话,你别生气。"

她说:"我怎么会生气呢?"然后看我,仿佛在等一个最是称她心意的答案。我看着她,努力保持微微笑意,慢慢说:"那杯奶茶是我送的,今天下午交班以后,我想你,就到了中铁楼下,又怕打扰你上班,就在奶茶店坐了一会儿,也给你叫了杯外卖,是香草味的是不是?"

范小舟怒目圆睁:"谢磅礴你神经病啊,你喝你的奶茶,给我叫什么外卖?"

我说:"给你叫外卖,就感觉仿佛是你在陪着我一起喝,但我没想到你误会了。"

范小舟的痴心妄想遭到了毁灭性打击,她的眼里亮晶晶的,那是还没来得及掉下的泪。我心里突然黯淡,明白了一件事,她到底还是放不下方翰闻。又想起方翰闻也给我发了电子结婚请柬,说他下周六结婚,让我去不去随意,他不勉强,知道我会在内心祝福他。是的,尽管我感谢他放过了范小舟,但我还是不想去参加他的婚礼,因为范小舟会不开心。那种不开心,只有陷入式地深爱过一个人的人才能体会。

我想起来了,就在方翰闻发给我电子结婚请柬的那天,范小舟答应了我的求爱。或许不是出于感情,也不是出于深思熟虑,而是那天她的心破碎得没法收拾,需要一双手捧起它。

我,就是那双手。

这双手可以是谢磅礴,也可以是王磅礴、张磅礴……既不代表爱情,也不代表她对这个人的欣赏和信任,只是在濒临死去般的痛苦里需要一双手拉一把,让她别再深陷。

我的世界一片昏暗,恍如疾风暴雨来临之前的人间。

范小舟看我的眼神在变,她渐渐平和,眼里还有了些对我的内疚。

我说:"对不起,是我不好,不该跟你玩神秘让你误会了。"

她也柔声说:"对不起啊谢磅礴,我不该冲你发火。"说完,拿起平板电脑一顿乱戳,点好了单。没一会儿服务员就给上齐了,我记得范小舟爱吃海胆,就把海胆都拿到她眼前。范小舟看看海胆,再看看我,眼里瞬间泪光闪闪,她的手突然合在我的手上,说:"谢磅礴,我为什么这么晚才发现你的好?"

我龇牙咧嘴地笑,说现在才发现也来得及,要不然等她和方翰闻结了婚才发现,我俩就只能勾搭成奸了。我努力恢复我以前和她相处的气氛——诙谐不着调,但时刻不忘袒露我的真实情感。

范小舟笑着打了我一下,说讨厌。然后拿起一张餐巾纸擦了擦眼角,好像刚才我讲了个笑话把她的泪讲出来了。

我们说说笑笑地吃东西,甚至肉麻地相互喂,渐渐像对情侣了。吃完饭,我们又晃荡到情人坝的尽头,坐在岸上,看撒满了碎银子一样的海面,说一些谈恋爱的人会说的傻话,然后,我送她回家。车泊进车库的时候,车库通往家里的门开了,范忠迁出来,见我坐在驾驶座上很意外,看着范小舟问她是不是喝酒了。范小舟吃饭的时候确实喝了一壶清酒,就"哦"了一声。范忠迁很不满,说喝酒了有代驾,干吗麻烦人家小谢。

我说,范伯伯没事,我愿意为小舟效劳。

范小舟也走到我身边,抱着我胳膊,跟范忠迁撒娇似的示威:"爸,人家是男朋友送女朋友回家。"

范忠迁脸上原本的不悦变成了吃惊:"你们俩?"

范小舟"啊"了一声,说:"对呀,过了这么多年,我终于发现谢磅礴才是除了爸爸之外对我最好的那个男人。"

范忠迁看着我,脸一直紧绷绷的,指着家门跟范小舟说:"你一个女孩子喝这么多酒像什么话?回家!"

显而易见,我作为谢磅礴这个人存在,范忠迁没半点意见,但作为范小舟的男朋友存在,他是不高兴的。我不想把我和范小舟的开端搞得剑拔弩张,就告辞了。

回家路上,我给范小舟发微信,说如果她父母不同意我们俩的事,我也完全理解,让她千万别和父母顶着干,我们春风化雨慢慢来。

范小舟让我别操心,她会处理好。

我乘末班公交回家,一开门就见客厅里灯火通明,坐在沙发上的洪雪娇和洪小邪听见门响,四道目光探照灯一样齐刷刷地打在我身上,好像回来的不是我,而是披着我皮囊的怪物。

我猜,应该是范忠迁给她们打过电话了。果然,我换好鞋后,洪雪娇拍拍身边的沙发示意我过去坐。

我坐过去,问她们这么严肃是不是发生了什么事。洪小邪凑过来,用想不到猪也能发现新大陆的惊诧口气问:"你追上我姐了?"

我说:"怎么着,不行啊?"

原本绷得紧紧的洪雪娇也松弛了下来,不无担忧地问:"她是真心的?"

我张开手,让她和洪小邪好好打量一下我这身皮囊:"你们的意思是范小舟在跟我演戏?拜托,演戏是劳动,很辛苦的。就咱家,就我,有什么值得人家演戏的?"

她们都表示没有。

我说这不就结了。

洪雪娇说:"结了个屁,她爸快气疯了,让我好好管管你。"

我说:"你咋管?"

洪雪娇嘟囔:"好像我能管得住似的。"

我跟洪雪娇说,让她别管范忠迁怎么着,这是我和范小舟的事,别人扯破天也没用。

洪雪娇悻悻地说:"幸亏我退休了,要不然小鞋肯定是要穿上了。"我说不会。洪雪娇说怎么不会,让大老板记恨上有几个有好果子吃的。

我说:"那是被大老板记恨,范忠迁对咱的记恨,是亲仇。什么叫亲仇?就是不管你怎么生气都没法彻底切断关系的仇恨,因为有斩不断的关系,我们和他就是一荣俱荣一损俱损。我要真娶了范小舟,为了不让他亲生女儿受苦,他再恨也得罩着你,因为你活舒服了,他闺女才能活得更舒服。"

洪雪娇让我说得愣愣的,说没想到我整天没正形还能想这么远。

我说:"那是,你就把心放回肚子里吧,等范忠迁再找你,你就说已经把我骂得狗血喷头了,如果我还不和范小舟分手,你就和我断绝母子关系!"

洪雪娇审慎地看着我,问:"你真打算娶范小舟?"

我说:"你给我个不娶的理由。"

洪雪娇说:"我不愿意!"

我问为什么。

洪雪娇嘟嘟囔囔地说:"我屁颠屁颠巴结了他们家这么多年,她要真跟你结了婚,能把我放在眼里吗?"

我明白了,洪雪娇想让我为了她那点破自尊放弃范小舟。我警告她不可能,我可能会放弃她这亲妈,也不会放弃范小舟。洪雪娇气得拿起抱枕劈头盖脸往我身上砸,骂我没良心,白眼狼,还没娶媳妇就忘了娘。

我跳起来,蹿进房间关门睡觉。第二天早晨,我正在卫生间刷牙,洪小邪悄悄溜进来,说:"哥,你觉得小舟姐真能跟你结婚吗?"

我问:"你说呢?"

洪小邪倚在门框上,忽闪着葡萄一样的大眼睛看着我不说话。

我说:"她都因为我和她爸宣战了。"

洪小邪说:"你跟她说说,咱妈挺可怜的,让她别瞧不起咱妈。"

我说知道。

洪小邪说:"我看过一篇公众号文章,说你要想让老婆尊敬你妈,首先你自己得先有个态度。"我把自己收拾干净利索去给洪雪娇道歉,说从今往后,我会像孝敬皇太后一样孝敬她,范小舟是聪明人,肯定有样学样,有招仿招。

洪雪娇依然忧心忡忡,像被儿女虐过的老母亲,满脸痛不欲生却又无力反抗的委屈。我问她想吃什么,我去做。

洪雪娇说她吃什么不重要,以后日子怎么过很重要。

我说和以前一样过。

她白了我一眼又一眼,叹了口气说:"她要是嫁到咱家,就是从天上掉到地下。你说,她能有好气?"

我说:"肯定能,她嫁的是我,不是咱家。"

洪雪娇用气声轻轻地笑,好像我是刚断奶的黄口小儿,不懂得成年人的世界。

第十八章

　　方翰闻问我晚上有没有时间。我说我上中班，要晚上十点才交班。他说晚上十点到我们所门口等我。我问他有什么要紧事非今天晚上十点见我不可。他说没事，就是想找个人说说话。我说别装了，我知道他下周末举行婚礼，如果动员我做他伴郎门儿都没有，至于婚礼，我去现场丢个红包就走，不打算留下来喝喜酒。

　　方翰闻说真不是婚礼的事，就是想和我说说话，说完就挂了。晚上十点，我在路边东张西望，没见着方翰闻，就在心里笑了一下自己瞎认真，抬脚往家走。天气好的时候，我喜欢步行回家，过了火车站沿着海边走，海风习习，心旷神怡。

　　刚走出二三十米，方翰闻的车子就幽灵一样无声无息地贴了上来。

　　他落下车窗，"嗨"了一声。我吓了一跳，说："你真来了啊。"方翰闻一探身子，推开副驾驶门，我坐进去，嘴上问他想聊什么，心里想的却是告不告诉他我和范小舟的事。

　　方翰闻说找地方喝两杯。我说车怎么办。他说有代驾，说着，就开车去了大学路，找了家酒吧坐下，叫了两瓶啤酒。他看上去像刚刚被炒了鱿鱼，灰头土脸，眼神灰蒙蒙的，没有半点即将喜当新郎的感觉。

我喝了口啤酒，问他是不是累惨了。

我从小学到大学的同学们有一部分开始进入婚姻了，我参加过甚至张罗过几场婚礼，事无巨细，挺累人还得假装累得兴高采烈。结婚不就是一个男人和一个女人举行个仪式，告诉大家从今往后他们可以合理合法地在一起做爱造小孩了吗？整出这么多繁文缛节，能把人活脱脱折腾出厌世情绪。包括我自己，和范小舟恋爱我兴高采烈，可一想到我们俩也要从订婚、拍婚纱照、筹备婚礼这套程序一步一步地挪过来，心脏就开始颤抖。我跟范小舟说，咱俩结婚的时候，别搞那一套，领完证滚上床，不去折腾那些没用的给别人看，她也同意。

方翰闻捏着细细的啤酒瓶子，目光茫然。我问他是不是累并幸福着。他歪头看我，千言万语拥挤在眼里："你觉得呢？"

"差不多吧。"我突然心慌，不想告诉他我和范小舟的事了。

他说："不，我一点也不快乐，甚至都不知道这婚该不该结。"

我感到意外，问："方翰闻，你什么意思？"

方翰闻突然垂下了头，好像已经醉了，说这段时间以来，他好像已经看到了他的一生怎样行进、怎样结束，他被一种特别没意思的乏味感纠缠得生不如死。

我见识过这种乏味的厌倦，生活中不比比皆是吗？那些流连于酒桌找酒喝的、在练歌房里唱得声泪俱下的、宁肯躲在车库里打游戏的人，哪一个不是生活的逃兵？他们拼命喝酒、唱歌、沉溺于网络，其实不过是对人生的挣扎突围，企图逃出生活的平庸乏味。可生活就像一张蜘蛛网，人是落在其上的猎物，所有挣扎都是徒劳。方翰闻还没进入婚姻，就已开始厌倦，这让我嗅到了危险的气味。我歪头看着他，问他是不是和闫晓妮闹矛盾了。他说没有，他和闫晓妮从来不吵架,甚至有时候他觉得闫晓妮不是个活生生的人,而是他从上帝那儿定制来的一个人偶,她来到这个世界进入他生活的目的只有一个,就是爱他,对他百依百顺,对他说"是的""好的""亲爱的你看我这样好看吗"。

我说:"方翰闻,你什么意思,炫耀啊,在悍妻当道的当下炫耀你有个百依百顺、唯你马首是瞻的女朋友?"

方翰闻也生气了,说:"谢磅礴我发现你怎么听不懂人话呢?我这是炫耀吗?"

我说:"就是炫耀,现在的女朋友,不给你脖子上拴根狗链就不错了,怎么会对你百依百顺?"

方翰闻说:"闫晓妮真百依百顺,完全没有脾气和自己的主见。一开始我觉得这样很好很轻松,可时间久了就感觉窒息,因为当一个人把所有的决定权都交给你时,你但凡有点责任感就会觉得累。渐渐地,会让你产生自己不是和一个活人而是和一面镜子生活的乏味感,和这样的人在一起你愿意吗?"

我说不知道。

在男女情色这事上,男人爱犯贱。好得手的,就像走着走着路被人赠了推广试用品,拿着嫌占手,走两步就扔了;但难度特高的高冷范儿也不行,因为懒散畏难不仅是全人类的通病,更是我们男人的通病,至于迎难而上的英雄气概,酒后吹吹牛可以,落到实处可对不起,我们没有金刚钻,不揽瓷器活儿。现在方翰闻和我,他是前者我是后者,他好端端走在路上被人塞了试用品,我是没有金刚钻却揽下了范小舟这个瓷器活。其实我完全理解方翰闻的感受,因为在我不长的人生经历里,也曾被女孩子喜欢过。我太像混世魔王,她们喜欢得小心翼翼,像胆小的兔子,这让我觉得特没意思。我之所以喜欢范小舟,是因为范小舟懒得拿正眼看我,让我觉得追她特别有挑战。我想当英雄,可法治社会又不能披件蓝斗篷在午夜的城市里除暴安良,还是谈一场有挑战性的恋爱更靠谱。

道理虽是如此,我还是希望方翰闻把这场行将就木的婚结了,这样才不会威胁到我和范小舟的感情。我就跟方翰闻说:"你酒店订了,结婚请柬也发了,双方父母就等你俩领证过上幸福的小日子了,你总不至于在这时候掀桌子吧?"

方翰闻一口一口地喝酒,说他觉得这不是结婚,是在进入坟墓。我说婚姻本来就是爱情的坟墓,所有人都要进一遭,他就别挣扎了。

方翰闻哭丧着脸说婚姻的坟墓可以进,但他不想和闫晓妮进。我惊恐万分,犹如沙场上对面的敌人已在万鼓齐擂,而我赤手空拳,完全不知该拿什么抵挡。"方翰闻,都这时候了,你还说这种话,你不觉得丧尽天良吗?你俩老家就那么大点地方,你家和闫晓妮家的亲朋好友都知道你俩马上就要结婚了,你却要在婚礼前夕掀桌子,你让闫晓妮和她的父母把脸往哪儿放,还在不在社会上混了,见不见人了?你父母和闫晓妮父母以后怎么相处?你想过没有!"

方翰闻完全不理解我的情绪为什么会这么激动,说:"你是她什么人啊?听口气跟她舅舅似的。"

我说:"我跟闫晓妮不认识也没私交,说这番话完全是出于公义和良心,换位思考一下,如果你是闫晓妮,你什么感受,不得连死的心都有了?"

方翰闻嘟囔说:"反正不是她死就是我亡。"

我呸他,说:"瞧把你给悲壮的,退一万步讲,就算你真把桌子掀了,以后呢?你就敢保证能遇上个让你心甘情愿笑着走进坟墓的?"

"能。"方翰闻说得非常笃定,"和小舟在一起的时候,我们设想过很多次结婚的事,每一次内心都满是憧憬。"

我怒从胆边生,就差跳起来把酒瓶子敲到他头上了:"方翰闻!你把范小舟当什么了?她是只流浪猫我都不许你这么对待她,说扔就头也不回,想起来了又满街猫着腰往回找,什么人啊?"

方翰闻吃惊地看着我:"你这么激动干什么?"

"因为我不许你这么对范小舟。"

他狐疑地看着我,嘴唇抿得紧紧的,不说话。

我心乱如麻,把酒瓶子蹾在吧台上,有气无力地说:"范小舟已经是我的女朋友了,你不能这么对她。"

方翰闻推开手边的酒瓶,慢慢点了点头起身走了。他走出酒吧的脚步慢吞吞的,像个没有明天的迟暮老人。我轻轻打了自己的脸一下,觉得自己很残忍。

回家后,我辗转反侧到天亮,纠结要不要把方翰闻找我的事告诉范小舟。早晨七点,洪雪娇喊我起床买早点。我顶着一双熊猫眼没精打采地出来。洪雪娇咋咋呼呼催我快点,洪小邪要迟到了。

我站在街上,呼吸着初冬早晨带着凛冽海腥味儿的空气,生平第一次,我看到了自己的自私可恶。拎着馅饼油条回家的路上,我不停地问自己,我是真的爱范小舟吗?真正的爱是希望对方幸福快乐。

我几乎可以确定,只要方翰闻找到范小舟,跟她说经过这段时间的磨砺,他发现自己还是爱她的,不想和闫晓妮结婚,范小舟就会流着眼泪跳起来,扑进他的怀里。

然后,我呢?我会像以前一样,站在一边,看着他们和我不相干地幸福着,再假装大度地送上祝福。我觉得那样的自己卑微而又可怜,所谓的大度不过是无机可乘。而现在我还有机会,我不想大度,我想把所有的祝福留给我自己。至于方翰闻和范小舟的痛苦,又与我何干?我只想要我想要的幸福,想要我的理想被成全。

周六是方翰闻结婚的日子。这之前我和范小舟又见过几次,关于方翰闻找我,关于方翰闻并不快乐,关于方翰闻想悔婚的事,我只字未漏,跟洪雪娇、洪小邪甚至何小风也只字未漏。因为我信不过人性,秘密之所以是秘密,就是不能轻易拿出来示人,被泄漏的秘密容易成为攻陷我们人生的武器。

上午我去方翰闻办婚礼的酒店转了一圈,司仪以及前来帮忙的朋友忙得团团转,方翰闻父母打扮得像老年招财童子,在大厅招呼宾客。

看到一切都是婚礼正常进行的样子,我放心了,把红包丢进红包箱,在签到簿上签下名字就走了。

中午我躺在床上发呆,范小舟来了,眼睛红红的,我猜她应该是在同学群里看到了方翰闻婚礼的盛况。

洪小邪兴奋得很,问范小舟要不要吃冰激凌、要不要和她一起玩游戏。我晓得她的小算盘,从微信给她转了几百块钱,让她去买冰激凌,买回来后,她站在门口,尖声细嗓地问我们要不要吃。

我看范小舟。范小舟仰面躺在我床上望着天花板,好像心如止水地死去了。她这样我很难过,因为我再一次感受到了自己的不被爱。洪小邪把冰激凌塞进冰箱,让我们想吃的时候自己去拿。

我背对着范小舟站在门口,踢了门一脚,在静谧的房间里声音有点响。范小舟叫了一声我的名字,我回头看她,看见她满眼碎玻璃地看着我,说:"你很不高兴吗?"

我说:"没有,我只是看你不高兴我心里就难受。"

她让我过去。我把门从里面锁上,转身走到床边,看着她,她坐起来,搂着我的腰,脸贴在我胸前,说:"谢磅礴,你要原谅我。"

我低头,抚摸着她的手,说:"小舟,你不要这么说,你没做错什么,也不需要我原谅。"

后来,我吻她的头发,拥抱她,我们相互拥抱着躺在床上,相互对望,小心翼翼地接吻,吻彼此的额头和唇。她的唇贴在我脖子上,柔软而温暖。我的心被一点点地点燃,我笨手笨脚地吻她,手忙脚乱地解她的衣服,然后我们纠缠在一起。

说来很羞耻,这是我长这么大以来第一次接触女人的身体。我紧张而又慌乱,她压抑着的喘息性感极了,让我想把她吞进身体里藏起来,不给任何人看见。我觉得没把方翰闻想悔婚的事告诉她,是今生做得最正确的事。

后来,我们瘫在床上说傻话,好像方翰闻这个人不曾存在过,好像从一开始就是我们俩在谈恋爱,青梅竹马地走到现在。范小舟在床上躺够了,裸着身子在房间里到处溜达,这里戳戳那里看看,好奇心重得很,后来,她从书架上找到一本影集。

那是我的个人影集,从出生到现在,照片是按照年龄顺序插放的。

范小舟倚着写字台看了一会儿,站累了,就趴在床上拉着我一起看。她一边看一边评论我小时候的各种傻样,看到一张我六岁的照片时,她问我手里拿的是什么,她已经看见我在好几张照片里拿着这个东西了。我拿过来看了一下,是谢福哉的钥匙串,上面有两个金黄色的铜子弹壳,是我爷爷从朝鲜战场带回来的,被谢福哉做成钥匙坠随身携带,天长日久,摩挲得锃亮,我特别喜欢玩。说完,我往后翻,找到一张把这串钥匙拍得特别清晰的照片,指给她看那两枚子弹壳做成的钥匙坠,它最大的败笔是谢福哉在每个上面刻了个"谢"字,刻得丑陋而笨拙,就像小学一年级的学生刚刚学会写字。

范小舟说怎么会是败笔呢,在金属上刻字很难的,谢福哉只是没有专用工具和技巧而已。

我说很可惜,让我爸弄丢了,要不然我送她。

范小舟就笑,打趣我是不是送给哪个喜欢过的女生了。我指天发誓,长这么大只喜欢过她一个女生。她笑着来捉我的手指,轻轻咬在齿间,说:"谢磅礴你真傻。"

我说:"我怎么傻了?"

她说:"我说什么你都当真啊。"

我说那是因为我爱她。然后又给她解释,我爸的钥匙在他被谋杀的那天晚上就不见了。范小舟有点意外,说凶手总不至于为了串钥匙谋杀我爸。我说肯定不是为这串钥匙,应该是打斗中不知丢哪儿去了,世界这么大,随便丢一个角落就够我们找一辈子的。

她继续看影集,看到傍晚,梳洗打扮准备出门。

范小舟站在镜子前化妆的时候,洪小邪盯着她看的目光,有点小小的邪恶。这让我意识到自己迫切需要一套没第三人打扰的房子。

范小舟说:"你这就搬出去住,你妈不会多想吧?"

我明白她的意思,她怕我妈以为是她嫌弃我们家。我说不会的,我们家人都神经大条,有话直说,肚子里藏句过夜话,能把自己憋炸了。

范小舟说她已经发现了,我们家和别人家不一样,她挺喜欢的,这样大家相处起来不累。我"嗯"了一声,问这两天他们家气氛怎么样。范小舟说还能怎么样,全家轮番上阵,连轻易不到他们家来的嫂子都搬出来了,真叫一个苦口婆心。我说不好意思啊,都是我没出息。范小舟就说:"谢磅礴,你干吗呀,我就喜欢你身上的那股混不吝劲儿。"

我说:"我这不怕你受委屈嘛。"范小舟歪头看了我一会儿,说:"要不你就租个房子吧,他们要再气我,我就搬你那儿住。"

我心花怒放,上房产 APP 找房子,找阳光充足、有停车位、离中铁大厦近的,每找到一套看着还算合意的,就发过去让范小舟看,范小舟看了两套就不看了,说要回家,让我看着合适就行,我起身送她。

一路上范小舟很沉默,我说话她也恍惚。我问是不是担心回家又要面对阶级斗争和批评教育。

可能怕伤我自尊,范小舟只是歪头看着我笑,没说话。

我知道就是了,说:"要不你睡我家吧。"范小舟说:"你们家就一个卫生间,我去了就四个人了,四个人轮流用一个卫生间别扭。"范小舟家的别墅每间卧室都带一个大卫生间,而我们家不仅只有一个卫生间,还小。早晨经常会有人因为抢不着卫生间急得跳脚。罪魁祸首就是洪雪娇,她喜欢坐在马桶上看手机,看着看着就忘记了排泄这回事。我和洪小邪一个要上班一个要上学,急得团团转。还有一次,我吃外卖吃坏了肚子,洪雪娇待在卫生间里化妆,把我憋得差点拉裤子里。为了抢厕所,我跟洪雪娇干了无数架。洪雪娇就跟我哭,说她活了半辈子,啥都不如意,只有坐在马桶上的时候放松,仿佛整个世界的烦恼都在卫生间门关上的刹那被关在了门外。

范小舟没法接受我们家几个人用同一个窄小的卫生间。这让我惭愧,也意识到爱是一回事,能不能给范小舟幸福是另一回事。那明知道给不了幸福还要坚持的恋爱,是不是一种混蛋行为?

我心意消沉。范小舟看出来了,误以为我还在为她家人的反对而担心,安慰我,说他们家人的反应激烈和集体打压是虚张声势,只要她挺住,他们就拿她没辙。

我知道她会错了意,但不想纠正,就握了一下她的手,说辛苦她了。

范小舟说她刚才沉默,不是担心回家被批斗,是在想曲露露的事。她歪头看我,问:"你觉得谭庆龙有可能是被高丽曼谋杀的吗?"

我说不排除这种可能,也可能不是。

范小舟让我说说理由。

我说如果谭庆龙是死于谋杀,也在警方立案了,我就不能跟她透露任何关于案情的消息了。

范小舟说知道,她是刑事律师,但谭庆龙的案子没立案,我也不是刑警。

我说:"我可以告诉你,仅仅因为你是范小舟。"我说得一本正经,很严肃,把范小舟逗笑了,说:"知道,因为你爱范小舟,所以你愿意为她违反纪律。"

我说谭庆龙没有心脏病。

范小舟大吃一惊："可医生说他是心脏病发作去世的,他也是因为心脏病保外就医出来的。"

我再一次强调他没有心脏病,甚至想起了我和陈枢曾经的怀疑——他的保外就医是不是范忠迁帮忙办的?但我没说,我不想平白吓着范小舟。

范小舟看着我:"那……他的保外就医是假的?"

"是,应该是作了假出来的。"

"谁帮他作的假?"范小舟也有点紧张,像知道天上即将降落陨石而担心自家屋顶安危的人一样。

我摇头,说目前我们也不知道,正在找线索。

范小舟点头,让我把车靠路边停下,目光不安。"谢磅礴你知道吗?迄今为止,我做得最后悔的一个案子就是帮谭庆龙保住了婚姻。"她说。

我明白她的意思,她总觉得如果不是她帮谭庆龙保住了婚姻,高丽曼就不会成为杀人犯。我安慰她,说还没水落石出呢,就算谭庆龙是被谋杀的,凶手也未必是高丽曼。范小舟说肯定是,因为杀人是要冒风险的,也只有被谋杀的那个人的死对自己有利,凶手才会冒险痛下杀手,依谭庆龙现在的状态,唯一能从他的死亡中获利的就是高丽曼。

我承认她分析的有道理,说那怎么办,总不能放手不查了,就算谭庆龙是个混蛋,但也罪不至死,剥夺他人生命,就是犯罪。

范小舟说她对高丽曼印象很好。高丽曼养了很多多肉植物,把院子装点得特别漂亮,院子里还搭了架秋千,没太阳的时候,她就戴着耳机在秋千上慢慢地摇晃,看上去是个内心安宁的人。范小舟一直觉得谭庆龙配不上她,所以在范忠迁逼着她接下谭庆龙离婚官司时,她一边根据法律条文为谭庆龙辩护一边内疚,觉得自己是在利用专业知识帮谭庆龙绑架高丽曼。

范小舟说，如果高丽曼是因为离不了婚的绝望才决定杀死谭庆龙的，那么她就是帮凶。

我抱着她，让她别胡思乱想，一切都还在调查中，离真相还很遥远，我们的预判未必准确。

她点头，说："什么进展你告诉我啊。"

我说好的，开车往她家去，问今天还要不要把车开进车库。她问为什么不。我知道，不管是她让我送她回家，还是她让我把车开进车库，都是针对她家人的无声示威。

第十九章

　　离车库还有五六米，范小舟按下车库门遥控器。车库卷帘门哗啦哗啦地唱着歌升上去，车库通往家的门就开了，明晃晃的灯光从门口扑进车库。

　　范小舟的父母和范小强从门里鱼贯而出，站成一排，冷漠地看着我。

　　我冲他们笑，他们不苟言笑，如同笑肌失灵。

　　我停好车，下来问候他们。范忠迁没看我，如同我是空气，他的目光越过我，落在范小舟脸上，问："怎么才回来？"

　　范小舟挽着我的胳膊，笑嘻嘻说和谢磅礴吃饭去了。

　　"谢磅礴也配和你吃饭？"范小强穿着白色的休闲西装，背着手，像螃蟹一样拉着阔背过来，咄咄逼人地盯着我，仿佛他的目光是两把匕首，能把我的脸戳烂。好歹我也是干巡警的，多凶的恶煞都见过，保养得细皮嫩肉的范小强，在见惯了各色地痞流氓的我看来不过是毛都没换好的小公鸡，所以，我友好地笑了笑，叫了声"强哥"。

　　他就怒了，嚷道："谁是你强哥？谁他妈的是你强哥？"他上来薅住我的衣服前襟，扬手要打。但我没打算还手，他是范小舟的哥哥，我要还了手就是打范家人,我不还手就是被范家人打,这样,范家就会理亏。洪雪娇说过,人的良心虽然有大小之分,但都是有的,当你处在弱势求人家通融时,就一定多吃亏。因为你吃了亏,他就会理亏,就不好意思继续为难你了。

虽然我做好了吃亏的心理准备,可范小舟不干,她冲过来一把推开范小强,说:"范小强,我告诉你,你要敢打,我现在就跟他走!"范小强气得眼珠子都红了,怒斥范小舟金光大道不走,专门往粪坑里扎。范小舟说她和我在一起就是金光大道。

范小强指着我说:"就他?他是谁你不知道吗?"

"他是人民警察谢磅礴!"

"他爸是无赖,他妈是荡妇!你要嫁给他们的儿子,别人怎么看咱家,怎么看咱爸妈?"

我脑袋"嗡"的一声,虽然我经常暗自痛斥谢福哉和洪雪娇的卑劣,但那是我的权利,因为他们生了我却没做成我心目中的好父母,我有权利指责他们骂他们,但别人不行,不仅不能骂,连飞他们一个白眼我都不干!我反手抓起范小强的西装,一字一顿地说:"虽然我很爱范小舟,但并不妨碍我打你!"说完,我一拳捶在他脸上,范小强的鼻血就稀里哗啦地流下来了,滴在白色西装上,触目惊心。

范小舟没想到我会打范小强,一下子愣住了,尖叫说:"谢磅礴你干吗?"

我说:"他可以打我骂我,但不能骂我爸妈。"

趁着我和范小舟说话的空当,范小强回手就是一拳,打在了我的眼眶上。一阵剧痛袭来,我怀疑眼骨裂了,眼球像是要掉出来。我捂着眼睛,像凶猛的袋鼠一样去踢范小强。范小强腾挪着躲闪,抄起一把做园艺的铁锹来拍我,被范忠迁喝住了。

范忠迁夺下范小强手里的铁锹,让我滚。我不动,让范小强为刚才的出言不逊赔礼道歉,尤其是对我死去的父亲谢福哉道歉。

范小强说,谢福哉活着不配死了更配不上他的道歉。由于他的胳膊被范忠迁拽住了,他就一脚一脚地踢着空气,大骂着让我滚。

范小舟也怕闹大了她夹在中间不好收场,便推着我出来,问我眼有没有事。我眼痛得昏天黑地,面上还要逞英雄。我说没事,我们干巡警的三天两头和街上的小混混打,早都练出来了。

范小舟拿开我捂着眼睛的手,打开手机上的手电筒看我的眼睛,吸着冷气说眼球都充血了,要陪我去医院。我捂上那只没挨打的眼睛试了一下,啥都能看清,说明没事,就说不用了,让范小舟回去。

范小舟再三确定我没事了,才叫了辆网约车,看我上了车,又让我别逞强,觉得不舒服就马上去医院,她可不想跟独眼龙过一辈子。顿时,我就觉得值了。

我到家时,洪雪娇正躺在沙发上看电视,见我乌青着一只眼进门,幸灾乐祸地笑了,说:"怎么,攀龙附凤被人家摔下来了?"

对我和范小舟的事,出于自知之明和自卑的自我保护,洪雪娇一直持审慎的态度,既不欢欣鼓舞,也不士气低沉,像个老谋深算的家伙,坐在山上看两只老虎打架。

我没理洪雪娇,去卫生间冲洗充血的眼眶,又从冰箱冷冻室摸出一坨冻肉,用毛巾裹了捂在眼睛上。洪雪娇白了我一眼又一眼,起身去厨房找了个一次性食品袋,拿下我手里的冻肉包,装进食品袋里,又给我捂上。我知道,她是怕冻肉上有不明细菌会透过毛巾感染我的眼睛,才用塑料袋装上。

我们各自占据沙发的一端,面朝电视机坐着。节目无聊透了,洪雪娇打了个哈欠。不笑也没有动作的时候,洪雪娇不像她这个年龄的人。但一打哈欠,就露出了老态。在整个大院相熟的人当中,洪雪娇声名狼藉,可我还是忍不住爱她,不管她多么不称职,我都不想惹她难过。她老了,人生路上的挣扎余地不多了,如果我还让她难过,那就是我的罪过。所以,好几次,我只是张了张嘴,却说不出要搬出去住这句话。

转天早晨，洪小邪跑到我房间，趴在枕头上方看我乌青的眼，把我看醒了，她拿无名指肚在我眼皮上轻轻碰了一下，问痛不痛。我说还行。洪小邪说："咱妈让我问问是谁打的。"

我不想说范小强，就信口撒谎，说在街上看见小混混斗殴，去管了一下闲事赚的。洪小邪知道我爱管闲事，也讨厌我爱管闲事，因为我是她唯一能指望得上的亲人，她生怕我因为管闲事没了命。她直起身子，大声说："你讨厌！"然后走了。

我起床，闻到一股掺杂着紫菜鲜味的油腻香气飘进来，就知道洪雪娇下楼买老李家馄饨了。我喜欢吃馄饨，每每洪雪娇觉得需要向我表达一下母爱，就给我买一碗。

我去厨房，果然，一碗余温尚存的馄饨静静地站在锅里。

我问洪小邪吃了没。洪小邪不搭理我，我忙哄她，说以后我再也不管闲事了。她大声说："你都说一万遍了！"我说这一次是真的。她说："每次你都这么说！"我说这次真的是真的，因为我追上范小舟了，我要为她珍惜生命。洪小邪将信将疑道："狗能改了吃屎？"我说只要有骨头，狗肯定不吃屎。

洪小邪就笑了。我边吃馄饨边试探她："小邪，如果我搬出去住的话，你会不会难过？"

洪小邪说："会啊，为什么不会？你要搬出去住？"

我点头。

洪小邪问为什么。

我说我和范小舟需要一个单独的卫生间。

洪小邪白了我一眼。

"我必须搬出去。"我再次强调，"但你可以去找我玩。"

上午，曲露露跟我要陈枢的微信，说要谢谢他。我把陈枢的微信推给了她。洪小邪在旁边看着。

我问洪小邪，我想和范小舟过一辈子是不是不知天高地厚。

洪小邪想了一会儿，说："如果你不是我哥，那就是不知天高地厚。可你是我哥，我就不能这么说。"

我内心里有一片巨大的叶子，呱嗒掉了下来。

但我不甘心。

我在湛山租了个一居室，以我的工资收入，除去供给粗茶淡饭的生活费只够租个一居室。

这套一居室的卧室和客厅虽然都不大，但卫生间敞亮，占地足足八平方米，还有面朝大海的落地窗子，不管我坐在马桶上还是躺在浴缸里，都可以看见辽阔的大海。范小舟看过之后很满意，说这套房子三千块钱的月租金中卫生间得占两千，她要躺在浴缸里听着音乐看大海。我说我要躺在浴缸里听着音乐看着大海和你做爱。范小舟打我，说讨厌。

和范小舟在一起做爱时，我觉得自己像一把钥匙，可以各种花样地打开她。这时我会想起谢福哉的钥匙串，那子弹壳制成的钥匙坠曾被我爷爷的手、谢福哉的手以及童年的我的手打磨，叮叮当当，光可鉴人。和范小舟做爱的时候我总会想起它，然后和范小舟说起，饱含深情。我铭记着它的闪耀，就像铭记谢福哉生命中少有的高光时刻。现在，我想变成范小舟的钥匙，只用来打开她这把我专属的最美好的锁头。

我把为数不多的行李收拾好才跟洪雪娇说我要搬出去住了。

显然，洪小邪已告诉她了，她内心挣扎的波澜早已平息。她"嗯"了一声，说有什么需要记得跟她说，还有别委屈范小舟，毕竟她可以嫁给一个比我好千万倍的男人，过上更加舒心的日子。

洪雪娇说的是实话。我说不出来"我会让她过上好日子"，我知道那是骗人的。我，一个做巡警的普通人，终生都要靠那点微薄的死工资过日子。在社会上摸爬滚打的时间越久你就会越明白，在这世界上平庸是大多数人的宿命,出人头地是多少人穷其一生也追不上的梦。记得有人说过,我们总是活着活着就活成了我们讨厌的那个人,是的,我曾经那么瞧不起甚至憎恶过胸无大志的谢福哉,但活着活着我就活成了他的翻版。

自从搬出来住,只要是我上白班的日子,范小舟就跟家里说加班。范忠迁大约也知道,她是和我在一起,因为她每次加班,都是我开车把她送回家。范忠迁只要听见车库门响,就会站出来,威严又冷酷地看着我把车开进车库,用弓弩一样的目光目送我离开。

有时候,我觉得我们这样有点过分,但范小舟不这么认为,说人都是势利的,欺软怕硬,我们必须示威,一直示威到范忠迁愿意把我请到他家客厅里去谈我们的未来。

然而范忠迁的耐心远远超出我和范小舟的想象。

范忠迁老婆私下找过洪雪娇,居高临下地指责洪雪娇教子无方。洪雪娇坦然承认,说她管不了我,她不同意我和范小舟谈恋爱,我索性就搬出去住了。说完,洪雪娇打开我卧室的门。范忠迁老婆看着被我搬空的房间,就像五脏六腑被人挖走了一样愤怒。她说洪雪娇所谓的不同意是假,蓄谋已久才是真。还说,她看出来了,这些年来洪雪娇带着洪小邪对他们家死缠烂打就是另有所图,可惜她太傻,以前只当洪雪娇带俩孩子不容易,想抱范忠迁的大腿为了不被人欺负,到头来洪雪娇却对他们家如此回报,真是良心让狗吃了,辜负了她这么多年来的隐忍善良!

这要搁以前,洪雪娇早就像只打足了气的皮球,别人一拍就能跳三丈高。但这次她没有,甚至还给范忠迁的老婆泡了杯茶。范忠迁老婆端起了茶,并没像洪雪娇想象的那样劈头盖脸泼过来,而是优雅地喝了口茶,让洪雪娇转告我,只要她还活着,我就别想把范小舟娶回来。

我问范小舟,咱两家到底有多大仇,她妈妈要撂这么狠的话。

范小舟说她妈妈正更年期，让我不用理她，我们结不结婚她父母说了不算。

范忠迁去所里找过我几次，他既没鄙视我，也没羞辱我，而是把我叫出来，和我说："小谢，我不会同意小舟嫁给你的。"我则恭恭敬敬地回答他："我知道的，范伯伯，我会一直等到您和伯母同意为止。"他说不可能，让我不要幻想不可能的事情。每一次的谈话内容都一样。然后他步履坚定地离开，我信心满满地上岗。

我和范小舟说："你爸这么执着地找我重复那几句话有什么意义吗？"

范小舟说："他觉得有，觉得这是一种态度，一种坚持，让你不要心怀侥幸。"

我说要不干脆领证结婚算了。范小舟说再等几年。

我问为什么，是要看我会不会有出息吗，我就这样了，不可能平步青云。范小舟说不是，说她想再等几年，多接点案子赚点钱，挣首付买套房子。这样就算我们结婚了，她父母也不至于太失望，现在他们不同意她嫁给我，说白了就是知道我们家的家庭状况不好，怕她跟着我吃苦。

我像被打中七寸的蛇般瞬间茫然，仿佛沉浮在浩渺的世俗汪洋中，已精疲力竭，而范小舟是我紧握不放的稻草。这感觉让我羞耻，爱又让我不肯放弃，只好这样尴尬又执着地坚持着。

有一天，兄弟所说韩猴子又闯祸了，这次是把对门邻居儿子的车划了。

韩猴子和对门邻居为抢占楼梯间关系闹得很僵，虽不至于见面就打，但碰上了，各自朝地上啐两口唾沫却是常事。韩猴子邻居的儿子混得不错，开个宝马 X7，回家看父母时停在楼下，被划了好几次了。虽然怀疑是韩猴子干的，但没证据也不能怎么着他，为防他再犯，邻居儿子就装了前后行车记录仪。韩猴子不知道，又来划车，被行车记录仪录了下来,扭到了派出所。因为素有积怨,韩猴子邻居的儿子宁肯不要赔偿,也要给韩猴子治个狠的。

宝马 X7 的烤漆不便宜,加上受害方不依不饶,想追究韩猴子刑事责任不是没可能,我觉得这次有门,赶紧给陈枢打电话。

陈枢说太好了,约我在派出所外碰头,统一口径说我们是市局刑警队的,让兄弟所片警告诉韩猴子,鉴于情节严重,这个案子要转市刑警队了。

道上的小蟊贼们都知道,犯了事一旦转到市刑警队,就不是小事了。

第二十章

我们去的时候,韩猴子正面朝暖气片蹲在派出所角落里。

来的路上,我已经在微信上和兄弟所片警沟通好了,我们一进门,他就热情洋溢地站起来,握着我们的手说辛苦了。陈枢也公事公办似的跟他握了握手,问了案情,又看了笔录,然后踢了韩猴子一脚,问他还认不认识自己。韩猴子上次和谭庆龙一起进去的,案子是陈枢办的,一见面韩猴子就认出来了,吓得腿直打哆嗦,站起来毕恭毕敬地问好,哭丧着脸作可怜相说邻居的儿子讹他。

陈枢没好气地拍着笔录说:"我看不是人家想讹你,是你打算二进宫。行车记录仪也能讹你?"

韩猴子说那也是让邻居欺负得没办法了,才想着划车出口气。

陈枢说:"就你,还有别人欺负你的份儿?"

韩猴子嚷道:"真的!他爹先堵我锁眼的!"

陈枢说:"你抓人家手腕子了?再说了,堵锁眼能和划车相提并论吗?你找人开把锁二百块,划车呢,两面漆烤下来得两万多,就这案值,如果他揪着你不放,肯定能判三年以下的有期徒刑!"

韩猴子嗷地跳起来说,扯淡,他头一遭听说划车也要进监狱。

陈枢说那没办法,谁让人家抓着他手腕子了呢,谁让他划的是豪车呢,还有谁让他跟人家有积怨呢,人家正好借着这机会把他送进去,好过几年安生日子。

韩猴子跳起来就往外跑。陈枢身手敏捷,一把薅住了。韩猴子仰倒在地,连滚带爬地继续往派出所外爬。陈枢一脚下去,踩在腿弯上,喝道:"韩猴子,你是不是想罪加一等?"

韩猴子在地上撒泼打滚,说宁肯死也不进监狱。

陈枢看了我一眼。我领会了他的眼神,抬起腿踢了韩猴子一脚,说:"不想进监狱你就好好表现,现在不是你撒泼耍横的时候。"

韩猴子眨巴着眼睛看我:"这位警官,你说,你想我咋表现?"

我看向陈枢,陈枢瞪了我一眼:"别瞎承诺,进不进去是你说了算的?"

我装好人:"那是,还要看车主是不是同意经济补偿。"

兄弟所片警低头整理卷宗,说他原本也想当一般治安案件处理,可车主气坏了,还请了律师,要追究韩猴子刑事责任,就案值来说也够档了,要不然这种可大可小的案子,根本用不着往市刑警队交。

陈枢又踢了韩猴子的鞋一下:"听见了?"

韩猴子一脸横泪:"是黄老三先欺负我的!他趁我进去的时候把整个楼道都占了,我跟他讲理,他就仗着儿子有钱跟我使横!是他不仁在先,不能怪我!"

陈枢说:"不管谁不仁在先,被人抓了现行的是你,法律讲证据。说吧,你想怎么着?"

韩猴子小心翼翼地问:"黄老三儿子那车,划两道真要花那么多钱?"

陈枢"嗯"了一声,说:"你以为呢,要不然怎么叫豪车?"

韩猴子往墙根一蹲,梗着脖子,像斗败了还不服输的公鸡:"我没钱。"

"那你有态度吗？"

"啥态度值两万块？"

"那要加上我深明大义的说服能力，但你得让我愿意为你出这份力。"

韩猴子把脚往外探了探，让自己倚着墙蹲得更舒服点："我就这一百来斤，你想怎么着？"

陈枢说："咱聊聊。你还记得我是谁吗？"

韩猴子小心翼翼地看着他，嘟囔道："烧成灰我也认得。"陈枢问上次因为什么事进去的，韩猴子没精打采地说打架。

陈枢用鼻子轻轻哼了一声，说："说得轻巧，是闹出了人命吧？"

"知道你还问。"韩猴子把脸埋在膝盖上，不时偷看一眼陈枢。

陈枢心平气和地说："你们老大谭庆龙被判了无期，后来是不是保外就医出来了？"

韩猴子低着头"嗯"了一声。

陈枢问他见没见过谭庆龙。

韩猴子说见过，谭庆龙出来后招呼兄弟们接风洗尘，他也去了。

"后来呢？"

韩猴子看看陈枢，顿了一会儿，才小声说："后来见过两次。"

"干什么？"

韩猴子突然小心了起来，问："老大又犯事了？"

"现在不是你问我的时候！我问你，后来又见过谭庆龙吗？"

韩猴子说去找过他两次。

"干什么？"

韩猴子懊恼地说："我过的什么日子你们也看见了，他出都出来了，我想让他领着兄弟们大干一场啊。"

"然后呢？"

"哪次找他哪次都挨骂，他说我这是成心不想让他过安生日子，他保外就医，一旦犯事，就是罪加一等，所以金盆洗手不带我们玩了。"

陈枢"哦"了一声，看了我一眼。我也奇怪，没想到韩猴子竟然不知道谭庆龙已经死了，就问："后来你们没再联系？"

韩猴子摇头，说："老大发话了，我再去找他，他就跟我不客气了。"

陈枢纳闷："为什么？"

"他不想再见我。"

"韩猴子，想让我帮你你就老实点！他为什么不愿意见你？"

韩猴子有点慌，说："你问我，我问谁？"

陈枢说："谭庆龙当年手下那么多小弟，他出事后没一个去监狱看他的，就你出狱以后三天两头去看他，这么好的感情他为什么不愿意见你了？"

韩猴子也不是傻子，我们问到这里，他大概也琢磨出味儿来了，抬头看着我们，磕磕巴巴地说："老大是不是又犯事了？"

陈枢呵斥道："你哪儿那么多废话？老老实实回答我的问题！"

韩猴子抱着膝盖，把脸埋在上面，说："我不想惹事。"

"不想惹事你划车？"

"划车是划车，老大是老大！"

陈枢定了定神，说："谭庆龙还有这么大的威望？"

"没威望当得了老大吗？"

"你是不是和谭庆龙关系不错？"

韩猴子抬眼看看陈枢，好像不明白他为什么会这么问，又低下了头。

陈枢说："谭庆龙手下小弟少说也有几十号人吧？"

韩猴子更惊慌了，说："陈警官，这事你别问我，我真不知道。"

陈枢"哼"了一声，说韩猴子还挺警惕，然后让他放心，自己没有让他往外咬人的意思，就是奇怪，谭庆龙手下那么多小弟，进去以后怎么就没一个去看他的。

韩猴子看看陈枢，又看看我，小声嘟囔说："老大不让。"

"为什么不让？怕暴露，被端了底？"

韩猴子往里收了收脚，没否认也没承认。陈枢的手指在桌面上敲着，看得出他在琢磨下一句话怎么问才能打在点上："为什么不怕你暴露？"

韩猴子笑了一下，好像在笑陈枢智商欠缺："我都进去过了，还怕个屁。"

"嘴巴给我放干净点！"陈枢突然袭击一样地说，"谭庆龙没心脏病这件事你是知道的吧？"

韩猴子一下子张大了嘴巴："你……陈警官……你不是为划车的事来的？"

陈枢怒道："俩案子放一起调查不行啊？问你什么就答什么！"

韩猴子又把脸埋在膝盖上，摆出一副死猪不怕开水烫的样子。

"谭庆龙保外就医是不是你给运作的？"陈枢严肃起来，话又快又冷。

韩猴子吓得结结巴巴地说："警官，你看我是有那么大门路的人吗？"

"可谭庆龙临出来的前半年，只有你和他表妹经常去看他，他表妹没这能力，除了你还能有谁？"

韩猴子说："陈警官，你有在这儿跟我费口舌的劲，去问老大不就行了？"

"他死都死了，我上哪儿去问？"

韩猴子瞠目结舌："什么？老大……老大死了？"

"你不知道？"

韩猴子还在茫然的震惊中没回过神:"好好的,怎么死了?陈警官,老大……老大他怎么死的?"

陈枢慢慢地,几乎是一字一顿地说:"心脏病发作。"

韩猴子又短促地"啊"了一声,张了张嘴,却什么都没说出来。

"据我所知,谭庆龙没心脏病。"陈枢口气缓和下来,"韩猴子,我知道你了解底细,咱俩做个交易吧。"

韩猴子梗着脖子不吭声。

"谭庆龙已经不在了,保守秘密也没意义了。如果你对谭庆龙真的心存感激,现在就是你回报他的最后一个机会了。你都知道些什么,说吧。"陈枢心平气和地说。

"你们怎么知道他没心脏病的?"韩猴子小心翼翼地抬头看着我们。

"谭庆龙虽然出来了,但从法律上讲他还在刑期,派出所接到死亡电话,警方去他家看了,从出狱到死,他开的心脏病药一粒都没吃,你说,这说明了什么?"

"陈警官,咱能不提这茬,就办今天的事吗?"韩猴子小心翼翼地商量。

"能。"陈枢冲我摆了一下头,"先带回队里,去找黄老三的儿子做个笔录,给检察院报批捕。"说完,陈枢从原先坐着的办公桌角上下来,一副对谭庆龙的死漠不关心的样子。

韩猴子一下子站起来,点头哈腰地哀求:"陈警官,别,别给我报批捕,想知道啥你尽管问,我保准知无不言。"

陈枢满意地"嗯"了一声,问:"谭庆龙为什么不让你去家里找他了?"

韩猴子低声说:"我知道他没心脏病。"

"然后呢?"

"他保外就医是我帮着跑的腿。"

178

陈枢看了一眼兄弟所做笔录的片警,示意他这是重点,然后跟韩猴子说:"接着说。"

韩猴子却突然刹车了,说他可以说,但我们必须答应他一个条件。

陈枢说可以,让他提条件。

韩猴子说:"你们跟黄老三儿子说,以后我保证不划他车了,但他也得保证别拿这事治我。"

陈枢假装为难说:"恐怕难度比较大。"

韩猴子就闭嘴,低下头,说困了,想睡一会儿。陈枢知道他拿腔调,犹豫了一会儿,说:"成,我答应你。"韩猴子这才双手合十,嘴里咕哝了一会儿,大概是向谭庆龙的在天之灵忏悔吧。他交代说,没进去那会儿,因为没学历也没技术,一直也没找到份正儿八经的工作,在家里的兄弟姐妹中,他是最不受待见的一个,直到遇上谭庆龙。谭庆龙见他水性好,脑子活络,送他去学了摩托艇驾照,在他公司里开摩托艇,把谭庆龙折进去那次斗殴,他本可以不去的,可觉得谭庆龙对自己不薄,本着众人拾柴火焰高就去了。没承想闹出了人命,谭庆龙和他都进去了,因为他比较瘦弱,进去后经常挨欺负。谭庆龙知道后,把欺负他的收拾了个遍,再也没人敢欺负他了。他在牢里待了一年半,临出来前,谭庆龙托他去找范忠迁,说范忠迁能量大,自己以前帮过范忠迁忙,现在遇难了,想求范忠迁帮一把,让他捎话给范忠迁说他不想老死在监狱里,也不想往外咬人立功减刑,具体该怎么办让范忠迁帮忙想办法。

我心里暗自吃惊,没想到谭庆龙的保外就医真和范忠迁扯到一块儿去了,忙问:"你去了?"

韩猴子说他欠了谭庆龙太多,谭庆龙就托自己这么点儿事,他怎么能不去。

陈枢问:"然后呢?"

韩猴子说范忠迁当时啥也没说,让他留下电话号码就走了,大概过了半个月,范忠迁给他打电话,问他去不去监狱看谭庆龙,说他有东西要捎给谭庆龙。

韩猴子以为范忠迁有帮谭庆龙的办法了,谁知去了以后,范忠迁竟拎出来一大包面包和点心,说这是谭庆龙喜欢的某个品牌的西点,他样样买了点儿,让他给捎过去。韩猴子很生气,说谭庆龙不想吃点心,想出来。范忠迁说知道,让他告诉谭庆龙,点心就是他的心意,还特意拍着手撕面包说,听说得了心脏病的人可以办保外就医,这种手撕面包里有大量黄油,吃多了就会得心脏病,让他谨慎着点儿吃,一次别超过三四口。这把韩猴子给说蒙了,说吃手撕面包得心脏病,这玩意这么吓人谁还敢吃。范忠迁只是笑,并没解释为什么,让他原话捎给谭庆龙。韩猴子回家,越想越觉得不对,偷偷打开手撕面包看,才发现手撕面包被挖了个洞,里面塞着药瓶,药瓶上没标签,装着一些白色药片和一张纸,纸上打印了几个字:"一次三至四颗"。韩猴子就猜出来了,大概这个药吃三四片会产生心脏病症状,就可以申请保外就医了。第二天,他去监狱看谭庆龙,原话捎给了他。谭庆龙收下东西,让他每个月去看他一趟,韩猴子穷,想自己没本事也没钱,但腿还是有的,就按约定每月去看谭庆龙,时不时地给他和范忠迁捎话,比如说手撕面包很好吃,让他再帮着买点儿之类的。

陈枢问:"你又给捎了?"

"捎了,第四次药捎进去没多久,老大就因为心脏病严重保外就医了。"

"你自始至终明白是怎么回事吧?"

韩猴子看了他一眼,没吭声。

陈枢问药瓶什么样,还有药片的形状和颜色,韩猴子比画着描述了一番,兄弟所民警一字不落地记在笔录上。陈枢拿过来看了看,让韩猴子签了字,说这就去找黄老三的儿子,让他放弃追究韩猴子的责任。韩猴子又是作揖又是鞠躬的,说他保证,只要黄老三的儿子不追究他的刑事责任,他再也不和黄老三作对了。

从兄弟所出来,我心乱如麻,因为事情牵扯到了范忠迁,一旦上报,市局就会以谭庆龙死于非命而启动调查,就不是桩小案子了。范忠迁作为其中一环,非卷入其中不可。

我跟陈枢商量,韩猴子的笔录是不是可以重新做一份,就事论事,说他划车的事就行了。

陈枢回头看了我一眼,说:"知道什么叫木已成舟吗?"

我明白,他的意思就是犯罪嫌疑人的口供笔录一旦签字,就是木已成舟,没有修改或毁掉的可能。我说多少犯罪嫌疑人在法庭当堂翻供。

陈枢目光炯炯地看着我:"你是犯罪嫌疑人吗?"

我梗着脖子不说话。

陈枢说:"我希望你记得自己是公安干警,不要拿犯罪嫌疑人的道德水准要求自己。"

我无话可说,心里的石头却越压越沉。我想起了范小舟,如果她知道我和陈枢私自调查的案子触及范忠迁,肯定会心急如焚,也肯定会让我帮着想办法。这无关道德人品,是感情的共性,不管范忠迁曾对我如何,是否曾令范小舟失望,她都不会希望他被牵扯到刑事案件。

我的内心里仿佛有两个我在不停地打来打去,作为警察的那个我站在陈枢那边,而作为男人的那个我站在范小舟那边。我把自己打得遍体鳞伤,陷入两难。

后来我去厕所撒了一泡长长的尿,决定为了范小舟,不帮韩猴子兑现诺言。我给兄弟所片警打电话,让他把韩猴子的笔录先压一压,别往上递。兄弟所片警说韩猴子的口供牵出别的犯罪事实,已不仅仅是桩治安案,已经上报所长了。

我让他赶紧跟所长打听处理意见。兄弟所片警很为难,说我们是同行,我应该知道这行的规矩。

我说知道,但这件事对我关系重大。

兄弟所片警说他尽量,有消息就告诉我。听他这么说,我就知道指望不上了。我心情沮丧地挂了电话,从厕所出来。陈枢在门口溜达来溜达去地抽烟,看见我说:"谢磅礴你上个厕所怎么上了那么久?"

我说是早晨吃坏了肚子。

陈枢深深看了我一眼,问我手机怎么占线。我嘴里说是吗是吗,看了看手机,果然有个未接来电,是陈枢的,就顺嘴撒谎说女朋友来了个电话。

陈枢"哦"了一声,拉我去找黄老三的儿子。我心不在焉,满脑子都是怎么才能让范忠迁置身事外,虽然他坚决不同意我和范小舟在一起,虽然他每天去所里跟我表达心坚如铁的态度,但我依然不想他倒霉。因为,我不想范小舟痛苦。

我想求陈枢,但也知道没用。所谓把韩猴子移交到市刑警队不过是诈唬韩猴子的说法,韩猴子的案子的管辖权还在下面所里。

我说黄老三的儿子不一定能配合我们吧。

陈枢冷着脸,回头看了我一眼问:"你什么意思?"

我说他就划个车,我们节外生枝勾连另一个案子,是不是不合规矩。

"你想干什么?"陈枢表情严肃,一副马上要劈头给我一拳的样子。

我说:"我突然觉得我们咸吃萝卜淡操心地折腾一桩连案都立不了的凶杀案没意思。"

陈枢说:"我觉得有意思!"

182

第二十一章

陈枢跟黄老三儿子分析说:"就算你追究韩猴子的刑事责任,他最多也就被判三年,一年的可能性更大些。韩猴子不是个有钱的,肯定换不了房,在里面蹲一年,出来还和你父亲住对门,他能不因为恨你而殃及你父亲,能不报复他? 当然,你要有孝心把老父亲接走,我半句废话不说,他刑事责任随便你追究。"

黄老三儿子原本灼灼的气焰就消了,说算了,他自认倒霉。

我们回兄弟所,陈枢告诉片警韩猴子可以走了,同时警告韩猴子以后老实点,说这次黄老三的儿子能放过他,全凭我们连哄带吓唬,不是每个警察都有这么好的做思想工作的能力的。韩猴子感恩戴德,让我们放心,他肯定洗心革面。

陈枢跟他要电话号码,韩猴子有点抵触,说事都处理完了,还要电话干什么。陈枢说谭庆龙的事还没完,以后可能还要咨询他。韩猴子磨磨蹭蹭地说了电话号码正想走,兄弟所所长从办公室出来,喝住了他,问他要去哪儿。韩猴子磕磕巴巴地说回家。

兄弟所所长说现在还不是他回家的时候,另一个案子需要他配合调查,让他坐下老实等着,一会儿市局刑警队来提人。

183

韩猴子觉得不妙，开始撒泼，说陈枢骗他口供，刚才做的笔录不算数。陈枢象征性地踢了他一脚，说市局来提他不等于要定他的罪，是要核实情况。

韩猴子可怜巴巴地让陈枢发誓不是骗他的。

陈枢瞥了他一眼，没吭声，见我一鼻子一鼻子冷汗往外冒，问我怎么了。因为牵扯到范忠迁，我脑子里恍恍惚惚，糨糊一样，我说可能感冒了，有点不舒服。

陈枢让我回家休息。但我惦记着市局提审韩猴子的后续。陈枢说等有了消息就告诉我。

我把陈枢叫到派出所外，艰难地咽了口唾沫，问调查能不能终止。他问为什么。我不得不说实话，说因为范忠迁是范小舟的父亲。

陈枢深深看着我，良久才说："谢磅礴警官，发射卫星的火箭点燃了，你觉得还有撤回的希望吗？"

我说我希望有。

他说："你回去吧，有消息我告诉你。"

我一步三回头地走了，刚到公寓，陈枢的电话就来了："我记得你说把谭庆龙的药都清出来了？"

"是。"

"在哪儿？"

"我家。"

陈枢说让我等着，他马上过来。等了不到十分钟，陈枢的车就到了。我问他问药的事干什么。

陈枢说谭庆龙出来以后，每三个月要去指定医院做一次体检，如果恢复了，要送回监狱继续服刑，如果没恢复，就继续保外治疗。既然他没有心脏病，那每次去体检前，他一定会服用那种让他看上去像得了心脏病的药。这药是关键证物，得取来化验。

我心里乱哄哄的，不想把药交给他，就故意东翻西找，说忘记放在哪儿了。

陈枢用鹰一样犀利的眼神看着我。客厅镜子和冰箱上到处贴着我和范小舟各种姿势拥抱在一起的合影，陈枢扫视照片，好几次目光落在范小舟的脸上，说范小舟的业务方向是刑事，在工作上打过几次交道，挺干净利索的，逻辑性也很强，找这么个女朋友，够我受的。大有为我着想，希望我和范小舟分手的意思。

我说我喜欢她，我们从小一起长大。我想让他明白，我不会为一个和我无关的破案子伤害范小舟。

正说着，范小舟就来了。见我和陈枢在，她有点意外，和陈枢打了个招呼，说要写答辩状，所里人多嘈杂静不下心，就过来了，没想到我们也在。然后她看着陈枢问我："你认识陈警官啊？"

我说认识。

范小舟把笔记本电脑拿出来摆在桌上，说："你们忙你们的，我写我的，互不打扰。"

陈枢见我把家快翻底朝天了也没找到药，有点儿急了，说："你还没老呢，忘性就这么大？"

我继续装傻："难道我不小心当垃圾扔了？"

范小舟问我们找什么。

陈枢说药，一大包药。

范小舟问什么药。陈枢说治心脏病的药。

范小舟问谁的药。陈枢说一桩刑事案件的证物。

范小舟笑，说："按照刑法规定，刑事案件证物不能私人保管吧？"

陈枢说："可不，这小子居然保管丢了，要不是多年朋友，我都要怀疑他是想为犯罪嫌疑人打掩护了。"

范小舟笑着说，她在我公寓没见着过，可能是在我八大峡的老家那边。

陈枢转过头来看我,目光咄咄逼人。我呆若木鸡,不想回应范小舟的话,也不想领会陈枢审视的目光。陈枢却从茶几上抓起钥匙,说:"走啊!"

范小舟看着我笑笑,又低头噼里啪啦地打字。她一无所知的善良让我觉得自己是个罪人。

我拖拖拉拉地走出去,腿上像灌了一万斤铅。陈枢大概也明白我内心的复杂,一路风驰电掣,对我看也不看。

我们一起去八大峡,洪雪娇不在家,洪小邪上学,家里没人,我假装忘记把药放在哪里,这儿掀掀,那儿看看。陈枢问清楚哪儿是我房间后,进去不到半分钟就拎着一大包药出来了,让我把其他属于谭庆龙的东西也收拾好放到他家。他说他离婚了,自己一个人住,去他家讨论案情也方便。

我很意外,上下打量他,他挺帅气有型的,没谢顶也没啤酒肚,放在中年男人堆里应该算楷模,怎么会离婚了呢。我问他,他不理会我,仿佛没听见一样接过我手里的包裹转身往外走。

陈枢住华阳路的一栋高层公寓,他打开包裹,把药倒在地板上,一盒一盒地分门别类,找出我说的那两个没有标签的白色塑料药瓶,一个药片多点儿,一个少点儿,但看药片的形状和颜色,应该是同一种药。陈枢拿起来看了看,又翻出他在派出所拍的韩猴子的口供笔录,找到描述药物的部分,闻了一下,就把药装在一个证物袋里塞进手包,说走。

韩猴子已被提到市局刑警队,正坐在陈枢的桌前吃方便面,见我们回来就站起来,一脸被我们坑苦了的冤屈状,问什么时候才能放他回家。

陈枢说把问题交代清楚就可以回家了。

韩猴子说:"我不都交代了嘛。"

陈枢说了句抱歉,说韩猴子交代他给谭庆龙和范忠迁捎过话,因此得留下来配合警方继续调查，事先忘记提醒他了，是他的错，让韩猴子不要有心理负担，都不是大事。还说黄老三的儿子答应了，不追究他刑事责任。

韩猴子显然不信，很不安，嘀嘀咕咕地说："你们警察一会儿云彩一会儿雨，忽悠小老百姓最拿手了。"

陈枢打着哈哈看韩猴子的方便面，问他吃不吃得惯，吃不惯的话给他换份排骨米饭。韩猴子愣了一下，意识到自己能在陈枢面前端架子的机会也许就这么一次，把方便面往旁边一推，说他天天在家吃方便面，早就腻味了，闻味儿都想吐。

陈枢回头看我，说："谢警官，出门右拐有家排骨米饭。"

我低头玩手机，装没听见。陈枢又提高了嗓门，说："跟老板说，加两块排骨！"

陈枢的嗓门都快把屋顶冲破了，我要再装听不见，傻子都不信。可是给韩猴子这个无赖跑腿，我特不情愿，但架不住陈枢拿眼瞪我还是去了，买回排骨米饭往韩猴子跟前一蹾。韩猴子像饿了好几辈子一样，抓起排骨就啃，说猪肉打着滚地涨价，他好长时间没吃过排骨米饭了。

陈枢在微信上给我转了四十五块钱，留言说韩猴子的排骨米饭钱。我没客气，收下了，但给他退回去十块，说我没给他加排骨。他抬眼看着我，恨恨地笑着把钱收了。

韩猴子风卷残云地干掉一份排骨米饭，心满意足，说刑警队门口的排骨米饭比他家附近那两家好吃多了，肉也多。

陈枢说要是喜欢就过来吃，又没多远。韩猴子把头摇得拨浪鼓似的，说不来，看见市刑警队的招牌腿就发抖。

陈枢就笑，说："你在刑警队办公室吃排骨米饭手都不抖，看见招牌算什么。"韩猴子让他说得讪讪的，但不那么慌了，拿小指指甲剔着嵌在牙缝里的肉丝，说吃饱喝足了，让陈枢想问什么就放马过来,他知无不言。

陈枢夸韩猴子觉悟高,小心地拿出装在证物袋里的药瓶,让韩猴子看看,范忠迁让他用面包夹带进监狱的是不是这份药。

韩猴子接过去,晃了晃,用一只眼往里瞄了一会儿,说没错就是它,瓶子也跟这瓶子一样,都没标签。

陈枢说成,收回证物袋。

韩猴子说:"没我事了吧?没我事我就先回家了。"陈枢按了他肩一下,让他坐,说不急,等会儿还要做份笔录。

韩猴子就急了,叫着说刚才在派出所不是做过了吗。陈枢说那是派出所的,刑警队还有刑警队的问题。韩猴子觉得被戏弄了,很恼火,可这是在刑警队,又不敢表现出来。陈枢安抚他,说这是工作流程,让韩猴子别急。

韩猴子好像踏实点了,找个墙旮旯蹲下,说:"不管你们咋问,该交代的,我早就交代齐了,再问我也说不出朵花来。"

陈枢笑,说:"没让你说出朵花来,实事求是就行。"说完回头看我,说暂时没我事了,可以回了。

我起身往外走,出了刑警队,又觉得不对,就打电话把陈枢叫下来,问他接下来打算怎么办。

陈枢说让技术侦查室化验一下药的成分和作用,然后对谭庆龙的死立案侦查。

我知道事情走到今天求陈枢也没用了,韩猴子的口供报上来了,谭庆龙死因不明案在市局已是没立案的谋杀案,人尽皆知,谁也不能捂住。范忠迁只是此案的一个环节,虽然小,却是必不可少的一环。随着对谭庆龙死因展开调查,范忠迁必将暴露,也必将为此承担法律责任。

我从没像那天一样如此强烈地不想见范小舟。

可傍晚的时候,范小舟还是来了,拎着一个素食盒。她心情很好,脸色白皙透明,像开得恰到好处的粉色芍药。她把造型雅致的素菜摆好,点上香氛蜡烛,又变戏法似的从包里掏出一瓶白葡萄酒,问我看她像不像田螺姑娘。我说像。

她正在倒酒的手突然僵住,她说不对。

我知道她说的是气氛,以往她带着美食进门,我会跳起来拥抱她,亲吻她,和她滚在沙发上腻歪一会儿。可今天我心事重重,像个抢银行时留下了犯罪线索的抢劫犯般坐卧不安。

我不知道是不是该告诉她,她的父亲,身为央企老总的范忠迁,因为帮谭庆龙办假保外就医,即将面临云谲波诡的命运。

是的,就像陈枢所说,告诉她也没用,只会徒增她的焦虑和慌张。

我抱住她的腰,脸埋在她的小腹上,说今天帮人调查个案子,跑了一天累了。她捏我鼻子,笑说:"刑警梦还没灭呀?"

我笑,倒上葡萄酒,举起来晃了晃,隔着明黄色的葡萄酒看她。她是恍惚的、不真实的。我觉得痛,像有人攥住了心脏往下揪一样地无法遏制。后来我们喝光了一瓶葡萄酒,纠缠在一起,并没有脱衣服,这是我们在一起以来,唯一一个在一起却没做爱的夜晚。

范小舟趴在我身上,面部炙热,呼出的气息里有淡淡的白葡萄酒味。我心乱如麻,终还是保持了沉默。晚上十点多,我给她叫了代驾,目送她远去后,我叫了辆车去陈枢家。

陈枢家客厅的地板上摆满了谭庆龙的东西,他和曲露露像两个军事专家看沙盘一样,站在那儿逐样分析。陈枢说已把药瓶交给了局里的技术侦查室,除了帮着化验药物成分,他们还会调取指纹,这些东西也要交过去筛选,留取物证。

我把自己扔在沙发里,抱着脑袋垂头丧气。陈枢坐过来,问怎么了。我说我对谭庆龙是不是被谋杀毫无兴趣,我只关心自己该怎么面对范小舟。

陈枢没说话。

我说陈枢,我不想让范小舟难过。

陈枢看了我一会儿,说:"谢磅礴,你要不是个警察,你可以这么说。但你是个警察,说这种话你不觉得羞耻吗?"

让他这么一说,昔日那个混不吝的谢磅礴就回来了。我说:"装什么装? 就你有职业使命感! 就你有担当! 你有担当你把谢福哉的案子破了呀,都他妈的十四年了,案子没破,连个交代都没有,你还有脸问我羞不羞耻? 我告诉你陈枢,我爱范小舟,从过去到现在到将来,我始终如一地爱着这个女人。现在,我只想保住我的爱情,我只想让范小舟快乐,我不想她伤心,更不想看她掉眼泪。"

陈枢说:"那谭庆龙呢? 他就该死吗?"

我说:"谢福哉也不该死,但是谢福哉死了十四年了。没有人为他的死负责,这个世界也没因此停止运转。作为他的儿子,我也健康长大,没成为社会栋梁,但也没成为害虫。像谭庆龙这种地头蛇,还不知道欠下了多少人命债,他死了才是对这个世界最大的贡献。"

曲露露不愿意了,说:"谢警官,作为警察你怎么能这么说话?"

我说:"我怎么说话了?"

曲露露说:"作为老师,我也知道有些孩子拼上性命也考不上大学,成不了精英,但我永远不会跟他们说不管努不努力,成为混迹于社会底层的蝼蚁都是他们的宿命,否则我就不配为人师表!"

我说:"曲露露你别拿老师是人类灵魂的工程师那套来压我,我上了十七年学,至少在几十个人类灵魂工程师手里过了一遍,真正能触及我灵魂的,我就没遇上过。"

曲露露说:"人和人不一样,那是你灵魂的铠甲太厚。"

我觉得她这是在说我皮糙肉厚不要脸,就也不客气了,说:"曲露露,咱都别唱高调,扪心自问,你不自私吗? 难道你不知道谭庆龙是什么人? 他的为非作歹你不会不知道吧? 你揪着他的死不放难道是为了正义？你觉得他死得冤,不过就是为了回报他供你读书的那点恩。"

曲露露让我说得哑口无言。

陈枢打开大门,说:"谢磅礴,你走吧,别逼我说难听的。"

我让陈枢告诉我,十四年前,到底是谁杀死了谢福哉。

陈枢说他会查的,只要他活着,他就不会放弃这个案子。

我坐在门口的换鞋凳子上,抱着疼痛欲裂的脑袋,让陈枢告诉我我该怎么办。以前,别人说度日如年,我体会不到那是什么感觉,而现在我体会到了度秒如年。

陈枢拖了个马扎,坐在我对面,定定地看着我,想必是要安慰我,可此刻,我们都体会到了语言是多么乏力。

之前我听范小舟说过,像范忠迁这种央企老总,看上去风光,其实很辛苦。干得好,位子坐得牢,下面的人给你鼓掌;干得不好,下面的人巴不得你栽下来给他们腾地方。

一旦范忠迁因为帮谭庆龙办假的保外就医接受调查,整个公司上层必然乱套,对于早就想把他掀下来往上爬的人来说,这是千载难逢的好机会。

我厚下脸皮,抱拳给陈枢作揖。陈枢说对不起,局领导知道这个案子了,也开会讨论过了,正在内部核查,这个案子必将立案调查,就像点火的卫星,所有拦截都是螳臂当车。

我起身回家,一头扎到床上,昏头昏脑地睡到第二天早晨。洪雪娇来电话,说家里进贼了。我一惊,问她和洪小邪有没有事。她说没事,就是我放在阳台上那堆破烂没了。我松了一口气,说没进贼,是我回去拿走了。洪雪娇生气了,嫌我回去拿东西也不说一声,吓得她都要换防盗门了。我看时间不早了,忙说要上早班,挂断电话洗漱完就往所里跑。

因为担心范忠迁,我一上午都精神恍惚,打了好几个电话给陈枢,问那两瓶药的成分检验出来了没有。陈枢说还没出来,马上要去看守所提审。提审犯人不让带手机,我明白,他这是不让我给他打电话了。我心里烦得像把干草点上了火,一上午都鼻子不是鼻子脸不是脸。

范小舟的庭辩结束,从法庭出来给我打电话,说庭辩精彩,案子稳赢,要一起吃午饭庆祝。我没心情,说正出警,可能一时半会儿忙不完,等晚上我请她吃。

其实,我是在等陈枢那边的化验结果。我想只要药物的化验结果出来,无论如何,我都必须跟范小舟交底了。事已至此,我只是不想她更恨我。

熬到下午三点,陈枢来电话了,说药片是硫酸奎尼丁,是用来治疗心脏病的,但如果没有心脏病的人大量服用,会产生心律失常、心脏停搏等不良反应,严重的会致人猝死。在临床上医生使用这款药都很谨慎,谭庆龙就是靠吃这个药成功骗取保外就医的。

这和我猜的一样,我觉得心里有座雪山,凝结成块的雪稀里哗啦地往下掉。我知道,范忠迁要完了。

我挂断电话,坐在街边马路牙子上,像被困在斗室中的人,又遭到了雷电的追劈,无处可逃,只有承受。车子从我眼前疾驰而过,有几辆车路过我时放慢了车速,应该是怕我一跃而起撞上去。

我起身,往我租住的公寓溜达。范小舟发来微信,问我晚上想怎么给她庆祝。初出茅庐独立办案的新律师打赢一个曲折的官司,我能想象出她的兴奋,但我完全没有心情,却又不能在这时候泼冷水,就说:"请你吃火锅吧,红红火火,象征你的事业蒸蒸日上。"

她回:"这话不像你说的。"

我问:"哪里不像了?"

她说:"因为很俗气啊。"

我没有再说下去。范忠迁即将倒霉的事实像泰山压顶,即将把我压成齑粉，我却无论如何也张不开嘴告诉范小舟，太折磨了，像被捆绑的人在被千万条虫子啃咬。到家后，我打开电视，想分散一下注意力，却睡着了，梦见我和陈枢把范忠迁带走了，穿着高跟鞋的范小舟在警车后面追，声泪俱下，问我为什么要带走她爸爸。我心如刀绞，就醒了，呆呆看着天花板，拼命想，到底要怎么提醒她范忠迁最近要出事才不至于吓着她？可如果她问要出什么事，我怎么说？说我和陈枢查谭庆龙的案子时顺藤摸瓜牵出了她爸爸？我不敢继续往下想。

我告诉与不告诉她的区别，不过是，有人正在睡觉，老虎来了，无论喊醒还是不喊醒，都无法逃脱他被老虎吃掉的命运。既然如此，我宁肯他在睡梦中被吃掉，至少不必惊恐地绝望。

我打定主意，在范小舟面前沉默，尽管这很残酷。下午四点五十分时，陈枢突然来电话，说有新情况，让我过去。我说我约了范小舟吃饭。陈枢火了，问："吃饭重要还是办案重要？"

我嘴上极不情愿，心里却如释重负，有种被拯救感，不必面对范小舟承受内心煎熬。我给范小舟发微信，毕竟是我爽约，怕打电话会被她劈头盖脸地凶一顿。结果，范小舟的电话还是打过来了，连珠炮似的，说她心情大好，我却放她鸽子。我只好说市刑警队的朋友找我帮忙办案子，机会难得，正好历练历练。

因为心虚，我说完这席话，冷汗就下来了。

范小舟问什么案子，要晚上去办。

我撒谎说目前还不知道，陈枢来电话让我过去。

范小舟一听是陈枢，似乎不那么生气了，气哼哼说："办案的时候和陈枢打过几次交道，人很轴，十四年都没把你爸的案子破了，你还搭理他干什么！"

我说当年破案条件有限嘛，问她还生不生气。范小舟说生气不利于美容，她才没那么傻呢。我问，我不能陪她吃晚饭了她干什么。

范小舟说这段时间因为我总惹父母生气，回去哄哄他们。我说替我好好哄哄他们。范小舟让我别自作多情了，想让她父母高兴最直接的办法就是说她跟我掰了。我说好吧，总之，除了和我分手这一条，请她怎么能让父母开心就怎么哄他们。她说知道啦，让我踏踏实实地去帮陈枢办案，为将来调到刑警队铺路。我"呵"了一下，说我哪儿也不想去，只要有她在我身边就行了。这句话是真心的，如果让我在范忠迁平安无事和我调刑警队之间做选择，我肯定会选择范忠迁平安无事。

挂了电话，离陈枢家已经很近了，我打电话让他下来。陈枢用鼻子"嗯"了一声。

陈枢家是一栋高层公寓，独立于一片建于二十世纪九十年代的多层楼宇中，特别显眼。月朗星稀中，老远就看见陈枢站在公寓门口仰着头看天。

我从车上下来，问什么情况。

陈枢看了我一眼，说先回家。

我以为他要回家拿什么，就跟他进了公寓。在电梯里，他看壁上的电子显示屏，不看我，好像我们之间有让彼此看对方一眼都觉得尴尬的事。

陈枢打开门，菜肴的香味劈头盖脸地扑上来。我愣了一下，看见曲露露正系着围裙在厨房和客厅之间忙活。曲露露见我来了，不好意思地笑了一下，说这几天辛苦我们了，她做顿饭向我们表示谢意。

我看看陈枢："你说的有情况，就是曲老师要犒劳犒劳我们？"

陈枢说："不行啊？"

我急了："我放着女朋友的饭不吃和你一个糙老爷们儿吃什么饭？"说着，我转身就要走，却被陈枢一把拉住了。他沉着脸，一副风吹不动的样子，手上却下了死力气。我挣不开，就坐下了，问他到底想干什么。陈枢给我倒了杯酒，摆到我面前，说："我是为你好。"

"为我好就是撒谎搅黄我和女朋友的约会？"

陈枢点点头："我怕你把持不住。"

我承认他说得对，虽然我恨不能每天二十四小时和范小舟腻在一起，可一想到我和陈枢干的事已无法挽回地把范忠迁拖进了旋涡，我就跟胸口揣了只刺猬似的不自在。现在，因为我心里有愧，我怀疑我见着范小舟都不敢看她的眼睛。

陈枢端起杯子，和我碰了碰，说："我已经打报告了，打算把你借调到市刑警队。"如果这是以前，我会高兴得跳起来，但今天我一点儿也不高兴，甚至有种莫名的罪恶感，觉得进刑警队是我用把范忠迁挖出来送进监狱换来的，范忠迁是我最亲爱的女朋友的爸爸呀。

复杂的情绪让我如芒在背，如同亲手鞭笞了范小舟的心脏。

我甚至想，我应该在预感到这件事有可能牵扯到范忠迁时就强行制止陈枢。

但，我能制止得了吗？

我觉得自己很卑鄙，在拼命地找理由原谅自己对范忠迁的不仗义。所以我问陈枢，如果谭庆龙的案子查到一半我觉得不对，喊停，他会停吗。

陈枢好像洞彻了我的心思，说："谢磅礴，你是警察。"

我说我从没像现在这么后悔我是个警察。

"你可以不是警察，但维护社会公平正义的警察队伍依然会有。谭庆龙依然会被谋杀，曲老师依然会为表哥申冤，她不找到你也会找到张警察、李警察，总有一位警察会插手这桩案子，范忠迁早晚会被抓。"

我不说话，也不想喝酒。喝酒是自我麻痹的逃避。我推开酒杯，说："陈队，如果我想强大，我就不能买醉，酒精解决不了任何问题。"从十二岁到现在，这是我第一次叫他陈队。

他拍拍我的肩，说好，也推开了自己的酒杯，仰在沙发靠背上，说有时候喝醉了能舒服点。

我说我爸也这么说过，说喝醉了以后，就感觉不到这个世界的敌意。

"记得吗？我说过，你在基层派出所锻炼几年，我就争取把你调进刑警队。"陈枢说。

"难道不是搪塞吗？"我问。

"搪塞？我不求你又不怕你，有什么好搪塞的？不想要你我就直说了。"陈枢答。

"你欠谢福哉一个真凶，我是他的儿子，现在我继承了你对他应当偿还的债务。"我说。

他怅然，说他从警二十年，从来没遇上过谢福哉这样的案子，现场干净利索，简直是老天在帮凶手逃匿。

那天晚上，曲露露做了一桌菜，陈枢搬回家两箱崂特，只开了一瓶却谁都没喝，我们仰在沙发上，说了很多。陈枢说："以后你下班就来我这里吧。"

我看着他，没说话。

"你来我这里，就说加班。总有一天范小舟会知道，但是，你忙得没时间见她和见了她却没告诉她性质不同。如果是前者，她爱你就会替你辩解；如果是后者，她想编个借口原谅你，都没机会，明白吗？"陈枢说。

"需要我感谢你吗？"我问。

陈枢摇头，问我知不知道他是怎么和前妻离婚的。我说我好像没那么八卦，不爱打听别人的隐私。

陈枢说，七年前他办的一个案子牵扯到前妻的哥哥，在侦查阶段他被队里要求回避，职业纪律使然，他不能在前妻面前走漏风声。后来前妻的哥哥被捕入狱，前妻难以接受陈枢对一直照拂他们的大舅哥如此铁面无私，就提出了离婚。他努力求前妻原谅，但前妻心坚如铁,终还是离了。陈枢说当初他应该申请去外地办案的,如果他在外地,可以有充足的理由说不知道大舅哥的案子。

说完,他看着我问:"你和我掺和在一块儿调查谭庆龙的案子范小舟知道吧?"

"知道。"

"所以,你怎么会不知道她爸被卷进来了?"

"那我怎么办?"

"躲着她。"

"为什么?"

"如果你在这时候还和她风花雪月、郎情妾意,等她知道真相后会怎么看你?"

"会恨我吧?"

"对,不仅仅是恨。"

"不见她,她也不见得不恨我啊。"

"至少你没一边往坑里拖她爸一边和她郎情妾意,就显得没那么卑鄙。"

"说到家,还是掩耳盗铃的把戏。"

陈枢说知道,但他想不出更好的办法。

曲露露也觉得对不起范小舟,当初找她纯是因为谭庆龙活着的时候留下过话,让她有难处找范家,范小舟热忱帮忙,没想到帮成了引火烧身。曲露露小声说:"要不我跟她解释一下?"

"你怎么解释?"陈枢问。

曲露露说:"谁也没想到事情会走到这一步,再说了,她爸爸给我哥药,也是为了帮我哥。"

"但触犯了法律。"陈枢义正词严道,"你觉得范忠迁是好意,那是因为他帮的是你表哥。如果谭庆龙不是你表哥,你也不认识他,当你听说黑社会老大和央企老总是邻居,两人曾相互帮忙相互成就,你不会认为他们之间有值得珍惜的友谊,而会认为是黑势力和权力的狼狈为奸,除了危害人间,对这个世界没任何积极意义。范忠迁帮谭庆龙逃避法律制裁,也只会让你认为他们是沆瀣一气的社会毒瘤。如果犯罪分子都攀缘权柄,逃避法律的制裁,那么法律还有意义吗?这个世界还会好吗?"

我和曲露露哑口无言。

陈枢说下午局里已开会讨论了,如果谭庆龙的保外就医有假,那么他就不可能死于心脏病发作,针对他的死因会马上立案调查。

我问,依他的经验看,如果假保外就医坐实,范忠迁会面临什么处境。

陈枢说案子的焦点是谭庆龙的死因,解开他真正死因的必经程序之一,是核实他作假办保外就医。韩猴子是社会闲杂人员,在整个案子里的作用最多是谭庆龙和范忠迁的通讯和运输工具,对谭庆龙保外就医起到关键作用的是范忠迁。对韩猴子的处罚,可能是拘留十天,但范忠迁就不同了,他是国家干部,知法犯法,轻则刑事拘留,重则判三年以下有期徒刑,政治生命就彻底完了。

曲露露很内疚,说早知道会牵连到范忠迁,谭庆龙的冤不申也罢。

人生要是真有"早知道"之类的假设,就不会有"抱憾终生"这个词了。

第二十二章

午夜，我和曲露露站在街边等车，面面相觑，彼此都不自在。曲露露说她没脸见范小舟了，而我，则是预见了我和范小舟的未来正在无路可逃地被寸寸淹没。

我整晚上没勇气看手机，怕看见范小舟在微信里和我说她爸爸被警察带走了，问我知不知道怎么回事。我回家洗完澡，上床，才鼓起勇气去看微信。范小舟已发来好多文字，说她回家买了妈妈最爱吃的甜点，叫了爸爸最爱吃的菜，可马屁还是拍在了马蹄子上，整个晚上，他们吃着她买回去的吃的，对她狂轰滥炸。她说的最后两句话是："谢磅礴，你上辈子是不是挖过我家祖坟？要不我爸妈怎么能这么排斥你？"

我回了一句话："你爸妈也许是对的，我身上确实有很多不招人待见的地方。"

范小舟几乎是秒回："那是因为他们不了解你。"说完，要和我视频。

我说还在和陈枢分析案情，不能视频。她问分析什么案情。

我决定跟范小舟说一部分实话，说谭庆龙的死可能不是自然死亡,局里已立案,下一步就要展开调查了。

学法律的人好奇心强,范小舟也是,问我们为什么觉得谭庆龙不是自然死亡。我说他没有心脏病。

范小舟很兴奋,说那他的保外就医大有学问啊。

说得我心脏狂跳,不敢多说了,就说陈枢叫我,不能和她聊了。

她说好吧,她也高能战斗了一天,累了,睡觉。相互道了晚安,我四仰八叉在床上,迷迷糊糊地睡着了。次日上早班,我满脑子都是范小舟和范忠迁,心神不宁地经常说错话,何小风问我怎么了。

我说事多,没睡好。

何小风一脸同情地看着我,问:"跟女朋友闹别扭了吧?"

我白了他一眼,说:"我发现你怎么就不巴望我点儿好。"

何小风就笑嘻嘻地说:"咱是平民老百姓的儿子,就得务实点儿。女朋友找个差不多的就行了,攀太高了,容易掉下来摔伤自尊。"

我让他要么闭嘴,要么滚。

何小风悻悻地说他是为我好,昨天晚上他父母说有人碰见丽丽姐的爸爸了,说丽丽姐嫁给了一个土豪,是让人骗婚的,土豪后来死了,丽丽姐现在过得挺惨的。

我说:"怎么,打算去拯救她于水深火热?"何小风摇摇头,说不知道她在哪儿。可能因为牵挂着水深火热中的丽丽姐,何小风出警时态度很差,差点被揍才老实了。

中午陈枢来电话,说局里对谭庆龙的死正式立案调查,已传唤韩猴子,下一步可能就是范忠迁了,让我做好准备。

我呆呆握着手机,不知如何是好,下班后也没敢回湛山公寓,而是回了八大峡的家。我去团岛早市,发疯似的买回了一堆海鲜,在厨房忙得满头大汗。范小舟在微信里问我今天下班干什么。我说八大峡房子的下水管道又堵了,我过来帮着修理,估计得忙活一晚上,让她别管我,玩自己的。范小舟色色地说了一句"想和你睡觉"。

我内心轰的一声，像有一万堵墙坍塌了下来。剧痛。

　　这是我第一次知道，胃是有情绪的。因为内心的不安，胃好像皱成了一团，拧麻花一样地痛，我一手顶着胃的位置一手挥舞着锅铲，做了一桌色香味俱全的海鲜大餐。洪雪娇和洪小邪进门，都被丰盛的餐品惊呆了。她们喜形于色，扑到桌前，边吃边问今天有啥好事把我高兴成这样。

　　我如鲠在喉，啥也吃不下更说不出，只是呆呆地看着。洪雪娇到底是我妈，她还是了解我的，小心翼翼地放下筷子，问出了什么事。

　　我一句话也说不出来。

　　洪小邪说："还用问？肯定是被我小舟姐甩了！"话音刚落，门铃就响了。洪雪娇去开门，然后是她下意识地"啊"了一声，说小舟啊。

　　我的心几乎要像受惊的兔子一样跳了起来。范小舟的高跟鞋声，嘟嘟地敲击着当年谢福哉亲手挑选的瓷砖地板，边往里走边问洪雪娇管道修好了没。

　　洪雪娇不知就里，但又意识到她能这么问一定有周章，就东张西望地看我。见我冲她眨眼，她大致明白了，说好了好了，只要有磅礴在，我们家没有修不好的东西。说着，她问范小舟吃饭了没。范小舟说没呢，听说我在这边修下水管道，下班就过来了，本想等我忙活完拉我们出去吃，没想到碰上这么丰盛的一桌子。

　　洪雪娇给范小舟盛米饭添筷子，说我们家一年三百六十五天难得在家开火做饭，今天谢磅礴不知遇上啥高兴事了，在家烧了一桌子，比年夜饭都丰盛，可不能辜负了他一片心意。

　　范小舟就迷糊了，看着我，问下水管道堵了怎么洗菜做饭的。洪雪娇意识到我撒的谎是回家修下水管道，马上利落地接过话茬给我打圆场，说现在修下水管道比过去简单多了，配件都是成套的，买回来换上就行了。

　　我使劲晃了一下脑袋，回过神，附和洪雪娇说："是啊，比我想象得简单多了。"

范小舟点点头，很相信我的样子。

洪雪娇和洪小邪都意识到我跟范小舟撒了谎，但不知道我为什么要撒谎，每说一句话，都很斟酌。话一斟酌，就拘谨了，仿佛各怀鬼胎，一桌海鲜吃得索然无趣。范小舟觉得不正常，这不应该是我们家的气氛，就一眼又一眼地看我。我装傻，拿筷子点着菜张罗她们品尝。

饭后，我往厨房收拾碗筷，范小舟追进厨房，问："谢磅礴，怎么回事？"

我装傻："什么怎么回事？"

她说："以前你们家人不这样。"

我问："哪样？"

她想了想，说："我觉得你们家人今天晚上都显得特别正经。"

我装作她冤枉了洪雪娇和洪小邪的样子，说："她们俩一直都在努力学习做淑女，一直很正经的。"

范小舟"哼"了一声，把空碗放进洗碗池里，用脚勾开洗碗池下面的橱柜门，然后不动声色地看着我。

洗碗池下面的橱子里塞满了不用的塑料桶和盆子，因经年不用，上面积着层层叠叠的水渍和灰尘，还有东拉西扯的蜘蛛网。因为开了橱柜门，蜘蛛被突如其来的亮光吓得连滚带爬着逃跑。

如果我刚刚帮洪雪娇换完下水管道子，不可能是这样。就算我不清洗这些盆盆罐罐，至少蜘蛛网会被扯断。昭然若揭的骗局，让范小舟感受到了莫大的伤害，她说："谢磅礴，我需要一个解释。"

我推着她往外走，说："好的好的，没问题，我一定给你解释。"

范小舟的手机就是这时候响起来的。

洪小邪拿着她的手机跑进来，说："小舟姐，咱哥电话。"

和范小舟说话的时候，洪小邪的嘴永远甜得像刚刚偷吃完蜂蜜。本来范小舟还想和我争论两句，可看到洪小邪过来了，就放了我一马,接过手机叫了声哥,没一会儿脸色就变了,问了一连串为什么。

我心如鹿撞,问她怎么了。

她去客厅抓起车钥匙就往外跑。洪雪娇和洪小邪眼巴巴看着。范小舟连声再见都没来得及说就跑出门。我追下楼梯,问怎么了。范小舟说:"我爸让公安带走了。"

我心里轰的一声,仿佛爆炸。

我目瞪口呆地站在楼梯上,扶着已被各种野广告涂画肮脏的墙,好像被人施了定身法。范小舟下到二楼,见我没跟下去,站在楼梯上喊:"谢磅礴,你快点。"

我应了一声,一步步往下挪,到了楼下,她车子已发动好,正心急如焚地看向我,我慢吞吞走出楼道,犹如母鸡在艰难地产下一枚巨型鸡蛋。

上了车,我不敢看范小舟的眼睛。幸亏范小舟心思都在范忠迁身上,她百思不得其解为什么公安会把她爸爸带走。我什么也没问,这个时候我可以沉默,但不能演戏,否则我将无法原谅自己。

范小舟开着车,几乎哽咽着说她知道她爸的缺点,她也很讨厌,但她可以对天发誓,她爸不是坏人甚至很有公德,自从青岛市实行垃圾分类以来,他每天早晨都会检查分类垃圾桶,生怕她妈妈弄错了给环卫工人添麻烦。她爸这样的社会良民,怎么会和警察扯上关系呢?

我插不上嘴。她也不需要我插嘴,她不停地分析种种可能,说难道因为他们家违章挖地下室。可都已过去十几年了,秋后算账也不用等到这么深的秋吧。她侧脸看我,炯炯的目光希望我给出一个合理的答案。我说别瞎猜了,去拘留所看看就知道了。

范小舟妈妈坐在沙发上的样子,像被人抽掉了魂魄。我的到来让范小强很不悦,跟范小舟甩脸色说连怎么回事都不知道,她让外人卷进来干什么。

范小舟理都没理他，让我坐，问她妈妈怎么回事。

到底是央企老总的老婆，范忠迁老婆是见过世面的，不像普通家庭妇女，丈夫被公安带走，就跟天要塌了似的话都说不成个儿。她虽然不安，但很从容，说范忠迁没回来吃饭，她也没当事，以为临下班又被公司事务缠住了脱不开身——在她给范忠迁做老婆的三十多年里，这是常态。晚上八点左右的时候，范忠迁的助理来了，说下午三点多，范忠迁被刑警带走了，说是协助调查案子，公司高层动用了各种关系，也没打听出所以然，就派他到家里看看，看家里接没接到通知，知不知道到底是怎么回事。

范忠迁老婆说："你爸是个连分类垃圾分不好都不让扔的人，能犯什么事？"

范小舟让我给陈枢打电话，看他知不知情。我明知是怎么回事却不能说，而我也知道，我现在不说终究是纸里包火，烧透是早晚的事，但我还是宁愿多捂一会儿。我不想范小舟恨我，哪怕少恨一分钟也好。

我说他们有纪律，就算知道也不能说。我的无动于衷让范小舟火了："他有纪律难道你们没交情吗？"范小舟不了解，可我了解，陈枢办案的时候铁面无私，要不然就不会连自己大舅哥犯了事回家都不吭一声。我甚至怀疑，市刑警队动作如此神速，完全是因为我。因为身为队长的陈枢知道范忠迁的女儿正在和我热恋，他怕我把持不住走漏风声。

范小强也火了，指着我大骂，也骂范小舟有眼无珠，现在才看清我的真面目。在他们全家心急如焚的时候，我却和他们讲什么纪律原则。

没辙，我只好给陈枢打电话。

陈枢没接，我猜陈枢可能正和他的伙伴们提审范忠迁，趁热打铁是惯例,趁犯罪嫌疑人惊魂未定,连轴转审问。我给陈枢微信留言,让他有空回我电话。范小舟是刑事律师,在工作中也认识一些办案民警,也逐一打了电话,但也什么都没问出来。

气氛沉闷,我深感窒息,跟范小舟说公安那边应该不会有消息了,起身告辞。范小舟出门送我。我站在街边叫网约车,青岛的冬天,风又冷又潮,贴着脸冷冰冰地蹭来蹭去。范小舟裹紧大衣,看着我,突然问:"谢磅礴,你今天怎么回事?"

我说什么怎么回事。

范小舟一下子蹲了下去,哭了,说:"谢磅礴,我家都这样了你还撒谎,你家下水管道根本就没坏,你为什么要撒谎?你是不是有事瞒着我?"

我脑子里"嗡"的一声,万没想到在这个时候范小舟还能想起我撒的那个谎。我不能坦白,否则以范小舟的心情和脾气,我们会立马完蛋。我磕磕巴巴撒谎,说因为洪小邪,她给我打电话,说想吃我烧的海鲜大餐。

"所以你就骗我?"

我说:"你也知道,我对小邪就相当于半个父亲,向来有求必应,我怕你觉得在我心目中她比你重要会生气才撒谎的。"

"我有那么小气吗?"

"不,你才不是那种小气鬼呢,我承认,我这人不敞亮,习惯以小人之心度君子之腹。"说着,我也蹲下去,把她揽在怀里,吻着她的头发,内心却是一片苍茫。

陈枢的电话是凌晨两点打过来的,声音听着很疲惫,没有寒暄也没客气,开门见山说范忠迁承认了,硫酸奎尼丁是他让韩猴子夹带给谭庆龙的。谭庆龙保外就医出来后,每隔三个月就要去指定医院检查,为避免被送回监狱继续服刑,每次去医院前,谭庆龙都大量吃硫酸奎尼丁。范忠迁曾劝过他,让他换个其他能蒙混过关的病继续保外就医，大量服用硫酸奎尼丁太危险了。可谭庆龙不听，觉得反正吃了药就去医院，一旦有危险也能被抢救回来，懒得费心去装其他病，没想到他还是把自己害死了。

我吃惊于范忠迁怎么会这么痛快地承认。陈枢冷笑，说："你是以为刑警都是吃素的，还是觉得范忠迁老实憨厚经不住吓唬？他是在证据面前不得不低头。"

我问什么证据。

陈枢说他要遵守纪律，不能跟无关人员探讨案情，说完便不由分说挂断了电话。我很生气，觉得他把我当无脑肉鸡了，又打回去，问什么时候放范忠迁。

陈枢像舞台上被气笑了的曹操一样"哈哈"干笑了几声，说："你家犯罪分子交代完罪行就能放回家洗洗睡了？"

我说："陈枢！你查的是谭庆龙的非自然死亡，不是范忠迁！"

陈枢也火了，吼道："谢磅礴我再跟你说一遍，范忠迁徇私舞弊让谭庆龙成功保外就医是谭庆龙非正常死亡立案的根本！范忠迁是犯罪嫌疑人，他不是无辜的也不是证人！"说完，他又吼了一句："我困死了，别给我打电话了，打了我也不接。"

我不屈不挠地继续打电话，陈枢也不屈不挠地一响铃就挂断。

我的手机上一堆未读微信，范小舟问陈枢给我回话了没，洪雪娇和洪小邪也问我范小舟家出什么事了。而我都无以为答。

次日上午，范小舟过来接我，说警察把范忠迁的刑事拘留通知书送来了，让我陪她去拘留所看范忠迁。我说成，但我不是直系亲属也不是律师，可能会被拒之门外。

范小舟说知道，她就是想路上有个人说话。

路上，范小舟也没再问陈枢给没给我回话，平静得让我忐忑，我就主动告诉她陈枢来电话了，但他是个守纪律的人，不能透露更多消息。

她"嗯"了一声,把车子缓缓滑到路边,停下来,回头看着我,眼神特别无助。我从没见过范小舟这样,觉得难受极了,想抽自己耳光。

　　范小舟伸手摸我的脸,看着我说:"你一定知道什么。"

　　千言万语都在嘴边,我却没有勇气说出一个字。她的手从我脸上放下来,就像放过了对我的温柔逼迫,说:"谢磅礴,我这两天就一直觉得你哪儿不对劲。但我不逼你,你是警察,警察是有纪律的。"

　　她心平气和得仿佛无事发生,说完继续开车往看守所去。

　　果不出所料,在看守所,我被排除在范忠迁的会见名单外。

　　半个小时后,范小舟出来,眼里隐约有泪光。我知道,她虽然能见到范忠迁,但不能谈案情,我就问范忠迁情况怎么样。

　　范小舟说还好,她叮嘱了一些律师应该叮嘱的话,然后深深看了我一眼,说大多数时间在谈我。我心虚得一惊,说:"你爸得有多讨厌我,都这时候了还不忘让你离我远点。"范小舟很意外,说:"你怎么知道?"我说:"猜的,你爸有多不喜欢我,我又不是不知道。"然后跟她说了范忠迁经常去所里找我,只为说一句让我对她死心的话。我说:"你爸可能是怕自己在里面的时候,我乘虚而入把你骗回家。"

　　范小舟说:"我至于那么没心没肺吗?"

　　我问她是不是打算亲自给范忠迁辩护。

　　范小舟警惕地看着我,好半天,又问我到底知道些什么。

　　我艰难地吞咽下一口唾沫,就像吞咽一坨棉絮,说:"小舟,谭庆龙没有心脏病。"

　　范小舟晕头晕脑地看着我:"他没有心脏病和我爸有关系?"

　　我点头。

　　范小舟显然一时没绕过这弯来:"那……说明他真的不是死于心脏病。不是死于心脏病,他就是死于谋杀了?不可能,我爸不可能!无缘无故的,他杀谭庆龙干什么?"

　　我抱着她,让她别激动,说谭庆龙不是她爸杀的,但谭庆龙能保外就医出来是因为她爸。

范小舟问我是怎么知道的。

我知道瞒不下去了,除了陈枢办案的细节,我把我所知道的从头到尾和盘托出。我一遍遍说对不起,我没想到事情会走到这一步,早知如此,我无论如何也不会让陈枢插手。

范小舟看着我,眼泪噼里啪啦地往下掉,说:"谢磅礴你跟我道什么歉?你知不知道你这么说让我连死的心都有了?罪魁祸首是我!是我!我不该让你帮曲露露去查什么谭庆龙到底是不是死于谋杀,如果我不多此一举,我爸就什么事也没有,是我害了我爸!"

泪水不停地从范小舟脸上滑落,好像她的眼睛里埋着细小的水管,水管已失控,泪水喷涌着越过她的面庞,漫灌一样地流淌。

她的车风驰电掣,路的一边是山一边是悬崖下的海。我知道她内心的痛,就像知道自己的痛,她的痛比我的痛还要加倍剧烈,因为范忠迁是她的父亲。我叫她的名字,想抱她,张着手却无处下落。我再一次觉得自己罪孽深重,不知该如何救赎。

后来,交警追了上来,拦停了她。

我说,我的女朋友刚刚遭受了家人变故的重创,希望他能手下留情。

他让我打开车门。然后,我们就看见了泪流满面的范小舟。范小舟跟交警说对不起。交警转身对我说:"别让你女朋友开车了。"我说,好的,谢谢。

范小舟下车,坐到副驾驶。我启动车子,从后视镜里看到交警默默地看着我们并扬起了手,我想,他是在祝福我们吧。

人的心,在动了恻隐的时候,柔软而美丽。

我握范小舟的手,她的手湿漉漉的,沾满了泪水。

范小舟说从现在开始,她不能出任何差错,因为她将全力以赴为范忠迁辩护。

第二十三章

范忠迁被公安带走成了当地新闻。网上各种谣言像雨后的笋子,此起彼伏,疯狂地往外冒,刀尖一样刺伤范小舟和她的家人。

最粗暴简单的谣言是范忠迁贪污受贿,利用儿子范小强的公司中饱私囊。有的人不知从哪儿扒来他的办公室照片,说他一个人独占一层楼,有好几十个情人。有人说是他办公室马桶堵了,师傅去修,才发现马桶的回水弯被用过的安全套堵住了。还有人说范忠迁不仅有情人还有私生女,点名道姓说到了洪小邪,说范忠迁的老婆迫于淫威,也只能睁只眼闭只眼,容忍荡妇洪雪娇携私生女逢年过节上门表演合家欢。这条谣言气得我血脉偾张,留言警告,让造谣的等法院传票,然后这人没等我截图就删文了。

总之,那段时间,谣言像被洪水推上岸来又因洪水退去而被滞留在岸上的水生动物,各色各样,活蹦乱跳。

还有人跑到学校门口看洪小邪,跟踪她、偷拍她,发到网上感慨怪不得都说私生的漂亮。漂亮成了洪小邪是私生女的铁证。

洪小邪是范忠迁私生女的流言传遍了大街小巷,几个曾觊觎洪小邪美貌而不得的学渣可算找到了讨好洪小邪的机会,他们纷纷表示将一如既往地喜欢洪小邪,不在乎她的私生女身份,如果谁敢拿这事欺负她,他们决不答应。

洪小邪信以为真,她没见过谢福哉,对他没感情,也没姓他的姓,每次说起谢福哉都冷冰冰的,不带半点感情色彩,好像谢福哉只是某年某月某一天到我们家干过几小时零活的民工。范忠迁对她挺好,给他当女儿也没什么不好的。她和洪雪娇说,等范忠迁释放了,她要去看守所门口接他,拥抱他,亲亲热热地喊他爸爸,跟他说她很高兴是他的女儿。

洪雪娇气疯了,说洪小邪嫌别人埋汰她们埋汰得不够,自己拎桶大粪往身上泼。

洪小邪坚信谣言是真的,要不然她们每次去范忠迁家范忠迁老婆的脸怎么那么难看。而范忠迁明知道她去家里老婆会不高兴还让她们去,这就说明她们在范忠迁心目中是有分量的。

洪小邪一条条罗列她就是范忠迁女儿的证据,洪雪娇哑口无言,只好把我喊回来。

我告诉洪小邪,人不能只长得漂亮,三观也得正,要不然就是《聊斋志异》里化成美女专取书生魂魄的妖孽。

洪小邪问她哪儿三观不正了。

我说她领下社会上的谣言,自认是范忠迁的私生女就是没有羞耻心,这是可怕的。

洪小邪说:"既然做范忠迁的女儿是可耻的,那你为什么爱范小舟?"我说:"因为范小舟是范忠迁合法出生的女儿,得到了亲人和全社会以及法律的祝福和准许。但私生女不是。就像钱,钱本身并没有罪,但如果钱是偷来的,就是罪恶肮脏的象征。"

洪小邪呆呆地看着我,好像脑袋里攒了一万个疙瘩,也好像在努力想明白这其中的关系:"可是,给谢福哉当女儿有什么好处?"

我说:"给谢福哉当女儿就好比你是钱,虽然面值不大,但你是通过正当渠道挣来的,明白吗?"

洪小邪表示我说的道理太深奥了,以她的年龄完全理解不了。范忠迁很牛,对她很好,给他当女儿很荣耀。看看范小舟,走到哪里都能骄傲地领受别人送上来的恭维。

洪小邪说,这辈子她就想当个有资本的混世魔王。

我火了,质问她想怎么着。

洪小邪说她要告诉范忠迁,她很骄傲是他的女儿。我说范忠迁出来以后可能就不是范董事长了,会变成平头老百姓中最潦倒的那一种,连退休金和医疗保险都没有。

洪小邪认为我是为了掐灭她认范忠迁为父的念头而故意把范忠迁编排得一文不值。

我告诉她,范忠迁这辈子端着架子当领导当惯了,等放出来的时候,他老了,什么也干不成了,只能成为坏脾气的老头寄生在儿女身上。

她坐在凳子上发呆,好半天才慢慢说:"哥,我还是想给他当女儿。"

我原本以为洪小邪想给范忠迁当女儿是出于虚荣,但我把范忠迁的晚景描述得如此不堪还是挡不住洪小邪的邪念,就很奇怪到底是因为什么。

洪小邪小声说:"我想有个人喊爸爸。"

突然,我内心泪如雨下,我想把洪小邪拥在怀里,狠狠地拥抱。可我知道,她想要的来自爸爸的温暖,我给不了她。

我去美容院找洪雪娇,告诉她,洪小邪铁了心地认为范忠迁是她爸爸。

洪雪娇穿一件流行的皮毛一体外套,奶白色皮毛打成一绺一绺的,在寒风里颤动。她满脸荒凉,唯目光炯炯有神,看着我的样子像匹濒临死亡的瘦马,又知对面的我无力救她。

那是第一次,我觉得洪雪娇老了,她并不胖,可上台阶的脚步却看上去那么笨拙。

我和洪雪娇到家时,洪小邪正躺在沙发上看绘本,好像外面的巨浪滔天和她没半毛钱的关系。

洪小邪喜欢看绘本,都初中了,还喜欢。因为这,洪雪娇总说她精神上还没断奶。洪雪娇说洪小邪精神上没断奶的时候,像手里有糖的老祖母,没有牙齿没有威风,只有满腔无处释放的慈爱。

我叫了比萨。比萨曾是洪雪娇的最爱,但这天晚上,她没吃。当洪小邪托着比萨兴致勃勃地看绘本时,洪雪娇突然问:"你到底要怎么样才相信你不是范忠迁的女儿?"

"DNA说不是我就信了。"洪小邪头也不抬地说。

洪雪娇看看我。

我说:"好吧,我去看守所弄范忠迁的头发。"

洪小邪说:"真的吗?"

我说必须是真的。但其实我骗了她,能骗成功还要感谢我的职业。因为我是警察,洪小邪就深信不疑我能见到在看守所拘留等待批捕的范忠迁。

第二天,我在中山路处理街头斗殴,从一个中年男人头上薅了几根头发,煞有介事地装在塑料袋里带回家,又从洪小邪头上拔了两根头发,分别密封起来,放在冰箱里,在洪小邪的监督下送到了一家DNA医学检测中心。

三小时就能出鉴定结果,但洪小邪要自己去拿,说必须她亲自拆封看报告,她要第一时间知道自己是谁的女儿。

对鉴定结果我早就了然于胸,自然也不会扫她的兴,第二天中午我去学校接她,一起去检测中心拿结果。

拿到鉴定报告后,她快步走出了检测大厅,站在院子里装模作样地双手合十嘟囔了几句,撕开报告,看着看着,泪就掉了下来。

我凑过去,假装很关心的样子拿过报告问她哭什么,然后长长地"咦"了一声,说:"你不是范小舟的妹妹呀?我昨晚还想呢,如果你是小舟同父异母的妹妹,咱家这伦理关系可就复杂了。"

洪小邪跺着脚,大声地骂我讨厌,一边走一边哭,说:"为什么他不是我爸爸?他不是我爸爸为什么要对我那么好?"

我快步追上去,揽着她的肩说:"小邪,人和人之间是讲究渊源的。当年如果没有范忠迁帮忙,你可能不会这么顺利来到这个世界,他自觉有功于你的生命,对你好也是正常的。"

从那以后,洪小邪再也不提范忠迁,每当我和洪雪娇提及,一旁的她总有饕餮大梦一场的羞愧之色。

我去刑警队找陈枢。他说正开案情分析会,不知开到什么时候,让我先回去,有事电话联系。我说好,但没走。

刑警队门两侧有两排四十厘米左右高的石柱,我坐在上面等陈枢。

范忠迁虽是谭庆龙案子上的一环,但是个单独的案子,该交代的范忠迁都交代了,犯罪动机和后果一清二楚,现在,我想知道陈枢会不会把他送往检察院报批捕。虽然范小舟没托我打听,但她一定想知道。

刚坐没一会儿,我就听到七零八落的脚步声,下意识抬头,就看见陈枢。显然,他也看见了我,他一愣,嘴唇动了动,看表情像是在骂人。我站起来,他看着我,往前走也不是,往后退也不是。我明白了,陈枢不是在开案情会,而是不想见我。我迎着他走过去,和他握手,在他耳边说:"陈警官,躲着我,就是你不对了。"

陈枢尴尬得不行,说:"你有什么好躲的?"

"就是。"我一边说,一边用肩逼着他往路边走,"和你打听个事。"

陈枢往旁边一闪,躲开我肩膀的逼迫,说要出个现场,没时间聊天。我绕到他面前挡住去路，说："不聊天，就一句话，范忠迁的案子到底怎么定性的？"

"范小舟让你打听的？"陈枢看了我一眼。

"我自己。"我故意气他，"我爱她，想为她效忠，没毛病吧？"

陈枢看着不远处开始上车的同事们，急匆匆说还没定性，这事大家争论得厉害。说着，他撒腿往车旁跑。我气，但也没办法，只能喊他名字。他回头。我指指自己的脸，意思是让他看在我的面子上，对范忠迁手下留情。他什么也没说就钻进车里一溜烟蹿了。

几天没见范小舟了，我心里不踏实，去中铁楼下，约她下来，问她家里怎么样。我知道这么问显得很虚伪，范忠迁被公安带走调查，对他们家来说，已是波澜壮阔的丑闻，但这个时候，我依然想要范小舟感受到来自我的温暖。

范小舟说她妈还好，不出门也不和社会上打交道，感受不到外界的浪头有多大，范小强最倒霉，他的物流场站很多业务都依靠范忠迁的关系。范忠迁进去以后，这些业务马上呈摇摆势头。来场站的集装箱少了，范小强脸面挂不住，不得不忍气吞声地跑各大进出口公司笼络感情，稳定业务。

我问她怎么打算的。

范小舟说范忠迁帮谭庆龙办假保外就医属于营私舞弊和妨碍公务，最坏的后果是检察院批捕，判三年以下有期徒刑。在体制内，最轻也要记大过或者开除。

总之，不管是哪种处理结果，范忠迁的政治生命终结了，从此以后，一介平民度余生。

我告诉范小舟我去找陈枢了。她看着我，默默走到我身边，抱着我胳膊，把脸贴上来，说不想眼睁睁看着父亲沦为阶下囚，无论如何她都要尽全力一搏。

我说希望我能说服陈枢。

范小舟说案子是市局抓的,陈枢左右不了,让我别难为他。犯罪嫌疑人是著名央企老总,格外引人瞩目,尤其现在是网络时代,智能手机让每一个公民都变成了舆论监督者。

我们坐在奶茶店里,望着窗外来来往往的人。范小舟突然叫我名字,我应了,看她。她说:"我爸是个念情的人。"

我说:"知道,谭庆龙帮你家挖过地下室,是个不小的人情。"

范小舟说:"不光这个,我哥的场站在郊区,当地的地痞欺生,常去捣乱。谭庆龙带人去了几趟,把他们打服了。虽然我哥觉得给劳务费就摆平了,可我爸说像谭庆龙这种混社会的人不希望你认为他是为了钱才帮你办事,他更愿意让你理解为他为你出头是出于情义。所以,我爸平时对谭庆龙很客气,谭庆龙觉得我爸有社会地位,还把他当朋友,也引以为荣。"

我宽慰她,问介入案件了没有。她说介入了,上午去刑警队看过卷宗。我纳闷范忠迁怎么一被带走就什么都承认了,虽然有韩猴子做证,但如果范忠迁想抵赖,也不是没借口,比如不承认认识韩猴子,比如不承认曾给过韩猴子药,等等。

范小舟说:"没用,因为韩猴子通讯录里有我爸两年以前的私人手机号码。那个号码是不对外公开的,只有比较亲近信任的朋友才有,一年前我爸就停用了,但韩猴子手机通讯录里还有,也有和这个号码的通话往来,这是赖不掉的。再就是公安在我爸办公桌抽屉里搜出两瓶硫酸奎尼丁,那是给谭庆龙开的,后来没用上,就忘在那儿了。"

看来范忠迁是无论如何也没想到帮谭庆龙办保外就医会东窗事发,所以没做任何防备。可做了防备又如何?科技这么发达,如果不是心理素质特别强大,撒谎是过不了关的。

晚上,我在陈枢公寓门口的台阶上等他。

陈枢快十二点才回来,闷声闷气地喘着粗气,好像很累了,连疲态都不掩饰了。他一踏上台阶就看见我了,定住了一样,骂了一声,理都懒得理我就去打卡开门禁。我尾随进去,跟上电梯。

电梯上升的过程中,陈枢倚着电梯壁站着,后脑勺也贴在电梯壁上,仰着头闭目养神。我说:"你用不着这样。"他"哼"了一声,还是没睁眼。

电梯在二十七楼停下,我跟到家里,坐在沙发上自己泡茶。

他换好鞋,洗了手,从我手里一把夺下茶壶,说:"老子一天一夜没合眼了,不想再陪你熬到天亮!"我把茶壶抢回来,说:"我在潮乎乎的冷风里坐了俩小时,都快冻死了,你有没有点人道主义精神?"

"我让你坐的?"陈枢没好气地把身体扔进对面的沙发,仰在沙发靠背上,一副随时准备睡过去的熊样。

人在又困又累的时候懒得迂回婉转,尤其陈枢这种人,看什么都洞若观火,被看穿后只有被戏弄的份,我索性开门见山,说:"范忠迁的案子,你们到底想怎么处理?"

"这也要跟你汇报吗?"说这话的时候,陈枢疲惫的脸上挂着一抹奚落。

"不,是我想跟你打听。"我心平气和,现在我有求于他,必须收敛脾气,"我爱范小舟,范忠迁是她爸,我想讨好她,这么说不过分吧?"

"诚实。"陈枢嘴角往上翘了翘。

"那就请陈警官给个实诚的答案。"

陈枢坐端正了,使劲搓了两把脸,像要把即将沉睡的自己搓清醒似的:"局里为这事开会吵了一下午。"

"结果呢?"

"意见不统一。"

"拜托,都下半夜了,咱能不能别装得跟管牙膏似的,让人挤很舒服啊?"

"谢磅礴，你能不能别仗着你老子死了案没破就理直气壮地挤对我？你当刑警队是我家开的啊？你爸的案子没破是因为当年线索太少，现在范忠迁的案子是说大不大说小不小，但这个案子已经被自媒体炒得沸沸扬扬全天下都知道了，如果不报捕老百姓怎么看？还不得说公安也是看人下菜碟啊？"

"你的意思是刑警队要把球踢给检察院了？"

"不是踢球，是彰显正义。这是必需的程序，捕与不捕，检察院说了算！"

"可报不报捕刑警队说了算，只要你们不报捕，干检察院什么事？"

陈枢说没办法，这是下午局里开会决定的，下班前已把卷宗报到检察院了，是否逮捕，七天内见分晓。

我用起身而去表达愤怒。

没帮上我忙，陈枢也愧疚，他拖着疲惫的身躯出来送我，陪着我一起等电梯的时候说，其实队里每个人都知道范忠迁的案子可大可小，可因为影响太大，谁都不愿意扛责任，他一己之力，是扭转不了局面的。

从陈枢家出来，我给范小舟打电话，让她做好最坏的打算。她说知道了。我问她想不想见我。我想，哪怕什么也不做，陪在她身边也是力量。她说太晚了。我替陈枢开解了两句，说他一个人做不了主。

范小舟"嗯"了一声，说回家休息吧，就挂断了电话。

第二十四章

范忠迁被批捕那天，我和何小风正沿太平路向东巡逻，接到洪雪娇的电话时，她声音神秘，好像在悄悄跟人诉说她身边有个小偷正行窃。

洪雪娇说美容院来了几个警察，把每个人都叫到单间去问话，打听一个叫高丽曼的推拿技师，问我知不知道怎么回事。

我大吃一惊，说："高丽曼是你们美容院的？"

何小风听我说高丽曼，一脚把车刹住了。

洪雪娇"嗯"了一声，说她去的时候高丽曼已经辞职了，听说是个有故事的女人。

我问洪雪娇警察都问了些什么。洪雪娇说问得可多了，问高丽曼的婚姻，问她有没有情人，问她有没有交往过密的异性，等等。

洪雪娇发现我竟然知道高丽曼，猜我知道一些底细，问我知不知道高丽曼犯了什么事。我知道洪雪娇嘴快，尤其在美容院这种地方，技师们闲下来，喜欢插科打诨，相互贩卖各种八卦，但我怕影响案件侦破，就故意对洪雪娇答非所问。

洪雪娇说高丽曼虽然不干了，但经常有人说起她，说高丽曼长得很漂亮,技术也好,很受男顾客欢迎。后来老板的朋友追她,她就嫁了,听说结婚后并不幸福,光去法院起诉离婚就起诉了三次,哪次都没离成。

洪雪娇絮叨起来没完,何小风傻了一样看着我,好像洪雪娇不是在跟我说话,而是念了个魔咒,把他定住了。

我伸手在何小风眼前晃了晃,挂断电话,问何小风怎么了。

何小风说:"你刚才说的高丽曼是怎么回事?"我说她可能涉嫌谋杀。何小风激动起来,说:"不可能!她不可能杀人!"

我吃惊,问:"你认识高丽曼?"

何小风说认识。

我诧异于世界太小,但又不确定谭庆龙的妻子高丽曼就是何小风认识的高丽曼,问他认识的高丽曼的体貌特征。何小风说了几点,都对上了。我问他怎么认识高丽曼的。

何小风说他前女友丽丽姐,大名就叫高丽曼,又问我她现在在哪儿。我说高丽曼现在是犯罪嫌疑人,被警察带走了。

何小风推开车门,站在一棵松树下,一把一把地抹眼泪。我看得难过,给陈枢打电话,问高丽曼那边什么情况。陈枢说已拘留好几天了,但高丽曼矢口否认,目前警方没有过硬的证据,仅凭谭庆龙没有心脏病却死于心脏病,检察院是不会批捕的。

我让何小风别难过了,因为没有足够的证据,他的神仙姐姐可能会成功脱罪。何小风转悲为喜,问高丽曼哪天释放,他要去接她。

将心比心,我能理解何小风的心情,下班前我给陈枢打电话,问起高丽曼。听得出,陈枢很恼火,因为身为警察,最恼火的就是明知道对方是犯罪嫌疑人,因为没有证据,却不得不将其释放。陈枢说:"谢磅礴,你是不是脑子坏了?你希望我们对范忠迁高抬贵手我可以理解,现在怎么连高丽曼也成你的掩护对象了?你以为你是谁啊?神吗?"

我实话告诉陈枢,不是我想释放高丽曼,是我的搭档拜托我打听,因为高丽曼是他的初恋女友。

原以为陈枢会说难听的,比如"你搭档干我屁事"这类话,但他没有,他缓和了语气,问怎么回事。我知道,陈枢语气缓和,就是主动放倒抵触的栅栏,我不能不识抬举转身就走,就简单讲了一下何小风和高丽曼的故事。陈枢听完,长长地"哦"了一声,让我告诉何小风,可能还要等两天,具体时间等他通知。

何小风很激动,说这么多年没见,不知道高丽曼变什么样了。我告诉他,依然很漂亮。何小风央我约陈枢吃饭,我知道他那点小心思,也知陈枢不会答应,但耐不住他磨,只好又给陈枢打电话,挂了免提,想让何小风亲耳听到陈枢的拒绝而死心。没想到,陈枢竟答应了,说今晚就有时间。

何小风高兴坏了,口口声声喊我师父,说我果然面子大。我纳闷,按说这时候,办案刑警是不会和与嫌疑人有关系的人一起吃饭的。但等见了陈枢,我才明白,他答应跟何小风吃饭,是为了套高丽曼的情况,但何小风能告诉他的,都是十年以前的往事,对谭庆龙案子毫无用处。

那晚下雪了。青岛虽然地处北方,但很少下雪,即使下也是很小气,雪花小如米,一点也不漂亮,更没有气势,像云层不小心漏下的沙子,有一搭没一搭地往街上扬。陈枢点了一支烟,站在雪地里,仰着头眯着眼看天,说我这个徒弟对高丽曼挺有感情的。我说男人嘛,对自己睡的第一个女人还是很在意的。

陈枢歪着嘴鄙夷地笑了一下,说装得还挺像,笑我明明是个痴情种却要装成老流氓的样子总结经验,我说没吃过猪肉还没见过猪跑啊。陈枢又"哼"了一声,说:"等高丽曼放出来,你盯着点他。"

我说何小风都十年没见高丽曼了,也没机会参与作案,有什么好盯的。

陈枢说:"虽然我们没有证据指控高丽曼犯罪,但她肯定作案了。就算侥幸逃脱了,心也是虚的,她应该能接受何小风的再续前缘,给虚慌的心找个依托。"

"跟何小风再续前缘也不可能告诉何小风她杀过人啊。"

"万一呢? 人陷入感情里的时候是很容易放松警惕的。"

我让他别痴人说梦了,以何小风对高丽曼的感情,就算高丽曼说了,把所有杀人证据都指给他看了,他也不会出卖高丽曼。

陈枢说万一呢。

我看着他,摇摇头,心想怪不得陈枢会离婚,他拿爱情太不当回事了。

两天后,陈枢跟我说他和拘留所打了声招呼,下午三点释放高丽曼,让我告诉何小风一声。

何小风不知陈枢早已打好了如意算盘,以为是给我面子,才特意知会一声,跟我要了陈枢微信,加上后好一顿感恩戴德。

释放高丽曼那天,何小风理了新发型,交班后洗澡换衣服,还喷了男用香水,怀抱鲜花去拘留所门口接高丽曼。

那天的天气不好,铅色的云层层叠叠地悬在头顶上,好像沉重的石头,随时会掉下来砸在头上。三点半的时候,拘留所大门开了一条半米多宽的缝隙。高丽曼穿着一件灰色皮大衣从缝隙出来,风吹得她把大衣使劲裹了裹,正想低头继续往前走,目光就落到何小风身上。高丽曼微微怔了一下,挪开了视线。十一年了,她完全不认识他了,十一年前的何小风还是个没有完全长开的少年。

怀抱鲜花的何小风就那么站着,看高丽曼紧紧地裹着大衣从眼前走过。何小风泪眼蒙眬,亦步亦趋地跟在高丽曼身后,叫了声"姐"。

高丽曼站住,回头看着他,慢慢地笑了,笑得两眼泪花闪烁。

已是魁梧男子汉的何小风把她和鲜花一起拥抱在怀里,他们在冬天的马路边尽情地跳啊笑啊,后来高丽曼问何小风怎么会跑到拘留所门口接她。

何小风说缘分,是老天又把她推回到他面前。

高丽曼是成年人,不相信什么缘分,更不相信自己会这么好运,刚刚摆脱谋杀亲夫的嫌疑就遇到旧爱,就问他到底怎么回事。

在高丽曼面前,何小风还是那个心底里没有一丝杂念、半句谎都不愿意撒的青春少年,于是就说出了我和陈枢。

高丽曼恍然大悟,说:"你是警察了呀。"

还是协警的何小风就虚荣了一下:"是的,我是警察了。"然后,他开车送高丽曼回家,又载她出去买菜,站在厨房门口,看高丽曼悉心地烹制着一道道小菜,他恍惚觉得这就是他想要的日子。他走过去,从背后拥抱她,亲吻她,他们分别十一年的身体,在厨房的案台上再次会师。

何小风和我说这件事时已和家里决裂了,他不得不和我说,是因为在我们巡逻的路上,他妈妈会突然跳出来拦在车前,哀求何小风看在他爸爸已气病了的分上离开高丽曼。这个时候的何小风就会蜷缩在副驾驶座上,给我作揖打拱,求我发挥驾驶技巧,在不伤害他妈妈的情况下,迅速逃离现场。

我很生气,跟他说,和喜欢的女人在一起是男人的自由,但是,在成全自己的同时,也请安顿好后院,别让他妈妈像秦香莲似的有事没事跳出来拦警车,让不知道的人看了,还以为人民警察祸害了人家的黄花大闺女呢。

何小风说因为高丽曼大他八岁,他爸妈很恼火,又不知从哪里听说了高丽曼有谋杀前夫嫌疑,就更不干了,说外面已经风言风语地传开了,高丽曼之所以会谋杀前夫,就是为了跟何小风在一起。何小风哭笑不得,拉我回家做过一回证,他和高丽曼是在谭庆龙死后才联系上的。但他爸妈不信,认为我俩是搭档,差不多就是一丘之貉,不能相互做证取信于人。

摊上这么轴的父母,我完全懂何小风的苦恼,就像当年我经常恨不能替谢福哉管理一下洪雪娇却不能一样。

那段时间,我除了帮何小风对付他冥顽不化的父母,就是去看范小舟。

是的,去看看她就走。虽然高丽曼谋杀谭庆龙因为证据不足而没有被批捕起诉,帮谭庆龙作假办保外就医的范忠迁却罪名确凿,被批捕了,正等法院开庭审理判决。

范小舟聘请了他们所最好的刑事律师,形势依然不乐观。范家因为范忠迁被拘留已显出了下坡路的疲态,但并没因此改变对我的态度。有时候,我陪范小舟回去,范忠迁的老婆依然视我如空气。如果范小强在,他看我的眼神依然像即将开掐的公鸡。

我和范小舟没心思谈情说爱,每次见面都是找家咖啡店喝杯咖啡,聊的内容全是范忠迁的案子。

偶尔,她也会去公寓里找我,很多次我想拥抱她、亲吻她,可她那么不快乐,让我觉得那些想和她有肌肤之亲的想法都是不合时宜的、不人道的,甚至是下流的。

范小舟也不喜欢自己愁眉苦脸的样子,很多次,她问我,和这样的她在一起,是不是很压抑,我有没有很讨厌她。我说没有,我很喜欢谢福哉活着时说过的一句话"再大的风也不能天天刮,总有停下来的时候"。

范小舟说,因为她爸,她哥的集装箱场站生意损失很大,很多客户都转到其他场站去了,现在他的场站的集装箱不到原来堆码量的五分之一,稀稀落落,像牙齿掉得仅剩一两颗的老人的牙床。照这态势发展下去,怕是要麻烦。我问有什么麻烦。范小舟说,她哥的场站原来没这么大,生意好的时候,他觉得场站不够用,就把原先的场站抵押贷款,把旁边的地拿下来也拓成了场站,每个月都要还银行一大笔钱,可现在来场站周转的集装箱少了,公司账上流水骤减,一两个月还能凑合,时间长了,肯定扛不住。

我安慰她,等法院开庭,说不准她爸会当庭释放。

范小舟说没用的,即使当庭释放,公职怕是也保不住了。只要她爸保不住公职,她哥的场站就断没有起死回生的可能。

我们小区都是洪雪娇公司的家属楼,范忠迁出事的消息就像劲风过草地,整个小区无人不知无人不晓。

早前,因为洪雪娇的虚荣,我们小区的人大多知道她的儿子追上了范忠迁的千金,一时间,很多人私下表达了对洪雪娇的愤慨和鄙视。她洪雪娇一介荡妇,咋就这么好命呢?男人死了,合理合法地生了二胎,认了范忠迁当干亲家,等于抱上了粗腿靠上了大树,就算男人活得旺旺的人家,都未必有她如鱼得水。现在,儿子大了当个片警,虽说没多大出息,却又追上了范忠迁的千金,范忠迁的千金可是青岛第一大律师事务所的律师,前程不可估量。这让和洪雪娇同龄的大妈们嫉妒得眼珠子都快爆浆了,时不时跟洪雪娇阴阳怪气地说,什么人什么命,谢福哉真是个没福的,到死都没想到他的寡妇老婆有这么强的运筹帷幄能力。

洪雪娇头脑简单,一开始没听出来这些是打着恭维幌子的奚落,还很受用,跟人家谦虚,说她就是个普通职工,有碗公家饭吃着就心满意足了,啥运筹帷幄的能力,她自己都不知道。人家就说,她这还叫没运筹帷幄的能力?打着感谢范忠迁的幌子让他认下洪小邪做干女儿,等于是攀上了亲戚,只有攀上了亲戚才能常来常往,常来常往她儿子才能有机会追人家范忠迁的女儿范小舟。意思是我是癞蛤蟆,范小舟是白天鹅,两个原本不在一个世界的人,生生让洪雪娇给攀成了情侣。

话说到这份儿上了,那些不怀好意的醋意,傻子都能听出来。老了的洪雪娇脾气很好,人际交往上学会了打太极,来回推云手,说:

"可不，虽然我和谢福哉没啥出息，可我生了俩有良心的孩子，晓得我一个寡妇拉扯他俩长大不容易，生怕我这当妈的被人瞧了热闹，都争气着呢。"说这些的时候，洪雪娇的口气就像在菜市场遇到熟人，相互交流菜市场上的性价比，那风轻云淡的德行，能把那些本是揶揄口吻的人当街噎死。

现在，范忠迁倒霉了，风光不再，大家觉得以洪雪娇的虚荣劲，肯定得连门都不出了。毕竟，范忠迁曾经是她扯来做大旗的那张虎皮，而如今这张虎皮成了叫花子的百家衣，扯出来只丢人不唬人了。但是很快他们就发现自己错了，洪雪娇还是像只骄傲的大花蛾子似的出现在小区里，见了人还和往常一样谈笑风生，好像范忠迁不是进去了，而是去国外度假了，用不了多久就会满携礼物归来。在社会上摸爬滚打了五十年，洪雪娇深知人类心底的那点小阴暗，总是不等别人开口打听，就说这个范忠迁啊，倒霉就倒在太仁义上了，就因为那个谭庆龙帮他家挖过地下室，他过意不去帮了一把，没想到把自己帮进去了，弄这么一下子，估计官是没得当了。也好，反正也是要退休的人了，就当提前两年退了吧。那些原本想奚落两句的，让她说得讪讪的，反倒没的说了。

但洪雪娇心里还是生气，打电话把我叫回家，让我无论如何也要把范忠迁弄出来，甚至还跑去跟范忠迁老婆表忠心，说不管范忠迁将来怎么着，他都是洪小邪的干爹，是谢磅礴的老丈人。

但这份忠心轻飘飘的，对范忠迁来说毫无意义。范忠迁老婆并不领情，从头到尾都冷着脸。洪雪娇很受伤，说多少人热爱锦上添花，也就她不市侩，偏偏热爱雪中送炭，没承想范忠迁老婆的态度就像她是个趁火打劫的。

我说她说得没错，在范家人眼里，她就是个趁火打劫的。

无辜的洪雪娇就更生气了，反问她打劫啥了，就现在的范家，除了霉头，有啥可打劫的。

我说因为范家一直觉得我配不上范小舟,范忠迁进去了,她跑去表忠心就意味着在她心目中我终于可以配上范小舟了。

我的亲妈洪雪娇看着我的样子非常瞠目结舌,好像在说,难道真相不就是这样吗?

我说事实是事实,但在范家人心目中,他们家哪怕拖着棍子上街讨饭我都配不上范小舟。我求她没事在家跟着美妆博主学着化化妆,别掺和范忠迁的事了,她所谓的好心好意帮我铺平通往和范小舟举行婚礼的路,其实是在挖坑。

洪雪娇不服气,说人果然是动物界里的势利之最,我和范小舟还没结婚呢,我就站到范家的队伍里瞧不起她了。

我哄她,说不是这么回事。要不是我帮曲露露查谭庆龙真正的死亡原因,范忠迁帮谭庆龙作假办保外就医的事也不会暴露。所以就算范忠迁失势了范家依然不接受我也是应该的,让她不要去自讨没趣了。因着这份渊源,范忠迁老婆没把她骂出来已是很有修养了。

这一次,洪雪娇真的是瞠目结舌,张大的嘴巴可以塞进去一只鹅蛋。她吓坏了,结结巴巴问:"范忠迁是因为你进去的?"

为了不让洪雪娇再发扬风格去范家雪中送炭,我点头说是,因为案子是我和陈枢一起调查的,所以我早就知道范忠迁会被抓。如果我提前告诉他一声,他及时处理一下办公室的抽屉,警察就不会搜出后来成为证据的那两瓶硫酸奎尼丁。没有这个罪证,只要他脸皮厚一点抵赖一下,说不准就蒙混过关了。可因为有那两瓶硫酸奎尼丁,他没心脏病,家里也没人有心脏病,所以他完全无法解释它们存在的合理性……

洪雪娇两眼发直,喃喃地说完了完了。

我也垂头丧气,自从范忠迁被抓,虽然范小舟说不怪我,也没和我闹分手,但我总有种说不出来的荒凉感,就像走在无垠的旷野中,不知道哪里埋伏着饥饿的巨兽,将会跳出来一口吞掉我和范小舟的未来。我还总是做梦，梦见我去找范小舟，远远地看见她了，我喊着她的名字向她奔跑，却越跑越远，她好像失去了听觉和视觉，听不见我的呼唤，也看不见我的到来，兀自走向远方，如同我不存在。

大汗淋漓醒来的我只好自我安慰，如果说范忠迁是因为我追查谭庆龙的死因才栽进去的，那么范小舟也是始作俑者。所以，从某种程度上说，我俩是狼狈为奸，她无法恨我，因为恨我看上去就像把罪责推给我一个人，需要相当的无耻和卑鄙，而范小舟做不到。

洪雪娇问范小舟知不知道我早知道范忠迁会出事。我回想了一下，说不知道。

洪雪娇忧心忡忡地看着我，说别说，哪怕分手了也别说。

我没说话，但知道洪雪娇的意思。她不想让范小舟恨我。

中午，洪雪娇问我饿不饿。我心情沉重，完全没胃口，说不饿，如果她饿的话我给她叫外卖。

洪雪娇却想慈母一下，说大小伙子新陈代谢快，不吃饭下午上班会饿的。又说昨天买了几包速冻馄饨，要给我煮一碗。生怕做饭会把手弄粗糙的洪雪娇竟然要亲手给我煮馄饨，真是令人诚惶诚恐。我说好，难得她愿意烧饭，我就吃一碗。

洪雪娇起身往厨房去，说自己是五十岁的更年期女人了，打算放弃自己了，放弃的第一步就是把自己放逐到厨房，有点慈母的样子，以便多少年以后她死了，我和洪小邪对孩子们讲起她时，会回忆起她捧着香喷喷的饭菜从厨房笑眯眯走出来的样子。

听她这么说，我有点伤感，说才五十岁就想身后事，实在是早了点，让她不用急，还可以再浪几年。洪雪娇说有啥好浪的，浪来浪去的，全是辛酸泪，还是把心收回来，给我和洪小邪当个像点样的妈吧。要不然，把名声浪臭了，我俩找对象都成问题。

在洪雪娇心里，已笃定了我和范小舟的残局。

我很难过，但不想和她吵。我点开范小舟的微信，看她头像。范小舟和同龄的女孩子不一样,她从不换头像,永远是一只心醉神迷的仓鼠笑眯眯捧着一朵雏菊。她的朋友圈设置了仅三天可见,自从范忠迁出事后,就一直呈一条横线状。

我正想给她留言,就听洪雪娇在厨房"哎呀"一声,然后是"叮哐"声,好像锅都被打翻了。我闻声跑进厨房,看见洪雪娇手忙脚乱地用锅铲从锅里往外抄馄饨,抄得地板上、灶台上到处都是水和半生不熟的馄饨。我抢过锅铲,说:"妈,要捞也捞碗里啊,你见谁就着地板吃馄饨了。"

洪雪娇跳着脚说不是不是,是她手机掉锅里了。说着,情急之下就要把手伸到锅里去捞手机,我一胳膊挡开,锅铲抄着底,把手机捞了出来,但出锅时一滑,手机掉到地板上,"砰"的一声,屏碎成了蜘蛛网。

洪雪娇蹲在地板上,看着粉身碎骨的手机,欲哭无泪,说刚买了还不到半年的手机呀。说着,忍不住去拿,手机刚出锅,烫得很,洪雪娇又龇牙咧嘴地扔了,手机屏碎得更厉害了。我用抹布裹着,把手机捡起来扔到垃圾桶里,说别惦记了,开水煮过又摔过的手机,电子元件肯定完了,等我给她买个新的。

洪雪娇说买什么买,她记得我抽屉里有部旧苹果手机,看机型还不算旧,她凑合用着行了。但她更喜欢华为,因为它的自拍自带美颜功能,能充分满足她的虚荣心。

我纳闷,我惯用国产手机,抽屉里怎么会有部苹果手机? 还有,虽然偷窥子女隐私是天下父母惯犯的通病,但洪雪娇趁我不在家偷翻我抽屉的行为依然不可原谅,就说了她几句:"我都说多少遍了? 别动我抽屉! 我抽屉里又没金矿!"

洪雪娇理直气壮地说她不是故意要去翻我抽屉的,是小区要成立业委会,楼长挨家挨户签字,签到我家时笔没水了,她拉开我抽屉找笔时看见的。

我说:"你看错了吧?我都用国产手机。"

洪雪娇为证明自己还没老糊涂,跑到我房间,翻出一部苹果手机在我眼前晃了晃,说:"这是什么?"

看着手机,我目瞪口呆。

是的,我抽屉里有部苹果手机,是谭庆龙的。当初作为证物从他房间拿出来后,因为他设置了开机密码,充电后依然开不了机,被我顺手塞进了抽屉里,我把谭庆龙的其他东西当作证物移交给了陈枢,唯独忘记了这部手机!

洪雪娇被我的表情吓着了,她张着五根手指,在我眼前晃晃,问:"儿子,怎么了?这手机有啥故事?"

我一把夺过手机"有!"说完,撒腿就往外跑。

洪雪娇喊:"你还没吃饭呢!"

我说我不饿,让她照顾好自己,别再管我的事,也别再往范忠迁家跑了。

第二十五章

手机交给陈枢的第二天,高丽曼就被警察带走了,从何小风的怀里。

何小风当时正在和高丽曼做爱,听见有人敲门,以为是他父母。

高丽曼出来后,何小风回家告诉父母,他要和高丽曼在一起,他父母就疯了,千般阻挠,何小风一怒之下就不回家了。他父母不仅去巡逻路上拦何小风,还打听到了高丽曼家的地址,天天晚上来敲门吵闹。小区物业频繁接到投诉,不胜其烦,索性不放何小风父母进小区,何小风父母就翻栅栏进来砸高丽曼家的门。

警察不停地在外面敲门,何小风不管不顾地和高丽曼做爱。直到警察破门而入,何小风都完全没意识到警察是冲高丽曼来的,误以为是他父母为拆散他和高丽曼而撒谎把警察叫来了。他一边扯被子盖住赤身裸体的高丽曼一边解释,说千万别听他父母的胡编乱造,他和高丽曼是青梅竹马的自由恋爱……再然后,警察连何小风一起带走了。

何小风是我去市局签字领出来的,显然,他并不了解案情,陈枢他们也没解释。

被我领出来的何小风一脸无辜，让我想办法把高丽曼弄出来。我问："你知道高丽曼是犯了什么事吗？"何小风像个精虫上脑的傻子一样看着我，说她能犯什么事，肯定是他父母诬告她骗婚。根本不是骗婚，是他主动要和她登记领证结婚的。目的就是让父母死心，别总想着再拆散他俩。

我说："何小风你再给我说一遍。"

何小风说："她不是骗婚，登记领证是我主动的。"

虽然我不了解整个案情的详细情况，但高丽曼能被再次带走，应该是陈枢从我交给他的手机上找到了犯罪证据，要不然不会深夜抓人。此时的高丽曼却已成了我搭档何小风的妻子，这世界真是云诡波谲，充斥着令人瞠目结舌的荒唐感。

我让何小风给高丽曼请个律师。何小风表示这次是小事一桩，等民警把问题调查清楚，自然就把高丽曼放了，好歹他也是协警，如果也能让人骗了婚，岂不被人笑掉大牙。

我说警察带走高丽曼不是因为他父母报警说她骗婚。

"那能因为什么？"

何小风的样子像被一拳打蒙了的袋鼠。我特别生气，就骂他说："何小风你已经二十八岁了，不是十四岁以下的少年。作为成年人，别说你爸妈报警你被骗婚，就算报警你被骗精警察也懒得理你！"

何小风被我骂急了，问我到底知道些什么。我说高丽曼涉嫌谋杀。

何小风几乎要跳起来，说："胡说，高丽曼不可能杀人。"

我说："你问过高丽曼？"

他说问过，高丽曼说谭庆龙死的那天晚上她在客厅看电视，进卧室睡觉时发现谭庆龙不行了，她还打了120。如果她要谋杀谭庆龙，怎么可能多此一举地打120？

我说："你知道有个成语叫欲盖弥彰吗？"

何小风突然看着我,追问我还知道些什么,赶紧告诉他。

我没回答他,只是重复"你最好给她请个律师"。何小风没傻透,听到这里大体也能明白一些了,突然呜呜地哭,说不可能,她连条鱼都不敢杀,怎么能杀人。我不想再瞒他,告诉他,为了取证,我曾和曲露露拿走了谭庆龙房间里所有的东西,后来这些东西作为证物都转交给陈枢了,但我漏掉了一部手机,前天刚刚交给他。

满脸是泪的何小风静静地听着,突然跳起来打了我一拳。他使出了全身的力气,我毫无防备,一个趔趄跌坐在地上。何小风跳过来,压在我身上打。我没有还手,甚至非常理解他,觉得自己对不起他。高丽曼是他最爱的女人,十一年前,因为父母和世俗的偏见,他失去了她,如今终于失而复得,却被从幸福的梦里硬生生拎出来,面临再一次的失去,而且是永远。

我对何小风说对不起。

何小风的拳头沾着眼泪落在我的头上和身上,他说他不要我的对不起,他只想要高丽曼。

后来,从市局出来几个民警把我们拉开了,问我要不要紧,要把穿着便装的何小风扭送辖区派出所,治他违反治安条例罪。我说不用,别为难他,是我不好,我先找的事,让他们放了何小风。

何小风不走,举着两手让民警给他戴铐子,把他抓进去,和高丽曼关一起。一个民警就笑了,说何小风是不是脑子坏了,以为拘留所是蜜月房啊。

在民警们的劝说下,何小风骂骂咧咧地走了。我浑身是土,坐在马路牙子上抽烟,有位民警让我到局里收拾收拾洗把脸。我不去。他不高兴了,让我别以为他是关心我,他是在关心人民警察的形象,一身土一脸血地坐在马路边,像什么样子。

我低着头,不接他茬。过了一会儿,他们走了。再过一会儿,陈枢来了。陈枢坐在我身边,歪头看着我,说他打的借调报告批下来了。

我看了他一眼,没说话。他问我:"怎么不高兴?不是一直想当刑警吗?"

我说:"我想当一个活得不那么揪心的人。"

他拍拍我的肩,说没事,当年办案办到熟人头上的时候,他和我一样,心脏一揪一揪的,痛苦得成宿成宿睡不着。可这心啊,揪着揪着就习惯了。人行走在这世界上,就要遵守这个世界的纪律。

我问:"这个世界的纪律难道不是良心吗?"

他说:"良心是这个世界的明灯,法律是道德的底线。每个杀人犯都有非杀某个人不可的理由,要不然就不会冒着搭上身家性命的险去杀人,但是你说,有理由的犯罪就不叫犯罪吗?"

我知道陈枢说得有道理,然后我想起了谢福哉,一个老实到窝囊的人,竟也被人杀了,只因为他不想交出钱包里那几张面值小得可怜的钱币。在凶手眼里,他的命连五十块钱都不值。

陈枢说他跟局长沟通了,借调一段时间就把我正式调到刑警队,跟着他干。

我问他为什么愿意带我这菜鸟,为了答谢我帮他破案吗。

陈枢笑了,说:"我觉得你是干刑警的料。"我谢过了他的抬举,说我不想去刑警队。他问为什么。我实话实说,如果现在去刑警队,我会产生心里暗示,我用把范忠迁和高丽曼送进去换来了进刑警队的机会,有卖人求荣的嫌疑,会让我羞愧终生。陈枢用鼻子笑,笑得很大力,让我怀疑他鼻腔里有坨陈年的鼻涕,他正企图用冷笑运动鼻腔肌肉将之挤出来。

陈枢说他在兑现三年前的诺言,去与不去随我的便。

第二天何小风没上班,之后又请了长假。所里找不到人替班,就问他到底有什么事请这么长时间的假。何小风在电话里哽咽,说他老婆被冤枉了,他得想办法救她出来。

所里的人这才知道何小风结婚了!想想何小风之前被沿街年轻

233

漂亮的美女老板投怀送抱,他愣是一个都没看上,却不顾父母反对娶了个比他大八岁还有杀夫嫌疑的寡妇!大家的眼珠子差点掉在地上,猜什么的都有。有人把高丽曼说成了潘金莲,为了跟何小风结婚才谋杀了谭庆龙。我知道不是,替他辩解了两句,但没有人信。大家宁肯相信谣言,因为谣言活色生香,依附了大众对庸常生活的突围。

何小风请假,所里临时把大刘调给我做搭档。大刘滑头,上班时间私事不断,所以一到饭点就抢着买单,希望我吃人嘴软。不打小报告是我一贯秉承的美德,大刘这样让我觉得自己很龌龊,我心里过意不去,就和他抢单。那段时间,只要在我们辖区的快餐店看见两个穿警服的男人为几十块钱的单抢得面红耳赤几乎要打成一团,那就是我俩。我俩把快餐店老板都给抢烦了,老板擎着一柄大勺子,满脸的讥笑,让我觉得丢人丢到姥姥家了。

后来,市局调令来了,大家都知道我的理想是当刑警,嚷嚷着让我请客。大刘和我抢了半个月的快餐单,本以为把我收买差不多了,可我要走,他就得继续为另一个搭档抢单,就不悦得很。我请客的那晚他喝醉了,说他年轻那会儿也想当刑警,却被按到片警这位子上,一跑就是十多年,这辈子是没指望了。说完,还壮志未酬身先死似的哭了一场,好像我们所长给人穿得一手好小鞋,才把他害成这样。所长很尴尬。我看不惯仗势欺人,也讨厌我弱我有理的腔调,就说了大刘几句,说每个人今天过着的生活,都是自己昨天言行结下的果,怨不得别人。大刘脸上挂不住,说怪不得我调市局了,原来拍得一手好马屁。如果不是大家拉着,我非揍大刘一顿不可。

后来,我被大家推搡到街上,打车回了公寓。我临风站在窗前,突然想找人聊天,我想给范小舟打电话,又怕她睡着了被我吵醒,就给洪雪娇拨了一个电话。

这把洪雪娇吓了一跳,问我出了什么事。我说没有,我要调到市局去当刑警了。

洪雪娇问升官了没有。我说没有。她迷迷糊糊地说了句没升官有什么好高兴的，没别的事就挂了吧，她现在是更年期，难得能睡个好觉，再说下去清醒了就睡不着了。我说好，挂断电话，突然觉得孤单。

第二天，我去刑警一队报到，上午熟悉队里情况，下午跟陈枢出现场。是个凶杀案，场面惨烈，但案情简单。前夫游手好闲，离婚后生活无以为继，找前妻借钱，被拒绝后恼羞成怒，捅死前妻。案情虽简单，但情节恶劣，所以检察院提前介入，检方来的是方翰闻和他师父。

自从方翰闻结婚前见过一次后，我和他再没见过。经历过婚姻生活的方翰闻看上去更加老成稳重了，看见我虽然笑了一下，但眼神没笑。这让我很难受，就好像多年的挚友，因为某种隔膜虽没翻脸，但彼此只剩了场合上相遇的文明礼貌。

我忍不住问他："你还好吗？"

他说很好。

我说："你为什么不问问我好不好？"

他看看我，目光里有了笑意："还用问吗？你当上了刑警，理想得以实现。"

我说这不等于我很好。方翰闻看了我一眼，说一个自私的人永远不会快乐，因为自私会让他觉得自己得到的永远不够多。听他讽刺，我并不恼，甚至感谢，这是我应得的。他看了我几眼，仿佛觉得我还有药可救，说行，等时间都方便的时候我们坐坐。

从现场收队的路上，陈枢问我怎么认识方翰闻。我说他曾经是我中学同学的男朋友，仅此而已，没往深里去。

陈枢说挺好。我问好什么。陈枢说既然认识，就能递上话，以后让这小子少找我们点麻烦。我这才知道，方翰闻虽然只是个助理检察官，但科班出身，法律知识掌握得扎实，刑警队报上去批捕的案子，经常被他打回来补充侦查。陈枢寄希望于我和他认识，他能看在我的情面上以后少为难我们。

晚上,我接到方翰闻电话,他约我见面聊聊,跟我说了一家咖啡馆的名字,说他半个小时后到。

我到的时候,方翰闻正在给咖啡续杯,我猜他打电话的时候就在了。

那是个周六,咖啡馆里人不多,方翰闻面无表情地喝咖啡,好像这世界本就是一场不停泻落的灰尘。我在他对面坐下,点了一杯咖啡。方翰闻说他师父跟他说了,范忠迁的案子因为社会危害性不大,取保候审已经批了,让我转告范小舟。

我没说话。

方翰闻笑笑说:"其实不告诉她,明天她也能接到批复了。但这是好消息,她早点知道也能早一点开心。"

"你还是那么在意她的心情。"

"你会不会不高兴?"

"不会,我也希望她开心。"

然后,我们陷入了长长的沉默,他在桌上慢慢转了一会儿咖啡杯就起身走了,连再见也不说。我目送他背影远去,给范小舟发了个微信,告诉她,范忠迁取保候审批下来了。

顷刻,范小舟的电话就来了,声音听上去很高兴,甚至有些哽咽,说干刑警和在基层所里干片警就是不一样。意思是夸我消息灵通了,也没问我消息是怎么来的。我是个自私的人,不想告诉她是方翰闻告诉我的。所以,听她这么说,我有点不自在,甚至不敢看自己。生怕一眼望去,就看见自己骨子里的小,令自己鄙夷。这种对自我的不敢正视让我恍惚,就心不在焉地说了句自己听了都会恶心的话:"在哪里不都是干警察?都是为人民群众服务。"

可能范小舟也不习惯我这么冠冕堂皇,使劲"嗬"了一声。

第二十六章

　　谭庆龙确实是被高丽曼谋杀的，证据就在我交给陈枢的手机上，拿到手机后，陈枢找技侦科破解了开机密码。

　　谭庆龙睡眠不好，在手机里下载了一个监测睡眠的APP。这个APP可以监测人的深睡眠和浅睡眠，录下人的梦话。说白了，就是个声控录音机。谭庆龙被谋杀的晚上，十点钟准时打开这个APP准备睡觉，躺下不到十分钟，高丽曼问他为什么没喝木耳露。谭庆龙说今晚的木耳露有点苦，不想喝了。高丽曼说木耳露苦是因为她加了几片三七，三七和木耳一样，都是血液的清道夫，每天喝对身体大有益处。紧接着是脚步声，应该是高丽曼端着木耳露进了卧室。然后是窸窸窣窣的起床声，应该是谭庆龙坐起来了，再然后就是喝东西的声音，谭庆龙喝完木耳露说了声"喏"，大概是把杯子或碗递给高丽曼了。而后是他窸窸窣窣躺下以及高丽曼离开卧室的脚步声。二十分钟后，谭庆龙突然大叫了一声，床上发出了巨大的"扑通"声，他"啊啊"地大叫着，卧室的门"吱"地响了一声，高丽曼问怎么了。谭庆龙上气不接下气地说心脏疼，让她打120。录音里没有高丽曼的声音，只有谭庆龙痛苦的呻吟声。突然，"扑通"一声，有东西掉在地上的声回来,马上又活蹦乱跳了。她想弄明白这到底怎么回事,主动和谭庆龙示好,说老大不小了,认命了,想生个孩子。谭庆龙将信将疑了一段时间,她一改往日冷漠,尽心尽力照顾他,监督他保养身体,每天提醒他吃药。谭庆龙挺感动,就跟她说实话了,说他没心脏病,多亏了范忠迁他才保外就医出来,按时去医院开药,是为了掩人耳目。高丽曼问那检察院按时带他去医院复查,是怎么蒙混过关的。谭庆龙说去医院之前他就超量口服硫酸奎尼丁,就会出现严重的心脏病症状,虽然很危险,但反正是去医院检查,即使有状况也会得到及时抢救。她这才恍然大悟,想既然他能用硫酸奎尼丁伪装心脏病,她就能加大剂量,让他死得看上去像是心脏病发作。

高丽曼针对谭庆龙的甘油三酯超标,打听到一个偏方,用破壁机把木耳、大枣、生姜打成木耳露,每晚喝一杯,能保护心脑血管。谭庆龙欣然接受。从此,她每晚打两杯木耳露,陪谭庆龙一起喝。见她对自己照顾得这么用心,谭庆龙很感动,都想重出江湖,再创一番业绩了。高丽曼偶尔会往木耳露里加有保健成分的中药材,比如用来提气的西洋参、养肾的枸杞等。渐渐地,谭庆龙习惯了木耳露因为加不同的中药材而有不同的味道。直到事发那晚,高丽曼在木耳露里加了三十片硫酸奎尼丁,谭庆龙喝了一口,觉得苦就放下了。她告诉谭庆龙,她在木耳露里加了三七。谭庆龙知道三七是苦的,信以为真,毫无戒心地喝下,引发了心脏剧烈室颤,导致心脏骤停。而她,是等到谭庆龙彻底没有心跳后才打了120。

陈枢问她打120急救的目的是什么。

高丽曼说为了打消外界的疑心,反正大家都知道谭庆龙是因为有心脏病才保外就医的,死于心脏病也在情理之中。

陈枢问高丽曼知不知道谭庆龙用监测睡眠质量的APP。高丽曼摇头。

陈枢问:"谭庆龙死后,他手机不见了,你找过没有?"

音,应该是谭庆龙在挣扎中把手机扒拉到地板上了,因为之后录到的谭庆龙的声音比之前显得略远了一些,没那么响亮了。录音里,谭庆龙的呻吟越来越微弱。在谭庆龙变得悄无声息的半个小时后,高丽曼的脚步声由远到近。之后是她试探着喊谭庆龙名字的声音、推他晃他的声音、跑出去的声音、跑进来的声音。最后一次跑进来,她似乎有点慌乱,踢在了谭庆龙的手机上,录下了手机在地板上滑过的声音,再然后,就是高丽曼慌里慌张打120的声音,说谭庆龙心脏病发作,又说了家庭地址。二十分钟后,好多脚步声响起,高丽曼哭着说谭庆龙有心脏病,但一直吃药控制得挺好,今天晚上他十点就上床睡了,她在客厅看电视剧,十一点半她洗漱完毕上床睡觉,发现睡觉爱打呼噜的谭庆龙睡得特别安静,觉得不对劲,就推了推他,才知道出事了。听声音应该是急救医生检查了一下谭庆龙,告诉高丽曼,人已经走了,没送医院的必要了。高丽曼却苦苦哀求医生收治谭庆龙,她不相信他就这么走了,求医生给他最后一次机会。医生被她哭得没办法,就答应了,然后是七手八脚抬人的声音……

后来,软件里的录音,一直安静,偶尔"砰"的一声,是鸟落在窗外啄着窗玻璃的声音。十多个小时后,家里门开了,许多人走进来,有人在哭,其中有曲露露,还有一个嘶哑的老年声音,大概是谭庆龙的母亲,又过了一会儿,录音戛然而止,应该是手机没电关机了。

APP把整个犯罪过程全录下来了。虽然旁证确凿,但还需要高丽曼的口供。

不管我们怎么动之以情、晓之以理,高丽曼都面无表情,一言不发,两手在一起扭来扭去的。陈枢说她虽然一声不吭,但内心很不平静。

我跟高丽曼说,其实我能理解她为什么谋杀谭庆龙,因为她厌倦他,又因谭庆龙谎称有病需要她尽一个妻子的抚养义务而离不成婚,她不甘心一辈子捆在他身上,所以,杀人也是迫不得已。

她慢慢抬头,用让人心下生哀的眼神看着我。身为警察,破案缉凶是我们的天职,可面对高丽曼,我内心里常常会有挥之不去的愧意。

我说:"你谋杀谭庆龙,是因为你对生活还抱有美好的希望。想想何小风,没人比他更爱你。为了他,我也希望你尽快坦白,争取政府对你的从宽处理,何小风会等你的。"

高丽曼突然两手捂脸,泪水从指缝里钻出来,肩抖得像秋风中的叶子。

陈枢在桌下轻轻踢了我一下,又瞄了我一眼,意思是"行啊,你小子,做妇女工作有一套"。

过了一会儿,高丽曼把手挪开,说她想请个律师。

陈枢说完全可以,让我转告何小风,给高丽曼请位律师,为她做轻罪辩护。

高丽曼说她自己有律师人选。

陈枢说可以,问律师是谁。

高丽曼说范小舟。

我心里"咯噔"一声,以我和范小舟的情侣关系,一旦她做高丽曼的辩护律师,我就要按程序回避。但案子从头到尾是我和陈枢一起抓的,我不想退出。我跟高丽曼说青岛有很多优秀的刑事律师,范小舟虽然不错,但她是刚出道的新人,还是找位经验丰富的老律师更靠谱。

高丽曼很笃定,说不,她就选范小舟,如果她不答应做她律师,她就不交代。

陈枢看着我。

范小舟曾为自己帮谭庆龙把高丽曼困在婚姻里而内疚。作为一个年轻的现代人,高丽曼应该知道,律师是个职业,不是当事人的战友更不是帮凶,因此,她犯不上恨范小舟,但也不会心生感激。可她为什么一定要请范小舟做她的律师呢？我想不透。

陈枢说高丽曼可能是想报复范小舟，让她详细了解自己谋杀谭庆龙的整个心路历程，达到让范小舟愧疚的目的。

许多因情自杀的人，不就是这种心理吗？希望通过自己的死，让背信弃义的一方背上良心包袱，愧疚一生。当然，这很幼稚。

我给范小舟打电话。不出我所料，范小舟很抗拒，说她现在光她爸的事就够忙的了，不接案子，尤其是高丽曼的案子，如果不是她谋杀谭庆龙，范忠迁也不会被牵连出来。

我跟陈枢说范小舟拒绝。陈枢只给我加油，说都看我的了。好像我是刚刚投诚来的敌将，亟需建功立业来证明自己的忠心和能力。

几天相处下来，我发现陈枢和别人不一样。大多数基层领导给下属施加工作压力，要么泰山压顶，要么迎头痛批。但陈枢不，他拿眼看着你，一眨不眨地看，真诚而用力，让你仿佛能真切感受到他的恳求，除了答应，无路可逃。

我让他看得跟扒皮抽筋一样难受，只好去找范小舟，说既然高丽曼点了她的名，就说明高丽曼信任她。

范小舟不高兴地说："她谁啊？英国女王啊，她信任我我就得受宠若惊。"我说："不是不是，她对你的信任来自对你工作能力的肯定，从某种程度上说，也是善意的一种不是吗？"

范小舟抱着一杯奶茶不说话。我说："如果你还在为帮谭庆龙把她困在婚姻里而内疚的话，帮她轻罪辩护就当弥补了。"

范小舟咬着吸管，一声不响地喝奶茶。我知道，虽然她不情愿，但已没问题了，就说："如果你没意见的话，我让何小风来跟你签委托协议。"

她往后一倚，一副"随你了"的样子。

我打电话让何小风带着身份证到范小舟的律所见面。

半个小时后，何小风来了，胡子拉碴的，我怀疑自从高丽曼被带走后他就没再刷牙洗脸刮胡子,原本的型男帅哥,已变成了当下版"犀利哥"。何小风被律所的前台挡在外面,他吵吵起来,说有个警察给他们所的范大律师揽了案子,他是来签委托协议的。

前台给范小舟打电话,我出去领他。何小风气咻咻的,好像我是专门坑人的骗子。我知道他恨我,他觉得高丽曼被抓,是我向陈枢纳的投名状。我不想解释,把他领到范小舟写字间,告诉他范小舟是高丽曼亲点的律师,该我做的部分我已做完了,现在就剩他和范小舟签委托协议了。

听说范小舟是高丽曼亲点的,何小风态度好点了,但觉得范小舟太年轻了,问:"你能行吗?"

范小舟说:"你要觉得不行,可以换人。"

何小风拿不定主意,看我。我说我已经劝过高丽曼了,让她请一位德高望重的老律师,但高丽曼就认准范小舟了。

何小风这才不情愿地说好吧。

签完协议,从律师事务所出来,我请何小风去洗澡。何小风很不屑,说用不着小恩小惠,我是他仇人,这辈子没跑了。我说:"行,你仇人请洗澡你可以不去,可你想不想听听你老婆进去以后的事?"

何小风当然想听。

坐在韩式沐浴房里,何小风裹着一条浴巾听我讲高丽曼在里面的一些生活细节,他的样子让我很感动,我已经很久没看见有人这么用力地去爱一个女人了。我说:"何小风我一直瞧不起你,但在女人这件事上,你让我佩服。"

何小风歪头看着我,问:"她会被判死刑吗?"

我不想说好听的骗他,反问:"以你的经验来看呢?"

何小风就垂下了头,说自己是个扫把星,年轻那会儿,要不是他俩的事闹那么大,双方父母打得跟仇人似的,她就不会因为谭庆龙给她父母买套房子就把自己草草嫁了。现在,好不容易谭庆龙死了,他一出现,她又东窗事发进去了。

我说命运的诡谲,就在于它的无常,人和人之间是相互的因果,让他别想那么多,要不然,没法往下活了。

范小舟给高丽曼当律师后,她的案子我按规定回避,高丽曼也很快交代了犯罪过程。

说起来唏嘘。

高丽曼说她最初对谭庆龙反感,是因为结婚后不久听人说谭庆龙和她老板以前是恋人。谭庆龙去云南逃难杳无音讯,她老板以为他已被人杀害就另嫁了他人。后来谭庆龙回来了,她老板为补偿他,把在店里做技师的她介绍给了他。

谭庆龙和高丽曼结婚后,和她老板藕断丝连。高丽曼知道了很生气,和谭庆龙闹。谭庆龙每次都信誓旦旦和她老板断绝往来,但每过一段时间,高丽曼都能发现他们来往的蛛丝马迹,就提出了离婚。还没等开庭,谭庆龙就出事了,不仅聚众斗殴闹出人命,还有涉黑背景,存款被查没,只剩一栋别墅,人也被判无期。朋友们劝高丽曼,别墅是谭庆龙的婚前财产,离婚也无权分割,还要搬出去,不如撤诉,反正谭庆龙这辈子出不来了,和离婚有什么区别?高丽曼觉得也是,就不再纠结离婚的问题。

可她万没想到,谭庆龙只坐了两年牢就保外就医出来了。她不想为了住别墅就被谭庆龙囚一辈子,再次提出离婚。谭庆龙却请范小舟做律师,打赢了官司。她绝望、愤怒,但也没办法,最大的心愿就是谭庆龙心脏病发作死过去。可日子一天天过去,谭庆龙毫无病态,她奇怪,便留心观察,发现谭庆龙虽然每月都去医院开心脏病药,但从来不吃。她纳闷,也暗自庆幸,以为谭庆龙拿身体不当回事,希望他真的会心脏病发作,到时候她不打120,由着他死好了。

又过了一段时日,谭庆龙依然逍遥地活着,只有定期去医院检查的时候才像是真有心脏病的样子,脸色苍白,冷汗淋漓,但从医院高丽曼说找过。

虽然谋杀谭庆龙的每一步高丽曼都自觉天衣无缝，但心里还是慌慌的，发现谭庆龙手机不见了后，怕引起怀疑，没敢大张旗鼓地找，甚至以为是送谭庆龙去医院抢救时丢在路上了。

陈枢问高丽曼，既然知道谭庆龙保外就医有假，为什么不去举报，这样她不必杀人，也能摆脱他。

高丽曼苦笑，说万一举报不成呢，再说，她也没那么好的运气。

范忠迁的案子判下来了。因为社会危害性不大，主动交代犯罪事实，悔罪态度诚恳，范忠迁被判一年有期徒刑，缓期一年执行。不出意外的话，他基本能躲过牢狱之灾，但被开除公职，政治生命结束了，成了普通老百姓中的一员。

范忠迁失去权力的光环，像猛虎突然失去牙齿，他不适应，也自觉没面子，就选择不出门，天天闷在家里上网下棋。那段时间，范小舟下班就回家陪父母，我们很少见面，偶尔见面也心事重重。范忠迁虎落平阳，范小强集装箱场站的业务大量流失，几十号员工要养，资金无法回笼，范小强被银行和借贷公司追款追成了丧家之犬，经常躲在他们家地下室里一整天不敢出来。

我问范小强贷了多少款。

范小舟说几千万吧。

我那颗原本蠢蠢欲动想逞英雄的心一下子蔫了下去，把我宰宰卖了也卖不出几千万。

范小舟说没事，她爸妈说实在不行，就把别墅卖了。

我问把别墅卖了他们住哪儿。

范小舟说父母搬去和范小强同住，她另外租房。我让她别另租，住我这儿就行，离单位也近。范小舟说她搬出来单住，父母肯定会来看，看到她和我同居会生气的。她家现在都这样了，她不想再给他们添堵。我说没事，到时候我回我妈家住。她说到时候再说。

第二天,范小舟给我打电话,说高丽曼案子下周开庭,高丽曼让她代为邀请我去旁听。

很少有犯罪嫌疑人邀请办案公安干警旁听,我吃不透她什么意思,跟陈枢商量。陈枢怀疑她想当庭翻供,便找出卷宗,把案子又从头到尾梳了一遍也没看出破绽,就去看守所,问高丽曼为什么要让我到庭旁听。

高丽曼说没什么原因,我和陈枢费了那么多心思破这案,她就想看看我女朋友为她辩护的时候我什么表情。

陈枢觉得不对,但高丽曼一口咬定就是如此,他也没辙。

高丽曼开庭那天,队里没事,陈枢也去了。

旁听席上,有对面容憔悴的老夫妻,大概是高丽曼父母,还有何小风,另有五六个年轻男女,跟何小风交头接耳地说话,边说边在笔记本上写写画画,看样子是在采访,应该是媒体记者。

因为高丽曼,何小风已经从协警岗位离职了。那天他穿了件淡青色的休闲西装、天蓝色牛仔裤,胡子刮得干净,头发梳得整齐,像体面而讲究的阳光少年。

曲露露也在,见我和陈枢进来,站起来向我们招手。

各种开庭程序走完,先是公诉人当庭对高丽曼提起刑事公诉,陈述了高丽曼的犯罪过程,虽然高丽曼对犯罪行为供认不讳,范小舟还是恪尽职守地为她进行了轻罪辩护。都快要庭审结束了,陈枢和我担心的当庭翻供也没发生,刚要松口气,就听高丽曼说:"法官,我想争取立功。"

在看守所和监狱待过的人都知道,犯罪嫌疑人所谓的要求立功,都是交代自己或者别人的额外犯罪事实。

陈枢困惑,和我探讨高丽曼葫芦里到底卖的什么药。如果她想通过立功达到减刑目的,为什么要等到现在才交代?

庭审法官也有点意外,问是否和本案有关。

高丽曼说:"如果没有那件事,范忠迁就不可能帮谭庆龙作假办保外就医。如果谭庆龙没有保外就医,我也用不着为了摆脱他而痛下杀手。"

法官看向公诉席上的检察官,他应该经历过无数次庭审,各种场面见惯不惊,对法官点点头,说可以。

法官对高丽曼说:"你说吧。"

高丽曼站起来,看看身边的范小舟,突然冷笑说:"范小姐,知道我为什么一定要聘请你做我的辩护律师吗?"

范小舟没想到话锋会转移到自己身上,一时间竟有点茫然。我急了,差点站起来,被陈枢拽住了,说:"耐心点,往下听。"

范小舟在短暂茫然之后,坦然说:"我不知道。"

高丽曼说:"因为我想让你亲耳听听你爸为什么会帮谭庆龙办保外就医。"说完,高丽曼用怜惜的目光看着我:"还有你,我希望你亲耳听到,关于你爸爸的死,你亲爱的女朋友的爸爸都干了些什么。"

我一时间瞠目结舌,心里发毛,甚至萌生了起身而去的冲动,又被好奇心死死地拽住了。

法官让高丽曼陈述事实本身,不要牵扯过多题外话。

高丽曼说好的,她看着范小舟慢慢地说:"范小姐,我要开始说了。"

范小舟一脸困惑:"你说吧。"

高丽曼说:"你知道你爸为什么会帮谭庆龙办保外就医吗?是因为谭庆龙帮你家挖过地下室,帮你哥的集装箱场站斗过地头蛇?不是的,这种人情,钱就摆平了。是因为谭庆龙帮范忠迁杀过人!他让韩猴子捎口信威胁过范忠迁,说他在里面待够了,不想走往外咬人立功减刑这条路,范忠迁就什么都明白了,帮他办了保外就医。"

范小舟脸色煞白,几乎目瞪口呆,说:"高丽曼!你丧心病狂!你胡说八道什么？”

法官要求肃静，让范小舟坐下。

范小舟气得胸脯一起一伏，法警走到她身后，在她耳边提醒了句什么。范小舟把椅子拖离高丽曼。

公诉人问高丽曼：“范忠迁为什么要杀人？他杀的是谁？谭庆龙为什么会帮他？”

高丽曼看看我：“范忠迁杀的就是你父亲。”

我听见内心里一片天崩地裂，几乎是瞠目结舌地看着高丽曼，一句话也说不出来。

高丽曼说她和谭庆龙关系好了以后，谭庆龙说起他的保外就医是范忠迁帮他办的，她很奇怪范忠迁为什么要对他这么好，谭庆龙就问她记不记得这些年有个漂亮女人逢年过节就带着女儿到范忠迁家。她说记得。谭庆龙说当年这个女人怀了范忠迁的孩子，这个女人的老公知道了，到家里找范忠迁谈判，范忠迁当然不认账，但这个男人纠缠不休，范忠迁实在烦了，就找他把这个男人弄死了。这个女人生了个女儿，还让女儿认范忠迁做干爹。说完，高丽曼的目光落在我脸上，说：“难道不是吗？”

我全身血液像冰冻住了一样，一动也不能动。

范小舟也瞠目结舌地看着我，嘴巴干干地一张一张，说不出话。

法官问：“谭庆龙是在什么时间什么地点杀死的这个人？”

高丽曼说具体细节她不知道，但谭庆龙言之凿凿地说过，范忠迁之所以肯帮他办保外就医，就是因为他替范忠迁杀过这个人。

陈枢叫了我一声。

我像具行尸走肉一样起身，游魂一样往外走，我走在深冬的街上，风像刀子似的一下一下地割在脸上，可是我全身都痛，从上到下，从里到外，没有一个地方不在滴血。

那个我否认了千百遍的谣言，终于变成真相砸在了我头上。

我回到公寓,蒙着被子大睡。

范小舟给我打过无数个电话,我没接。她也来敲过门,我没开。因为我不知道该拿什么样的眼神看她,该说什么样的话,我那么爱她,爱了十几年,她的父亲却在十几年前杀死了我的父亲谢福哉。

第二天下午,陈枢来找我。我还像具尸体一样躺在床上,两眼无神地看着天花板。

陈枢坐在我床边,说他提审了韩猴子和范忠迁,韩猴子承认帮谭庆龙捎过威胁范忠迁的话。范忠迁测谎仪过不了关,就交代了,但否认洪小邪是他的女儿。他说,虽然谢福哉三番五次找他,说洪雪娇亲口说怀的孩子是他的,但这完全是栽赃。谢福哉怕失去洪雪娇,央求范忠迁和洪雪娇谈,让洪雪娇堕胎,他就当这件事没发生,继续和洪雪娇好好过日子。这种事哪能谈,一开口岂不跳进黄河洗不清了,范忠迁就死活不答应。被谢福哉缠得没办法了,范忠迁才让谭庆龙给他点颜色看看,本想吓唬吓唬他,没想到谭庆龙下手太重把他杀了。

我坐起来,看着陈枢,说:"你来找我就是为了告诉我这些的?"

陈枢说他还想找洪雪娇谈谈,可能还要给洪小邪和范忠迁做个亲子鉴定,但又怕太唐突了,会伤害到洪雪娇和洪小邪。

我说我来吧,关于洪小邪和范忠迁的亲子鉴定,可以派两位女警冒充是我的朋友,去家里取洪小邪的毛发。但就算鉴定出来她是范忠迁的女儿,也绝不能告诉她,因为我不想让她觉得自己是个因为通奸才来到这个世界上的杂种,也不想让她知道自己是个杀人犯的女儿。

陈枢说可以。

我给洪雪娇打电话,说晚上要带几个朋友去家里吃饭,让她准备几个菜,不愿意做的话就从饭店叫几个菜。

洪雪娇在电话里的声音有气无力,说:"谢磅礴,你还有心思吃饭？你妈都快让脏水淹死了,你还有心思带人回家寻欢作乐？"

我愣住了,忙问她怎么了。

洪雪娇在电话里号啕大哭,说:"新闻都出来了,你还不知道？"我问陈枢怎么回事。陈枢一愣,说:"你妈看到了啊？"我问看到什么,陈枢说他也是后来才知道的,高丽曼让何小风请了几个有名的自媒体人去庭审现场旁听。自媒体本就是靠噱头收割流量挣钱,一听高丽曼当庭放出的爆款大料,全都回去连夜加班,写了公号推文。从昨天半夜起,《某央企老总雇凶谋杀情妇丈夫,私生女以干女儿的名义登堂入室》,这个爆款帖子就以十万加的态势,被转得遍地开花。但他没想到洪雪娇会这么快看到。

我让洪雪娇别急,挂断电话,打开微信朋友圈,往下划了几屏,果然看见好几条关于范忠迁作奸犯科的公号推文。

我问陈枢怎么不早点告诉我。陈枢说:"我给你打电话了,你接了吗？"

不光陈枢,很多人给我打了电话,我都没接。我看着通话记录上一片红彤彤的未接电话号码,一阵脸红,又把电话给洪雪娇打回去,问洪小邪怎么样。

洪雪娇哭了,说还能怎么样,因为这,洪小邪在学校被人起哄。洪小邪辩解说:"我哥早就给我做过亲子鉴定了,我不是范忠迁的女儿!"那些嗤笑她的坏孩子就笑得更开心了,说:"原来你哥早就知道你是野种啊,亲子鉴定能说明什么？前几天新闻还报了呢,花钱就能把不是亲生的鉴定成亲生的,是亲生的当然也可以鉴定成不是亲生的。"

洪小邪说不过他们,就打了起来,辫子都给打散了,披头散发大哭着回家。洪雪娇跟我说这些的时候,我就觉得洪小邪像那只被欺负得掉了毛的小狮子辛巴。我心疼得要命,恨不能把这帮小混蛋吊打一顿,用烤肉签子串起来烤了扔到海里喂王八。

已经闹成这样，也不用遮遮掩掩了，我让陈枢带了几位民警回家，和洪雪娇谈。

洪雪娇赌咒发誓她和范忠迁没半毛钱关系，别人觉得她风骚，那是别人觉得。至于原因，不外乎是她长得漂亮，喜欢穿，也喜欢玩。别人把漂亮又喜欢打扮喜欢玩的她当成很风骚，她能怎么办？挨个人去解释其实她不风骚只是喜欢玩？谁会信？向领导投怀送抱这事，她更是干不来。如果她真是范忠迁的情人，能干了一辈子出纳没提拔起来？范忠迁的老婆厉害得跟女版座山雕似的，还不得把她扒皮吃了？

陈枢说："那谢福哉为什么要一口咬定你怀了范忠迁的孩子？"

洪雪娇的脸就红了，说怀洪小邪的时候，她不知道自己怀孕了。有段时间，她闻到饭味就想吐，同事提醒她是不是怀孕了，她觉得不可能，因为她怀过孕生过孩子，一点妊娠反应都没有。她认定呕吐是因为吃东西吃坏了，可几天后还是吐，去医院检查才知道居然真的怀孕了，都快三个月了。因为这次怀孕和第一次不一样，她觉得应该是个女儿，想生下来。谢福哉说他俩都是国企职工，超生会被单位开除，让她流产。她不肯，被谢福哉逼急了，就说孩子不是他的，他管不着。本来是夫妻吵嘴的赌气话，没想到谢福哉真信了，天天追问这孩子是谁的，让她冒着被开除的危险也要生下来。洪雪娇知道谢福哉胆小怕事，就故意气他，说："孩子是范忠迁的，有本事你让他跟我说流产！"

洪雪娇无论如何也想不到谢福哉竟然真的去找范忠迁了，问陈枢："他真去找范忠迁了？"

陈枢点头，让她在笔录上签字。

洪雪娇怔怔地，拼命回想，说谢福哉出事之前，晚上确实出去过几次，每次回来都气急败坏的。她问他干什么去了，他都没好气地说管不着。她知道，谢福哉这个人虽然窝囊，但很轴，比如明知道她看不上他,他还是要穷追不舍。其实不是一往情深,只是轴。

洪雪娇问:"他去找范忠迁,范忠迁老婆不知道吗?"

陈枢说不知道,谢福哉每次都是敲门把范忠迁叫出去谈的,还威胁范忠迁,如果他不让洪雪娇堕胎,下一步他就要找范忠迁老婆摊牌,然后联合范忠迁老婆一起去纪委告他,范忠迁以为他精神有问题。

"他怎么没问我?"洪雪娇百思不得其解,"范忠迁这人也是,怎么不问我,问我的话,我也解释一下呀。"

陈枢说他也这么问过范忠迁,但范忠迁说他怕谢福哉是职场对头找的人,他一旦找洪雪娇,更是跳进黄河洗不清,会被捏造出更多子虚乌有扣到头上。

洪雪娇说倒也是,范忠迁在位置上,有他在位置上的难。他三十多岁还是公司副总的时候,有个年轻女职工天天去办公室找他,要他离婚娶她。这事闹得沸沸扬扬,连这个女职工的父母都以为范忠迁睡了他们的女儿,说他仗势欺人,要告他强奸。范忠迁让舆论逼得不得不报案,经鉴定,这位女职工是典型的花痴型精神病,天天说范忠迁睡了她,结果还是处女。

陈枢说就是因为那次事件,范忠迁的老婆对找上门来的女人很戒备,后来洪雪娇带着洪小邪去家里认亲,范忠迁老婆借给洪小邪梳头取了两根带毛囊的头发,跟范忠迁的毛囊一起拿到医学鉴定中心做了 DNA 鉴定,才算放心了。

听说范忠迁老婆偷偷给洪小邪和范忠迁做过 DNA 鉴定,洪雪娇很生气,像平白无故让人抹了一身粪便,说:"没想到她是这样的人!"

陈枢笑了笑,说虽然范忠迁老婆给洪小邪和范忠迁做过 DNA 鉴定,但因为办案流程需要,还要再做一次。

洪小邪在房间里写作业,我让她出来取头发或者刮咽拭子。她不让,说我已经给她做过 DNA 鉴定了,为什么还要做。

我只好实话实说,说上次做亲子鉴定的头发是我从街上随便找了个人要的。

洪小邪气得直哭,洪雪娇把她揽在怀里,安慰她不要怕,让她放心,她肯定不是范忠迁的女儿。洪小邪呜呜哭着说如果是呢。洪雪娇发誓,说如果她是范忠迁的女儿,早就被扔在范家门口了。

第二十七章

范忠迁因为涉嫌买凶杀人，被再次刑事拘留。

案子牵扯到我父亲，我再一次被要求回避。

下午，我在队里发呆，门岗来电话，说有个叫施鱼的女人点名找负责谭庆龙和范忠迁案子的办案民警。

陈枢去技侦中心了，其他人办案的办案，出现场的出现场，只有我在。虽然按规定我得回避和这个案子有关的一切，可我太想知道当年的谜底了，就说让她进来。

不一会儿，一个四十多岁、面容姣好的女子进来了，她背了一只大的原白色帆布包，看上去挺沉。见我看她的包，她就笑笑，将包从肩上摘下来放在桌子上。

我看她眼熟，正努力想在哪里见过她。她笑了一下，我就想起来了，她是洪雪娇工作的美容院的老板，姓施。洪雪娇回家说起来，总是一口一个"我们西施老板"，我还以为洪雪娇叫她西施老板是因为她长得漂亮，没想到是因为她真姓施。

她也认出我了，很意外的样子，说没想到我家会发生这样的事。我苦笑着点头，给她拖了把椅子让她坐下，又给她倒了杯水，问她找办这个案子的人是不是有事情要反映。

施鱼说是，问办公室怎么就我自己。我说都出去办案了。突然，我就不想她跟我说任何话，因为毕竟牵扯到谢福哉，我怕她说出更惨烈的事情，办公室又没其他人，我也许会情绪失控。我给陈枢打电话，问他什么时候回来，说谭庆龙的案子有人来反映情况。

陈枢说他马上到。我刚要挂断电话，就听陈枢又说："你妹不是范忠迁的女儿。"

这并不出乎我意料，我说知道了，挂了电话冲施鱼笑了一下，说我们队长马上到，这个案子由他负责。

我坐下来，和她一起等陈枢。冬天的风卷着不知哪儿来的败叶，怯怯地拍打着窗户。过了一会儿，陈枢和两个刑警带着一身冷气进来。他看看施鱼，友好地笑了一下，顺手塞给我一个文件袋，说不能带走，拍下来给我妹看。

我打开袋子拿出报告，把亲子鉴定结果拍下来，在微信上传给洪雪娇和洪小邪，告诉她们清白了。

我谢了陈枢，给他和施鱼相互做了介绍。施鱼说她看到网上的文章了，她是为谭庆龙来的。陈枢坐下，让另一个刑警准备好做笔录。只有做了刑警才知道破个案子有多麻烦，找条线索有多难。陈枢说干我们这行的，有人上门送线索就相当于你做生意有人主动上门送钱，必须心怀感恩。所以面对施鱼的主动上门，陈枢很客气。

施鱼说十几年前她和谭庆龙曾是情侣，感情很好，后来阴错阳差分开是没办法的事。谭庆龙虽然是道上的人，但他手上没有人命，被判无期那次，人是他手下小弟打死的，可他是老大，就把责任揽到自己身上了。说到这里，她看看陈枢，有点忐忑："警官，谭庆龙已经走了，我就替他把实话说了吧。他把责任揽到自己身上，是为了给手下小弟条活路，如果他不揽责任，打死人的小弟可能要被判死刑。那个小弟家里就他一个孩子，被判了死刑也太可怜了。人不是谭庆龙动手打死的，但谭庆龙把责任揽到自己身上，他不会被判死刑，而小弟虽然打死了人，但因为才十七岁，又是受人指使，也不会被判死刑。谭庆龙揽下责任，等于是救了小弟一命。"

当年的案子是陈枢办的，时隔多年又牵出隐情，陈枢有点挂不住脸。

施鱼见旁边民警在做笔录，忙说："刚才我说的这段，不能做笔录，否则我不签字。"

做笔录的民警看看陈枢。陈枢点了支烟，抽了两口，回头，对做笔录的民警说可以。

施鱼说："我说这些，是想告诉你们谭庆龙很仗义。"

陈枢点头，把烟掐了。

施鱼想了一下，让陈枢把刚才做的笔录要过来，揣在口袋里，想了一会儿，说："现在可以做笔录了。"

陈枢跟做笔录的民警点点头。

施鱼说谭庆龙在道上混了一辈子，手上没有人命，现在他去世了，她更不想让他背黑锅。所以看到媒体上的报道后，她决定来说出当年真相。说到这里，她看看我，说："范忠迁是让你爸折腾得很烦，想让谭庆龙吓唬吓唬他，但谭庆龙没杀你爸。因为你爸出事那晚我们在我老家即墨，那是我第一次带谭庆龙回家见父母，吃完晚饭下起了雨，我爸怕下雨路滑开车不安全，不让我们走。那天谭庆龙正好带着新买的数码相机，接范忠迁电话的时候，谭庆龙正在给我奶奶拍照片，他跟范忠迁说，我们回不去。他给我和我奶奶拍了合影，也跟我们全家拍了合影，让邻居过来拍的。但第二天我们回来，范忠迁突然到谭庆龙家，给他送来五万块钱，说感谢谭庆龙帮他忙。当时谭庆龙云里雾里的，还不知道怎么回事，第三天才知道范忠迁让他给点颜色的谢福哉被人杀了。谭庆龙就明白了，范忠迁给钱有可能是为了封口，还有个可能是为了栽赃。谭庆龙挺生气的，觉得范忠迁给钱等于害他,也怕被范忠迁栽赃,就故意跟范忠迁说我的美容院要开张,钱不凑手想跟他借十万。范忠迁说下班送来。谭庆龙在客厅提前藏了个摄像机,等范忠迁敲门的时候打开,录下了范忠迁送钱的全过程,还特意问范忠迁谢福哉怎么就莫名其妙死了。范忠迁含含糊糊说谁知道呢,多行不义必自毙吧,还特意嘱咐谭庆龙,说谢福哉莫名其妙死了,以前要吓唬他的事别提了,免得招惹不必要的麻烦。谭庆龙没多问,故意扯着他道歉,说那天晚上我们确实在我老家即墨,所以没法完成帮他吓唬谢福哉的事。范忠迁也说相信谭庆龙没撒谎。总之,谭庆龙挺聪明的,故意在对话里说了那天晚上我们在即墨接到他电话却回不来的过程,算是自证了清白。"

施鱼说完,从桌上的帆布包里拿出笔记本电脑,登录邮箱,调出一份被收藏在发件箱里的视频资料,说这么多年,她一直保留着这份资料,就是怕万一哪天谭庆龙被牵扯进这件事里说不清楚。谢福哉被杀当晚谭庆龙在施鱼老家的几张合影也在邮箱里,上面有摄影时间,是在晚上八点半到十点半之间拍摄的,而法医鉴定,谢福哉死于当晚九点半。

所以,凶手另有其人!

可谭庆龙为什么要跟高丽曼说自己替范忠迁杀过人?

陈枢说这种事,以前办案的时候遇上过。有人在路边摊吃烤串喝散啤时,听到邻桌一男的吹牛说自己曾在某县城以一敌三,连杀三个,自己汗毛都没掉半根。那人听了吓得浑身汗毛都站起来了,赶紧结账到旁边打110报警,陈枢去把人带回来一审,吹牛连杀三人的家伙吓得都尿裤子了。像谭庆龙这样的男人,要面子,在女人面前吹牛,是为了显示英雄气概,他还跟高丽曼说洪小邪是范忠迁的女儿呢,还不是靠连猜带揣摩。鉴定结果一出来,脸打得啪啪响。

陈枢把从施鱼邮箱拷贝下来的照片和视频拿到技侦科,傍晚结果就出来了,照片和视频上的时间没有修改痕迹,案发当晚谭庆龙不在青岛市区,杀害谢福哉的另有其人。

当晚,陈枢就提审了范忠迁,问他给了谭庆龙多少钱。

范忠迁说十五万,又交代了给钱的细节,跟施鱼说的一样,但给钱的原因或者说目的有出入。

范忠迁的说法是,他没想杀谢福哉,只想让谭庆龙吓唬吓唬他。吓唬吓唬五万就足够了,可没想到谢福哉死了,谭庆龙又来找他借十万,说是借,在范忠迁看来,就是敲诈。

"你并没让他杀人,为什么要给他这十万?"

范忠迁说:"我怕不满足他,他把这事捅出去,到时候我跳进黄河都洗不清。"

陈枢的目光钉子一样钉在范忠迁脸上。范忠迁被他的目光逼得躲躲闪闪,低着头,看自己脚尖。

陈枢突然拍了一下桌子,大喝:"范忠迁!"

范忠迁被他吓了一跳,抬头看了他一眼。

陈枢把谢福哉被杀当晚谭庆龙在施鱼老家的照片扔到他面前:"好好看看!"

范忠迁拿起照片,翻来覆去看了半天,说:"照片上的男的是谭庆龙,女的是谭庆龙以前的女朋友。"

陈枢说:"你再仔细看看。"

范忠迁又看,怎么也看不出所以然。

陈枢说:"你看照片上的时间!"

洗出来的照片上带着拍摄时间,正是当年的案发时间,施鱼老家离案发地点五十多公里。范忠迁这才明白怎么回事,喃喃说:"也可能是谭庆龙让他手下小弟干的。"

"好,范忠迁,你尽管抵赖,我早晚会查出真相的!"

范忠迁的额头上一层一层地冒虚汗,讷讷地看着陈枢,嘴微微地一张一合,喃喃说:"好吧,是我,是我做的。"

陈枢说，说出"是我做的"这句话的范忠迁像条落在岸上的鱼，放弃了最后的徒劳挣扎。他一再说，他大小是个领导，非常爱惜羽毛，从不带女下属出差，也不和女人出去吃饭，但谢福哉一再说洪雪娇怀了他的孩子，让他出面责令洪雪娇堕胎，否则就到家里找他老婆摊牌，他觉得荒唐透了，也烦透了，才让谭庆龙出面吓唬他，再后来出了命案，纯属意外，他也很内疚。

陈枢问："你只是内疚吗？"

范忠迁说他也一直在努力赎罪，所以他帮洪雪娇办洪小邪的准生证。当洪雪娇带着孩子上门认他做干爸时，他明明吃透了洪雪娇抱大腿的心理，还是遵循她心意做了洪小邪的干爸，平时在生活上也对我们多加照拂，都是在为当年的那个雨夜赎罪。

我终于明白了，谢福哉去世前的那段时间，总是关着门和洪雪娇吵啊吵，原来是逼洪雪娇去堕胎。

范忠迁交代，十四年前的那个晚上，谢福哉又去他家，范忠迁本想让谭庆龙吓唬吓唬他，没承想谭庆龙去了女朋友的老家，不在市区。正好老婆不在家，他索性把谢福哉叫到家里，想跟他好好谈谈。可谢福哉鬼迷心窍，油盐不进，说他爱洪雪娇，即使洪雪娇出轨怀了他的孩子，他也爱她，但他也有底线，那就是洪雪娇不能把别人的孩子生下来。谢福哉一次次地找范忠迁只有一个目的，就是让范忠迁劝洪雪娇堕胎，然后一刀两断。他会原谅洪雪娇，也不张扬这桩丑闻。

范忠迁问谢福哉要胡闹到什么时候。谢福哉说这是他最后一次来找范忠迁，如果范忠迁还不和洪雪娇摊牌，那谢福哉就去找范忠迁的老婆捅穿这件事，举报范忠迁利用职权，胁迫女下属和他发生关系，并企图生下他的私生子。范忠迁按捺不住怒火，和谢福哉吵了起来。没想到谢福哉抄起茶几上的水果刀，让范忠迁必须跟他走，到他家跟洪雪娇摊牌。

谢福哉拿水果刀抵在范忠迁腰上,范忠迁只好发动汽车,按谢福哉指挥的路线走。一路上,范忠迁越想越觉得荒唐,他堂堂央企老总,竟让个邮递员欺负了,走到辽宁路时,他停车赶谢福哉下去。谢福哉不下车,范忠迁就下车转到副驾驶拖谢福哉下车。谢福哉不下,挥舞着水果刀威胁范忠迁,两人扭打成一团,扭打过程中,范忠迁夺过刀子,不小心捅了谢福哉。当时,看着谢福哉捂着肚子从车上滑下来,他非常害怕,就开车跑了,可跑出去没多远,又怕谢福哉得不到救治会死掉,就掉头回去,想着把他送医院,给他赔礼道歉,再适当给些赔偿,应该不会有什么大事。可等他回到事发地点时,谢福哉已经死了。雨也越下越大,冰凉的雨水劈头盖脸地浇下来,范忠迁清醒了,拿走谢福哉钱包里仅有的几十块钱和手机,扔进了离案发现场十几公里的垃圾箱,伪装了一个抢劫杀人的现场就跑了。

回家后,范忠迁冷静下来,把事情从头到尾想了一遍,想起自己曾让谭庆龙帮忙教训谢福哉,而谢福哉又死了,怕谭庆龙日后说漏嘴把他牵扯出来,就给了谭庆龙五万块。虽没明说,但谭庆龙不傻,应该明白这是封口费而心照不宣,没想到谭庆龙又打着借的幌子讹了他十万。

陈枢问:"当晚你的家人呢?"

范忠迁说当晚家人都不在家。

"都不在吗?"

范忠迁说那天晚上,老婆去参加一个亲戚的家庭聚会,范小舟放学去姥姥家了,范小强刚二十岁,天天和他的狐朋狗友们泡在一起,十二点之前能回家的时候很少。

我听得泪流满面,原来十四年前的那个夜晚,谢福哉死在瓢泼一样的大雨里,并不是因为我。谢福哉不仅窝囊,还是个混蛋,十四年了,他竟连个梦都不给我托,任由无边无际的愧疚在漫漫长夜里啃咬我。

范忠迁对谋杀谢福哉的事供认不讳。洪雪娇很难过,说万没想到自己置气的一句话,让谢福哉搭上了性命不说,还毁了范忠迁一家。好像谢福哉被范忠迁杀了,害范忠迁去坐牢,是谢福哉的不对。我和她吵了一架,洪小邪和我站同一战壕,斥责洪雪娇的势利和没原则。

洪雪娇就尖叫,说洪小邪没良心,说洪小邪不过是谢福哉死皮赖脸撒在她肚子里的一颗种,她怀胎十月把她生下来,含辛茹苦拉扯她长大,是范忠迁一直疼爱她罩着她,在这个家属院一样的小区里我们才没像蝼蚁一样任人欺辱。洪小邪说:"他那是罩着我吗?他那是欠下我们家一条人命,企图用有毒的糖豆还债!"

洪雪娇就冷笑,说如果谢福哉活着,他会为了保住公职而把她押送到医院堕胎,洪小邪连吃那颗有毒的赎罪糖豆的机会都没有。

洪小邪一下子就哑然了。

我明白了,在谢福哉和洪小邪之间,如果让洪雪娇选择一个人活着,她选洪小邪。而且我也相信,如果谢福哉活着,这个世界上就不会有一个叫洪小邪的女孩。

这就是生活,有时候会充满了邪恶的无解。

我想把这句话告诉范小舟,但自从高丽曼当庭揭发范忠迁是雇凶杀死谢福哉的幕后黑手后,我和范小舟就再没联系过。她也没再更新过朋友圈状态,永远一条黑线,像一张被缝上了的强制沉默的嘴。

很多次,我打开和她的对话框,凝视良久,却不知该说什么。

洪雪娇和洪小邪也没再提过范小舟,好像每一个姓范的人都是我们家的敏感因子,只要一提及,狂风暴雨就会不知从哪个角度袭击过来淹没我们。

有时候,我会觉得这一切像个不真实的邪恶的梦。每当有这个感觉时,我就让陈枢打我一下,陈枢就会捣我一拳。他并不用力,但我的身体会合乎逻辑地往后趔趄一下,我就知道这是真的。

陈枢说他走访过范小舟的姥姥家。她的姥姥姥爷已经过世,但她的舅舅舅妈可以做证,如果范忠迁老婆晚上有应酬,就会让范小舟放学到姥姥姥爷家吃饭。那天晚上,范忠迁老婆参加亲戚聚会,确实不在家。范小强也有不在家的证据,他和朋友们在香港路的"男孩女孩"蹦迪,还记得那晚驻唱歌手的名字和唱的歌,他的朋友们也都记得,为了请歌手出去吃夜宵,他们还和另一帮社会青年打了一架,范小强被人打破头,送到医院缝了好几针,医院的急诊档案里也能查到记录。

范忠迁的案子开庭前,方翰闻约我出去坐坐,不喝酒,只是聊聊。我说行。

半个小时后,我们在良友书坊见面。良友是青岛的文艺青年网红地标,本地和外地的文艺青年很多喜欢来这儿,叫杯咖啡,要道甜点,拿本书打卡拍照,有宁静里的熙攘感。方翰闻觉得闹,我们就去了四楼,我点了杯美式,问他最近怎么样。

他说还那样。

作为公诉机关,检察院早就收到范忠迁谋杀谢福哉的案子了。他不提,我也不想开口,因为我、他还有范小舟三人之间的关系,不管从哪个角度说这件事都不合适。

沉默像一口闷着的蒸锅,让人窒息。

我问:"就单纯想和我坐坐?"

他说范忠迁的案子快开庭了,他是公诉人,这也是他独立公诉的第一个案子。我说不应该啊,以他和范小舟曾经的关系,应该回避才对。

方翰闻笑笑,说他提出过回避,但范小舟说她不介意。

我问方翰闻,他和范小舟是不是经常见面。他说偶尔,她会去查阅卷宗。我跟方翰闻说我很抱歉,我太自私了,当年我不应该拦着他跟范小舟复合。方翰闻低着头,看着咖啡微微地笑了一会儿。他笑着的时候,眼神还是那么寥落,像陨落的彗星,暗淡地飘散。突然地,我就怀疑他是抑郁症患者。抑郁症患者哪怕开心大笑,眼里都是没有光的。方翰闻沉默隐忍地笑了一会儿,劝我不必内疚:"人嘛,说到家还是动物,贪婪和自私是动物的本性。"

又是一阵窒息的沉默,他又说,虽然和范小舟分手了,他还是很关注范小舟,也知道她和我好了,但一直假装不知道,直到婚礼前,实在忍不住了,跑去跟我说他还爱着范小舟,其实就是希望我能主动退出成全他和范小舟复合,但我没有。

他和我握手,说人都为自己活着,只要不危害社会不伤害他人就是好人了,谁又能比谁高尚多少。

我点头,表示赞同他的说法。

方翰闻说范忠迁现在是两案在身,可能不会轻判。

我抬眼看着他,说:"想说什么你就尽管说吧。"

方翰闻踟蹰了一会儿,说:"你看……范忠迁当年其实也没想真的要杀死你父亲,离开现场后还试图回去施救,你看……能不能范家给一部分经济补偿,你们达成和解?"

我搁在桌子上的手下意识地攥成了拳头,几乎是想都没想就说:"不能,我们家虽然不富,但不能拿我爸的命卖钱。"

方翰闻好像陷入了左右为难,低声说:"范小舟瘦了很多,有一天她去检察院看卷宗,那天风很大,她离开时我从窗户看着她,背影薄得像一片叶子,好像随时能被风掠走,看得我很难过。"

我问:"小舟让你找我的?"

方翰闻摇头,说范小舟不会开这种口的。

我心里一松,如果是范小舟让方翰闻来的,她在我心目中的形象会受损,虽然我做不到完全不答应她,但是她就再也不是我的女神了。

我搓了把脸,跟方翰闻说,我不恨范小舟,一点也不恨。我只恨谢福哉和范忠迁,谢福哉脑子缺一根筋,范忠迁也脑回路出了问题,要不然谢福哉为什么非要死催一样去纠缠他?范忠迁为什么不想想后果就动了刀?就算宁肯被人误解被人骂,随便找个理由把洪雪娇开了也比杀掉谢福哉好!

方翰闻说现在范家日子很难,听说正在张罗着卖别墅帮范小强还银行贷款。

我跟方翰闻说对不起,我怕答应他之后会一辈子活在谢福哉阴魂不散的谴责里。警察破不了案,他没法怨我,可破了案,我这当儿子的却高抬贵手放过了杀父仇人,他在天之灵是不会放过我的。

方翰闻说:"那好,就当我没说。"

我们在良友书坊坐了两个多小时,话并不多,有一搭没一搭的,话题之间,互相也没什么关联。最后我买了单,我让他转告范小舟,她是她,范忠迁是范忠迁,我不恨她,即使我们已不可能在一起。

半个月后,范忠迁的案子判下来了,范忠迁因为过失致人死亡,被判入狱二十年。因为案子是由高丽曼杀人案牵出来的,范忠迁也算一方人物,影响比较大,第二天本地大小媒体都刊登了这个新闻。

庭审那天,我和洪雪娇都没去,案情细节我已在卷宗里看过了,不想再去庭审现场听范忠迁声情并茂地说一遍,我怕我会忍不住跳起来去打他。他那么老了,身边还站着因为他而憔悴不堪的范小舟,我不想失态。

洪雪娇没去,是因为内疚。她说她不该因为谢福哉窝囊就随口说个大人物吓唬他,要不然范忠迁也不会成为杀人犯。总之,她觉得对不起范忠迁,觉得自己才是酿成这一切的罪魁祸首。

从那以后很长一段时间,洪雪娇不再打扮得像个大花蛾子似的在公司大院里进出,也不再在人前趾高气扬地放浪大笑。

范忠迁案子判下来的第二天下午,陈枢正带着我出现场,突然接到局里的电话,说有人打电话跟局里反应,范忠迁在当年谢福哉命案发生的当晚和他在一起,没有作案时间,我们冤枉他了。

陈枢一听,脑子就大了。人不是范忠迁杀的,那他为什么要认罪?而且现场指认和描述与当年一模一样,又该如何解释?

出完现场,我们开车直奔看守所。

范忠迁的案子刚判下来,人还在看守所关着,没来得及移交监狱,对我们的再次提审,他很意外也很不理解,问:"我不是已经认罪了吗?还找我干什么?"

陈枢说:"人到底是不是你杀的?"

范忠迁就笑了:"杀人这种事能随便往自己身上揽吗?再说法院判都判下来了,怎么又说不是我杀的?"

陈枢说:"范忠迁,我希望你不要耍我们。"

范忠迁态度很老实,说:"我可没那么大胆子耍公检法的同志。"说完,他站起来,说他该配合我们的已经配合完了,他最近血压不太稳定,没其他事他回监舍休息了。

范忠迁不配合,我们也没有更准确的信息和过硬的证据,只好作罢。

从看守所出来,陈枢跟局里要来为范忠迁鸣冤的人的电话号码,打电话约好直接去他家里面谈。

给局里打电话的是范忠迁的世交好友,姓鲁,叫鲁力海,是某大学教授。鲁范两家是世交,十四年前案发那天,是鲁力海母亲的八十岁大寿,寿宴办得隆重,包了东部某大酒店的宴会大厅,范忠迁两口子也去了。寿宴持续到十点半多才散,范忠迁和鲁力海一桌,他可以做证范忠迁没离开过寿宴现场,当晚他不仅请了专业司仪还请了专业摄像。

说着,他打开电脑,插进去一个光盘,里面有两份视频文件,一份是两个多小时的原始视频,一份是剪辑过的,只有半个多小时。

我们拷贝了原始文件回局里研究,果然,范忠迁除了起身接打过几个电话外,全程都在。

陈枢看得勃然大怒,说:"这个范忠迁,到底在玩什么?人明明不是他杀的,为什么要认罪?"

我们再度返回看守所提审范忠迁,但范忠迁依然推说身体不舒服,拒不接受提审。

在审讯室里,陈枢气成了暴跳的狮子,可是范忠迁不配合,他完全没办法。

之后,我们又去了几趟看守所,每次都是这样,范忠迁以身体不适为由拒绝审讯。但案子有明显的漏洞,局里也不能放任不管,就给检察院打报告,要求把范忠迁的案子发回重新调查。

要重新立案调查,得找家属在申诉材料上签字。

谁去找范家人签字?

全队的人都把目光投到我身上。我恨不能把脑袋埋起来。最后陈枢拍拍我的肩,说:"哎,伙计,别装睡了,难道你不希望范忠迁是被冤枉的?"

一下子倒把我给说恍惚了,是啊,关于谢福哉被谋杀一案,难道我希望凶手是范忠迁?我比谁都希望范忠迁是被冤枉的,我竟然有那么点不恨他了,哪怕他不配合,我也要帮他洗脱冤情。

我和陈枢下午去了范小舟家,范小舟和范小强不在,范忠迁老婆坐在客厅里发呆,电视机在孤单地响着,她的目光并不在电视上,仿佛开着电视只是为了家里有点人声陪她。

我们说明来意,希望她在申诉书上签字,马上启动重新调查。

范忠迁老婆眼睛一亮,然后问为什么启动重审。

陈枢说因为我们有新证据证明范忠迁当晚不在犯罪现场,这样的话,犯罪分子就另有其人。

范忠迁老婆犹豫了一会儿,问范忠迁怎么说。

我刚要说范忠迁不配合调查，陈枢的脚在沙发底下踢了我一下，我忙闭嘴。陈枢说因为怕影响犯人情绪稳定，所以想等调查清楚了再告诉他。

　　范忠迁老婆说这样啊，她拿起笔，犹豫了一会儿又放下了，说她想先去看守所看看范忠迁再说。

　　总之，那天我们嘴皮磨破，范忠迁老婆就是不签字。

　　从范家出来，陈枢说这里面一定有文章，谁会放着好日子不过，愿意在监狱待二十年？夫妻感情没问题，谁又愿意自己丈夫被关在监狱里？

　　我问陈枢怎么办。

　　陈枢看看我，说字不一定要范忠迁老婆签，他的子女也可以，然后，他不动声色地看着我。

　　我说我已经很久没见过范小舟了。

　　陈枢说："正好给你个机会。"

第二十八章

我在中铁大厦楼下的奶茶店给范小舟打了个电话。她很意外,也很警惕,问我有什么事,好像我俩之间不曾有过如漆似胶的感情。我不想再让她费心猜,径直说范忠迁的案子有疑点,要重新调查,需要亲属在申诉书上签字。

范小舟很吃惊,问有什么疑点。

我说可能凶手不是她爸,而是另有其人。

范小舟让我稍等,她马上下来。

我叫了杯她喜欢的香草奶茶,很快她就下来了。我把大体情况跟她说了一遍。范小舟就哭了,说:"就是嘛,我爸怎么可能杀人。"说着,她龙飞凤舞地在申诉书上签了字,又轻声说谢谢。

我说不用谢我,是我们工作没做好。

抱着奶茶的范小舟真的消瘦了很多。我很心疼,想给她一个拥抱,但也知道不能,至少现在不是时候,就说:"这世界上好多事情真的很奇怪,你看,你爸承认杀了我爸的时候,我觉得自己恍然大悟了,以为你爸是因为杀了我爸才不同意我们在一起,你说呢? "

范小舟微微一愣,也点了点头,说她问过她爸,她爸说就是因为这，他说他杀了谢福哉，不敢看我的脸，一看我的脸就会想起自己是杀人犯。

可现在，我们警方手里有足够的证据证明范忠迁不在犯罪现场，也没有犯罪时间，范忠迁为什么不配合呢？

范小舟也奇怪，她的父亲明明不曾杀过人，为什么执意要当杀人犯呢？

我们陷入百思不得其解的沉默中。

良久，我开口："方翰闻找过我。"

她看着我，一动不动。

"他希望我能和你们家达成和解。"

"不是我的意思。"

"知道，我拒绝了他。"

"理解。我不怪你，如果真是我爸做的，我也没资格怪你。"

我点点头，说："还有件事，我想我应该告诉你。"

"跟我有关？"

"是的。"我艰难地咽了口唾沫，说，"方翰闻婚礼前找过我，告诉我他想悔婚，因为他发现自己还深深地爱着你。"

"然后呢？"

"我骂了他一顿，说他自私，还告诉他你已经是我的女朋友了，不许他继续伤害你。"

范小舟低着头喝奶茶，默默地，一直喝。

我起身，拿起签好字的申诉书，又说了一遍对不起，转身离去。我在心里默默地祝福她，祝福她好，祝福她幸福，不再有烦心事。

因为范忠迁不配合，半年过去了，案子迟迟没有进展。洪雪娇怕我一个人住在湛山的公寓触景伤情，逼着我搬回家住。

我搬回八大峡没多久，有一天我们一家三口正坐在餐桌前吃快餐，突然听见大门"丁零"响了一下。我没在意，以为是风。

我们家离海很近，五月了，我喜欢开着窗，让海风携带着春天的花香造访我们，而大门的后面，洪雪娇安了几个自粘挂钩，进门后可以把钥匙以及零零碎碎的小东西挂在上面，有时候穿窗而过的风会像抚弄琴弦一样，把它们抚弄出悦耳的响声。

洪小邪突然叫了声姐。

我闻声扭头，看见范小舟站在我家门口，她怔怔看着我们，泪水缓缓从她脸上流下来。

我以为出了事，忙站起来，问她怎么了。

范小舟的手揣在薄风衣口袋里，说没事，从楼下走过，顺路看看。

洪雪娇对范小舟的到来也意外，但她更懊恼的是自己老了，脑子坏了，回家没锁上大门，她拍打着脑门，说这是个危险的信号，早晚有一天，她会老年痴呆得忘了回家的路。

我让范小舟进来坐。她说不了，看一眼我们就走。说着，她转身下楼。我追出去送，问她最近怎么样。她说瞎忙，家里的房子已经卖了，这几天正在收拾东西搬家。

我跟她道歉，说范忠迁的案子胶着不前，一方面是范忠迁不配合，为了让我们相信谢福哉就是他杀的，甚至还给我们编了个神乎其神的玄幻故事，另一方面就是我们再没找到其他更有价值的线索。

范小舟说："我明白。"

"你明白什么？"

"我什么都明白。"

她说得我脑子里电闪雷鸣的。到了楼下，我问她车停在什么地方，我们八大峡这边什么都好，就是停车位不好找。

她说车已经卖了，说范小强的老婆和她妈妈个性都太强，住不到一起，她把车卖了，交个首付买套房给她妈安度晚年。

我心里不是滋味,觉得不管谢福哉是不是范忠迁谋杀的,但范家落魄至此跟我有一定的关系。我跟她道歉。她说:"不,该说道歉的是我们家。"

我说:"我爸不一定是你爸杀的。"

她看了我一会儿,突然笑,说重新立案后,方翰闻退出范忠迁案子的审查和公诉了。我说应该这样的,要不然如果有人找事,容易说不清楚。

范小舟说他们昨天见面了,方翰闻说这两天就和闫晓妮摊牌,请求她的原谅,没有爱的婚姻对她也不公平。

我明白了,他们终于还是回去了。除了祝福,我还能说什么呢?

范小舟来我家的第二天,范小强到局里自首,说他才是杀死谢福哉的凶手。

范小强交代说案发那天,范忠迁两口子出门赴宴,范小舟放学后直接去姥姥姥爷家。他本来和朋友们约着去喝酒蹦迪的,可中午吃海鲜吃坏了肚子就没去。晚上八点多,谢福哉去了他们家,说找范忠迁。范小强告诉他范忠迁不在。谢福哉却说他必须在那天晚上跟范忠迁要到一个说法,否则不走。范小强不知道怎么回事,就给范忠迁打电话。范忠迁很生气,让范小强把电话给谢福哉,范忠迁不知跟谢福哉说了什么,谢福哉情绪很激动,把电话挂断了。范小强感觉不对,又把电话打过去,问范忠迁谢福哉到底是谁,来干什么的。范忠迁让他别管,让他找谭庆龙来处理。

谢福哉见范小强在电话里和范忠迁扯了半天,感觉俩人是在商量怎么对付他,就从茶几上抄起水果刀,逼范小强带他去找范忠迁。范小强故意带着他兜圈子,可因为肚子坏了,走到辽宁路科技街一带时,便意汹涌而至,他就开车去附近的公厕。谢福哉却认为他要找借口甩掉自己,跟着下车紧追不放,被便意折腾得魂不附体的范小强出言不逊,两人打了起来,扭打中范小强夺走水果刀,捅了谢福哉两刀后跑进厕所,边上厕所边跟范忠迁把情况说了。范忠迁让他上完厕所赶紧把谢福哉送医院抢救,可等他从厕所出来,谢福哉已经死了,他吓坏了,问范忠迁怎么办。范忠迁让他把谢福哉钱包里的钱和手机拿走,制造抢劫杀人的假相,他照做了。侥幸的是,因为雨大街上没人,瓢泼大雨把现场冲刷得干干净净……为了制造不在作案现场的证据,范忠迁又让他去夜场找之前约好的朋友,谎称他早就来了,只是看上一美女,献了一晚上殷勤也没得手,索性加入大部队一起玩耍。还让他借故和人打架,以便在医院急诊室留下就诊记录……

陈枢问:"既然人是你杀的,为什么范忠迁对案情细节了解得那么清楚?"

范小强低头沉默了一会儿才说,范忠迁事后问他,他说了,范忠迁让他以后永远不要向任何人提起这件事,哪怕最亲近的人,万一有情况,他来处理,不许范小强插手。

我们明白了,在谭庆龙假保外就医案和谋杀谢福哉这两个案子中,范忠迁之所以认罪态度特别好,不是他心理素质不好撒不了谎,而是怕我们继续侦查挖出他的儿子范小强。

陈枢问范小强怎么会忍心让父亲给他顶罪。

范小强说给谭庆龙办假保外就医东窗事发后,他和父亲谈过几次。范忠迁说,他已经这样了,范小强还年轻,无论如何不能进去,否则这辈子就完了。范忠迁逼范小强发誓,无论任何时候都不要提谢福哉,谢福哉的死和他没有关系。

"现在呢?为什么良心发现了?"

范小强从口袋里摸出一串钥匙:"因为它。"

陈枢接过来,翻来覆去地看,说:"哪儿的钥匙?"

我接过钥匙串,看着看着,泪就流了出来。是的,我确定无疑,这是谢福哉的钥匙串,上面有两枚子弹壳,是我爷爷从朝鲜战场带回来的。谢福哉是个对生活没有太多奢望的人,很感谢这个世界给予的一切,所以他在每一枚弹壳上都刻了一个字,歪歪扭扭,不仔细看都看不出是个"谢"字,两枚弹壳合在一起,就是"谢谢",既是他的姓,也是他要对这世界说的话。他在弹头位置钻了俩孔,用一个最小号的钥匙环串在一起做成钥匙坠,那曾经是我童年最喜欢的玩具。

见我表情异样,陈枢问怎么了。

我说:"我爸的钥匙。"

陈枢问范小强:"怎么在你那儿?"

范小强说这串钥匙应该是十四年前谢福哉坐他车时掉在车上的,卡在副驾驶车座下左侧的缝隙里。直到几个月后,他去洗车场深度洗车,才被洗车工发现了。他以为是哪个朋友搭他车落在车上的,把朋友问了一圈也没人认领。他想也可能是哪个他一时没想起来的朋友或者某个只搭过他一次车的朋友丢在车上的,说不准以后想起来会回来找,就拿回家扔在抽屉里了。随着时间推移,他就忘了这串钥匙。再然后,他结婚搬出去,钥匙就彻底被忘在抽屉里了。最近父母决定把别墅卖了帮他还贷款,范小舟收拾东西搬家,收拾他原来房间的抽屉时发现了这串钥匙。

陈枢问:"她认识这串钥匙?"

范小强说:"她在谢磅礴家的影集里见过。"

"她问过你了?"

"问了,问我这钥匙是谁的。我这才想起来,告诉她十几年前有人掉在我车上的,我也不知道是谁掉的。她问到底是哪一年,我说就是我在夜总会被人打破头那一年。"

我知道了,范小舟认识这串钥匙,但还是不敢相信这是真的,所以她拿着钥匙去我家,结果门被打开了。

我终于明白范小舟为什么会站在我家门口泪流满面了,而门能被打开也不是洪雪娇回家忘了关,不是风太大吹开了,而是范小舟有钥匙,她用钥匙打开了门。

当我家的门被打开，她从看到钥匙一瞬间产生的残酷猜想被证实了，她的哥哥杀了我的父亲谢福哉，这也是她父亲哪怕面对不在场证据都不肯配合调查的原因，更是她的母亲不肯在申诉书上签字的原因。他们在齐心协力地保护他们的儿子范小强！

"是她劝你来自首的吗？"

范小强说："不是，小舟回家后，拿着这串钥匙让我猜她刚才去哪里了。我猜不中。她说去谢磅礴家了，她用这上面的钥匙打开了谢家的门。我这才知道这串钥匙是谢福哉掉在我车上的，她一直在流泪，也没劝我，只说我父亲的情况很糟糕，头发白了，天天面对墙角坐着一句话不说。我对自己当年的鲁莽非常后悔，虽然后悔没用，但这由我而起的一切，也必须由我来结束，所以我来了……"

第二十九章

两个月后，范小强因失手致人死亡被判十四年有期徒刑。范忠迁的案子发回重审，因包庇罪被判两年有期徒刑。

判决下来的当天，方翰闻就跟闫晓妮摊牌了，他跟她忏悔，说他们可以是亲人，也可以是好朋友，但不能做爱人。因为他必须承认他不够爱她，这常常让他觉得自己是个混蛋，甚至是个罪人，他怕再继续下去自己会疯，也会伤害她更深。

闫晓妮默默听着，问他是不是还爱着范小舟。

方翰闻默认了。

闫晓妮抓起车钥匙，说家里闷得慌，她要出去透透风。方翰闻想陪她，被拒绝了。

四个小时后，方翰闻接到高速交警的电话，说闫晓妮在沈梅高速公路淄博段和一辆大货车发生追尾，人当场没了。

方翰闻震惊到不能自持，给我打电话。我载他去淄博，一路上，他恍惚得像在梦游中受到了惊吓的孩子，不停地说："怎么会这样？怎么会这样？"

除了点一支烟按到他嘴上，我不知该怎么安慰他。

见到闫晓妮支离破碎的身体时,他瞬间崩溃,瘫坐在地上,揪着头发大叫:"老天! 你为什么不惩罚我!"

他跳起来,大喊着让老天惩罚他,放过闫晓妮。他像疯子一样在高速公路上跳来跳去,把高速交警弄得束手无策,问我该怎么办。我没办法,只能从背后抱住他,把他按在路边,喊着他的名字让他冷静。

慢慢地,他平静了下来,目光涣散,但很固执,执意要让闫晓妮魂归故里。我们在淄博待了两天,租了冰棺和殡仪馆的车,一路护送闫晓妮回家。我是个自私而又胆怯的人,坚决不让方翰闻告诉闫晓妮父母实情。如果他说刚跟闫晓妮谈过离婚,那么在闫晓妮父母那儿,他马上就会由正在经受丧妻之痛的可怜女婿变为致闫晓妮丧生的凶手。如果不是他提出离婚,闫晓妮就不会受到打击,也不会突然回陕西,更不会因为心绪混乱而追尾货车丧生高速公路。

方翰闻在陕西给闫晓妮办丧事期间,范小舟来过两个电话,问他怎么招呼也不打一声就回陕西了。

方翰闻默默流泪,告诉她闫晓妮出事了。

范小舟不知事情的严重性,问要不要紧,方翰闻说人已经走了。范小舟问怎么回事,方翰闻说她想回陕西看看父母,路上出了车祸。

范小舟不信,说就这么简单吗。

方翰闻说就这么简单,闫晓妮死了,他才知道自己有多爱她,这辈子他不会有第二个妻子了。

范小舟什么也没说。

方翰闻开着扬声,我能听见范小舟轻轻的喘息。

他们都不说话,只有空气无声地在话筒前流动,我帮方翰闻挂断了电话。方翰闻抹了一把眼泪,说:"别告诉她真相。"

我"嗯"了一声。

方翰闻说:"我不想让她背着内疚过一辈子。"

我又"嗯"了一声。

方翰闻说："背着一条生命的爱情不会幸福的。"

我知道,方翰闻和范小舟不会有未来了。从闫晓妮家告辞出来前,方翰闻给闫晓妮父母磕头,说闫晓妮走了,他就是他们的儿子,闫晓妮是他唯一的妻子,不会再有第二个了。

从陕西回来,我陪了方翰闻几天才回家。谢福哉忌日那天,我把范小强的判决书下载了一份,打印出来,在谢福哉坟前烧了。之后,我和洪雪娇坐在墓碑前,说起往日曾经,说起谢福哉的死。我对洪雪娇说："这件事也怪你,如果你不信口胡诌孩子是范忠迁的,谢福哉也不会死,范小强也用不着坐牢。"

洪雪娇很委屈,觉得我和小时候一样,还是偏袒谢福哉,说："你以为我愿意撒谎啊?你爸死活不相信我怀的是他的孩子,非说我给他戴了绿帽子。没错,我是喜欢作点妖,可作妖就等于胡搞吗?你爸活着的时候,除了他我就没睡过第二个男人。"

我奇怪,问："我爸为什么一口咬定孩子不是他的,有证据吗?"

洪雪娇红着脸吭哧了一会儿,说还能因为啥。

原来,洪雪娇生下我之后,她和谢福哉就一直用安全套避孕,从来没失败过。可不知怎么的,我十二岁那年她又怀上了。谢福哉很生气,认定她出去胡搞了,因为他连洪雪娇安全期都用安全套,洪雪娇怎么可能怀孕?洪雪娇说用谢福哉单位发的福利安全套,肯定质量不过关,但谢福哉说他问过单位的同事了,大家都用单位发的安全套,没有一个怀孕的,所以他认定洪雪娇怀的是野种,逼着她堕胎。洪雪娇也是个倔人,谢福哉越这样她就越是要生,发誓要生下来做个亲子鉴定摔到谢福哉脸上!

听洪雪娇说完,我突然觉得有千军万马在我身体里轰然跑过……

我想起了十四年前的春天,我看一本科幻动漫,说把很多气球扎在一起,人就可以飞起来。洪雪娇工资不低,但永远有买不完的新衣服、化妆品和各种首饰，所以她从不舍得给我零花钱。谢福哉呢，工资不高也不低，但他抠门抠到姥姥家，偶尔给我五毛钱零花，就是开了天地洪恩了，而那五毛钱一般不等焐热就变成辣条和板筋到我肚子里了。

可科幻动漫描述的气球助人升空太美妙了，我特别想实施，却没钱买气球，就想起了谢福哉床头柜抽屉里有个塑料袋，里面有很多"气球"，是谢福哉单位发的福利。有次谢福哉拎了一大袋子回来，跟洪雪娇炫耀，说别人不要，都让他领了。洪雪娇还骂了他一顿，说他臭不要脸，一天到晚就惦记那点破事。谢福哉说用不了给孩子当气球玩，也真给我吹了一个，我们爷儿俩当排球往天花板打了半天。

那天是个周四，学校下午不上课，我从床头柜抽屉偷拿了好多奶黄色的"气球"，吹了十几个，把腮帮子都吹肿了，扎成一堆，可我跳着脚都飞不起来，才发现科幻动漫是骗人的。这时谢福哉回来了，他抠，虽然可以给我一个"气球"玩，但要看见我给他祸害了这么多肯定得气疯。谢福哉气疯了也不打我，但他没完没了地数落更让人抓狂，我连忙把"气球"塞进壁橱，假装没事人一样问他怎么回来了。

谢福哉说知道我周四下午学校不上课，他早早送完信回来看着我，免得我出去打架，害得他不是去给人家赔礼道歉，就是去给人家赔钱。

我知道完了，谢福哉不会出去了。我特别怕他看见壁橱里的"气球"而数落我，又不敢拿出来一个一个放气，于是趁他去厕所的空当，用针把每个"气球"的顶部都扎了一下，让它们自己慢慢放气。等它们蔫成一团，我把它们塞在一堆衣服底下，这样如果不是特意找，谁也发现不了它们。

然后，我就把它们忘在脑后了。星期天，洪雪娇又出去浪，谢福哉在家抽烟，找不到火机，翻床头柜抽屉，警觉地发现"气球"少了。他很生气，给洪雪娇打电话，哭唧唧地让洪雪娇坦白到底给他戴了多少绿帽子,安全套少了整整十九个就是铁证!

他们俩在电话里哇哇地吵了半天,谢福哉让洪雪娇等着,撂下电话就冲了出去。

我这才想起来,他说的那什么套,就是被我拿来玩的"气球",而我已把它们忘在壁橱里。

我连忙从壁橱的衣服下掏出它们,一个个解开,费尽九牛二虎之力才把它们卷成原来的样子,塞回床头柜抽屉的袋子里。

晚上八点多,他们吵吵嚷嚷地回来,洪雪娇骂谢福哉不要脸,竟然用在挂历上打叉的方式记这种事。谢福哉说幸亏他记了,要不然让一摞一摞的绿帽子压死了都不知道自己怎么死的!

他们像两只愤怒的斗鸡,相互推搡争执,进了卧室。我听见谢福哉说:"你别以为是散装的我就没数!我一共领了一百个,用了几个我都记得!"说着,谢福哉把墙上的挂历掀得哗啦哗啦的,说,"你数数!"

洪雪娇当然不会听他吩咐。谢福哉就一个一个自己数,数完说:"一共用了三十二个,可现在只剩四十九个了,还有十九个哪儿去了?"

洪雪娇拉开床头柜抽屉,拿出那包"气球",倒在床上,一个一个数到六十八,然后破口大骂谢福哉。

谢福哉傻掉了,也数了一遍,喃喃说:"不对啊,刚才我数的明明是四十九个。"这么说时谢福哉的气焰已经消匿,他如同被人捉了手腕的小蟊贼,骚眉奄拉眼地把"气球"塞回床头柜抽屉,给洪雪娇捶背揉肩,要不是我喊快饿死了,他几乎要给洪雪娇下跪了。

几年后,我才知道那些"气球"是用来阻挡小孩来这世界的安全套。

而我,已用针尖让其中的十九个失去了应有的功能。于是在千军万马中,我亲爱的妹妹洪小邪是唯一一个找到漏洞来到人世间的小精灵。

　　但这一切，洪雪娇不知道，谢福哉也不知道。从某种程度上说，不管是谢福哉，还是范忠迁、范小强，他们不过是各有缺点的肉胎凡人。曾经天真无邪的我，才是真正的恶魔。如果我不曾产生那个飞天的奇幻想法，洪雪娇就不会怀孕，谢福哉就不会癫狂，范小强也不至于失手……

　　可这世界上从来没有如果，我无法回到十几年前修正当年的无知。

　　如今，他们死的死，坐牢的坐牢，而我这个始作俑者，坐在青岛最高的写字楼上，决定抽完这支烟就去谢罪。